La partita della principessa

di Clare Lydon

Prima edizione: luglio 2025
Pubblicato da Custard Books
Copyright 2025 Clare Lydon
ISBN: 978-1-912019-36-6

Editor: Francescaabb
Correttore di bozze: Michela Mattei
Design della copertina: Sharn Hutton
Composizione tipografica: Adrian McLaughlin

Per saperne di più: www.clarelydon.co.uk
Seguimi su Instagram: @clarefic
Seguimi su TikTok: @clarelydonauthor

Altri libri di Clare Lydon

Baciala E Basta
Prima Di Dire Sì, Lo Voglio
Change Of Heat: Edizione Italiana
C'era Una Volta Una Principessa
It Started With A Kiss: Edizione Italiana
Niente Da Perdere
Superstar
Un Assagio D'Amore

Ringraziamenti

L'ispirazione per questo libro è arrivata l'anno successivo agli Europei, quando un flusso costante di Lionesses trionfanti si è recato a Windsor Palace per ricevere il titolo di Membro dell'Ordine dell'Impero Britannico. Vederle ricevere le medaglie dal principe William ha fatto scattare un'idea: "E se l'erede al trono fosse una donna e si innamorasse di una calciatrice?" Così è nato *La Partita Della Principessa*. Questi momenti spesso portano alle mie storie preferite, e spero che questa diventi una delle vostre. E dato che praticamente tutte le calciatrici londinesi sembrano vivere a St Albans, mi è sembrato naturale che anche Ash la chiamasse casa!

La mia più profonda gratitudine va al mio brillante gruppo di primi lettori, i cui elogi entusiastici mi hanno dato la fiducia necessaria per condividere questa storia con il mondo. I loro occhi acuti hanno colto innumerevoli incongruenze, errori di battitura e parole mancanti (la mia specialità, purtroppo!). Il loro incoraggiamento significa tutto: non potrei chiedere revisori migliori.

Come sempre, sono in debito con i professionisti che hanno curato questo libro alla perfezione: Francesca e Michela per il brillante editing, Sharn per aver creato una copertina d'esordio così bella e Adrian per la sua impeccabile impaginazione.

L'editoria richiede davvero un lavoro di squadra, e la mia squadra continua a stupirmi.

Tutto il mio amore alla mia bellissima moglie, Yvonne. Quest'anno è stato pieno di stress (ciao ristrutturazione!), ma lei è la mia voce della ragione e mi tranquillizza quando mi sembra che tutto stia per precipitare. Avere qualcuno che crede in me incondizionatamente è il regalo più bello.

Infine, grazie a te, caro lettore. In questi tempi difficili dal punto di vista politico ed economico, ti sono grata per ogni acquisto e per ogni messaggio. Continua a sorridere, a sperare e a credere nei lieto fine. Prometto che continuerò a scriverli.

Se avete voglia di mettervi in contatto con me, potete farlo utilizzando uno dei metodi indicati di seguito. Sono molto attiva su Instagram.

Facebook: www.facebook.com/clare.lydon
Instagram: @clarefic
TikTok: @clarelydonauthor
Per saperne di più: www.clarelydon.co.uk
Email: mail@clarelydon.co.uk

Grazie mille per aver letto!

*Spero che questo libro serva a
ricordarvi che meritate la vostra regina.*

Corona facoltativa, sentimenti obbligatori.

Capitolo 1

Ashleigh Woods aveva affrontato un rigore nella finale degli Europei, ma nulla l'aveva preparata a quanto fosse difficile camminare coi tacchi sui pavimenti lucidi di Buckingham Palace. Se fosse caduta di faccia davanti al principe Michael mentre stava per assegnarle il titolo di Membro dell'Ordine dell'Impero Britannico, l'MBE, avrebbe potuto lasciare questo pianeta e non tornare mai più. Forse la vita su Marte non sarebbe stata così male. Chissà che tipo di campionato di calcio avevano. Forse anche lì avrebbe potuto diventare una centrocampista creativa e di spicco. Capitana del suo Paese. Una delle migliori su un pianeta completamente nuovo.

"Vostra Altezza", sussurrò sottovoce per circa la trentasettesima volta quella mattina. "Sono *profondamente* onorata". O forse è "sono *sinceramente* onorata"? Si accigliò. La sua agente, Marianne, era stata precisa su quale delle due parole fosse più elegante, ma Ash riusciva a ricordare quale fosse quella che avevano deciso di usare?

Pareva di no.

Marianne aveva trascorso venti minuti la sera prima a istruirla sul protocollo. "Non preoccuparti", aveva detto ad un'Ash riluttante mentre le passava un paio di tacchi che avrebbero potuto essere un'arma del delitto. "È un tipo alla mano. L'ho già incontrato in passato alle cerimonie. Basta che non ti butti a capofitto a parlare di calcio. A quanto pare, è più un uomo da rugby".

"Non so nulla del rugby, a parte il fatto che passano la palla all'indietro, il che è molto strano". Ash fece una pausa. "Non dovrei nemmeno chiedergli delle sue recenti cadute fuori dai locali notturni nelle prime ore del mattino?"

"Ti prego, no", aveva risposto Marianne. "E, per l'amor di Dio, ricorda che la prima volta che si rivolge a te è 'Vostra Altezza, poi è 'Signore'. In nessun caso devi chiamarlo 'Mike' o 'Mickey'".

"No Principe Mickey, capito".

Ash aveva incontrato il primo ministro Angela Fallon il mese precedente a una cerimonia e l'aveva chiamata per sbaglio Ange quando l'aveva salutata. Per sua fortuna, il Primo Ministro aveva semplicemente riso. Marianne e la mamma di Ash erano diventate di una tonalità di verde mortale quando glielo aveva detto. Era uno dei punti di forza di Ash, ma anche una maledizione: parlava con chiunque, andava al sodo, come le faceva notare sempre suo padre. A quanto pare, con un principe avrebbe dovuto evitarlo.

"Vostra Altezza", mormorò ancora Ash mentre si muoveva con cautela nel corridoio. "Sono profondamente onorata… poi 'Signore'… poi qualcosa sul fatto che è un gioco di squadra, evitando di parlare troppo di calcio. E poi devo stare zitta prima di dire qualcosa di ridicolo".

Un'altra donna dall'aspetto aristocratico passò con una grazia invidiabile, lanciando ad Ash un'occhiata preoccupata mentre continuava la sua prova sussurrata. Ash mosse le dita dei piedi dentro i tacchi e desiderò per l'ennesima volta di indossare scarpe basse. Tuttavia, sia il suo stilista, Luke, sia Marianne avevano insistito perché indossasse i tacchi. Aveva scherzato sul fatto che avrebbe dovuto indossare i suoi scarpini fortunati, ma avrebbero fatto troppo rumore. Immaginare il ticchettio sul pavimento di legno lucido la fece sorridere.

Inoltre, come la maggior parte dei giocatori, Ash era superstiziosa. Indossava i suoi scarpini portafortuna solo in occasione di partite importanti. Certo, quell'occasione era importante, ma non quanto quel giorno dell'anno scorso, quando aveva segnato il gol della vittoria nella finale degli Europei. Il giorno in cui la coppa era tornata a casa. Era anche il motivo per cui si trovava lì a Buckingham Palace, a ricevere quel prestigioso premio.

Aveva guardato ossessivamente su YouTube le precedenti cerimonie MBE: trenta secondi di camminata, una breve chiacchierata, poi una stretta di mano da parte di un reale (forse calvo). Semplice. Veloce. Aveva pianificato tutto, fino al numero di secondi accettabili per cui mantenere il contatto visivo. (Da tre a cinque, secondo Internet, anche se Marianne aveva detto che il limite superiore sembrava un po' da serial killer).

"Da questa parte, signorina Woods", disse un addetto in uniforme, e Ash fece quello che sperava fosse un cenno dignitoso. Il corridoio del palazzo si estendeva davanti a lei, con le pareti tappezzate di ritratti di monarchi dal volto severo, i cui occhi sembravano tutti seguirla. Ash sorrise loro come se avessero una linea diretta con la suo agente e potessero fare la spia. Ovunque fossero i suoi genitori, sperava che non stessero straparlando con gli amici e i parenti degli altri premiati. Debra e Mark amavano parlare della loro figlia, capitana della squadra di calcio femminile inglese. Ash segretamente lo adorava.

"Vostra Altezza", sussurrò, esercitandosi un'ultima volta.

Una risata gutturale e decisa rieccheggiò da dietro l'angolo, facendo fermare Ash. Qualunque fosse la battuta, il destinatario la trovava esilarante. Continuò a camminare e, attraverso una porta aperta, intravide un vestito di seta verde smeraldo e capelli scuri che cadevano a onde su spalle eleganti, un profilo che non apparteneva certo al principe Michael. Una donna era appoggiata a una scrivania ornata, con la testa all'indietro in preda al divertimento per qualcosa che qualcuno aveva detto.

Ash sbatté le palpebre. Se non si sbagliava, quella era la principessa Victoria. Erede al trono e anche appassionata di calcio femminile.

Sussultò. L'anno precedente la principessa Victoria aveva assistito a un paio di partite dell'Inghilterra, ma Ash non l'aveva incontrata, essendo stata messa da parte per un infortunio al crociato. Victoria non era riuscita a partecipare nemmeno alla finale degli Europei in Svezia, perché doveva fare presenza a un vertice mondiale in un luogo lontano. Non importava, perché si era presentato il Re per stringere la mano e mostrare il suo sostegno. Sarebbe stata la Principessa Victoria a consegnare le medaglie, invece di suo fratello? Ash avrebbe finalmente incontrato la sfuggente principessa?

Se fosse stato così, sarebbe stato tutto completamente diverso.

Ash era abile in queste cose.

Si lisciò il bavero del suo abito Gucci a scacchi bianchi e neri e si schiarì la voce.

Era quasi ora del calcio d'inizio.

* * *

Qualcuno chiuse prontamente la porta della stanza in cui si trovava la Principessa Victoria e Ash fu accompagnata al piano superiore nella Pinacoteca, che ronzava di energia nervosa. Anche in quel caso era circondata da opere d'arte d'élite e specchi dorati, le cui cornici ornate catturavano la luce del sole che filtrava dai lucernari in alto. Si trovava in mezzo a gruppi di altri destinatari del premio, che si sforzavano tutti di non sembrare fuori posto, il che era in un certo senso impossibile. Le uniche persone che sembravano normali in quell'ambiente erano i reali. Annusò l'aria. Qualcuno aveva usato un'intera bomboletta di lucidante per mobili Pledge di recente.

"Stimati ospiti, posso avere la vostra attenzione, per favore?" Un addetto in uniforme dalla voce autorevole ottenne l'attenzione che desiderava.

"C'è stato un piccolo cambiamento di programma questa mattina. Il Principe Michael non può partecipare alla cerimonia per un'indisposizione. Lo sostituirà la sorella, la Principessa Victoria, erede al trono. Mancano venti minuti all'inizio della cerimonia. Si prega di consultare Ruth lì a sinistra per controllare la tabella di marcia. Grazie, e questa giornata è per celebrare i vostri successi: ricordatevi di sorridere".

Un brivido di emozione percorse la stanza. Si trattava di un miglioramento, lo sapevano tutti. La principessa Victoria era la futura regina, la prima in linea di successione al trono. La punta delle orecchie di Ash formicolava di calore. Stava per incontrare la Principessa Victoria, che era appena stata nominata nuova patrona dell'Associazione Calcio Femminile. Una cosa era certa: Ash avrebbe dovuto alzare il tiro con le sue abilità di conversazione.

Cam Holloway, la migliore amica di Ash e portiere dell'Inghilterra, aveva un debole per la Principessa Victoria: "Ha degli occhi di un azzurro così intenso che è facile perdercisi". Ash era decisa a non cadere nella stessa trappola, anche se la sua gola era diventata un po' più secca negli ultimi secondi dopo la notizia.

Dov'era Cam quando aveva bisogno di qualche idea? Voleva sapere cosa piaceva o non piaceva a Victoria. Da qualche parte nella mente di Ash, le sembrava di ricordare che Cam le avesse detto che la principessa amava nuotare in acque fredde. Tuttavia, inserire casualmente quell'argomento nella conversazione mentre Victoria appuntava il suo MBE sul bavero della giacca sarebbe stato un po' strano.

Ash si diresse verso Ruth, una donna spigliata con una cartellina per appunti che, ne era certa, aveva in casa una serie di robusti impermeabili per le lunghe escursioni che faceva con la moglie. Quando fu il turno di Ash, Ruth alzò lo sguardo e arrossì prontamente.

"Devi metterti nel gruppo MBE, a destra della porta dell'anticamera. Il personale della porta confermerà il tuo numero di cerimonia e ti dirà quando uscire". Si avvicinò. "Posso farmi un selfie con te quando ho finito i controlli?" Ruth lanciò un'occhiata al pavimento prima di rivolgersi ad Ash con un basso sussurro. "Sono una grande fan. A distanza di un anno sono ancora entusiasta degli Europei!".

Ash sorrise. Il suo gay radar non sbagliava mai. Riusciva a riconoscere una persona queer a dieci metri di distanza. Era una sua abilità speciale. "Certo". Fece un gesto alla destra di Ruth. "Rimango qui finché non hai finito".

Cinque minuti dopo, si era scattata non meno di sette selfie con altri fan, cosa che le faceva piacere, perché la distoglieva da ciò che stava per accadere. Stava per essere premiata con un MBE. Ashleigh Woods, una ragazza qualunque di St Albans. Non riusciva ancora a crederci.

Controllò il telefono: c'era un messaggio della sua migliore amica e portiere delle Lionesses, Cam.

> Non cadere davanti al Principe Michael. Cadere ai piedi di un uomo è davvero brutto per una lesbica.

> Cambio di programma, sarà la Principessa Victoria a consegnare i premi.

Cam stava scrivendo il suo messaggio di risposta quasi prima che Ash avesse finito il suo.

> In questo caso, ricordati di essere molto affascinanti con la nostra nuova patrona dell'ACF. E salutala da parte mia.

Ash rispose con un'emoji di saluto, poi sorrise. Cam l'aveva aiutata a spezzare la tensione che stava costantemente crescendo. Poteva sempre contare sulla sua migliore amica per questo. L'estate precedente era stata la sua roccia dopo che Ash aveva rotto con la sua ex, Danielle, che l'aveva tradita. Quando Danielle si era trasferita in una nuova squadra, Ash le era stata grata. Tuttavia, quando aveva messo in mostra la sua nuova storia d'amore su tutti i suoi social, aveva sofferto, perché si era sentita come se i loro tre anni insieme non significassero nulla.

Nell'ultimo anno aveva dovuto fare i conti con la nuova

storia d'amore di Danielle e con le febbrili speculazioni online su ciò che lei provava. Negli ultimi mesi si era allontanata dai social, lasciando che il suo team di pubbliche relazioni postasse ogni volta che aveva qualcosa da promuovere. Dopo aver vissuto quella storia pubblicamente, era desiderosa di vivere la prossima in privato. La vita sarebbe stata molto più semplice.

Ash cliccò sul *Mail Online*: stavano speculando sulla principessa Victoria e sul suo fidanzato, Dexter Matthews, che era stato avvistato mentre comprava un anello durante il fine settimana. Stava per chiedere la sua mano? Ash prese nota mentalmente che non era appropriato fare nemmeno quella domanda.

Invece, si appoggiò al muro e cercò su Google "nuoto in acqua fredda". Faceva bagni in acqua ghiacciata per allenamento, ed era già abbastanza brutto. Non riusciva a immaginare di farlo per divertimento. Ma dove lo facevano le principesse? Victoria aveva un laghetto privato speciale? Solo lei e tre guardie del corpo che la sorvegliavano mentre si immergeva?

Mezz'ora dopo le fu fatto cenno di essere pronta in tre minuti. Ash era abituata a situazioni di pressione di fronte a grandi folle, ma in qualche modo quella era peggio. Forse perché era da sola, senza il supporto delle sue compagne di squadra? Era una giocatrice di squadra. I riconoscimenti individuali per uno sport di squadra la mettevano a disagio, ma non avrebbe rifiutato un MBE.

I tre minuti passarono presto e lei si trovò sull'orlo del precipizio.

"Miss Ashleigh Woods, Membro dell'Eccellentissimo Ordine dell'Impero Britannico".

L'annuncio risuonò chiaro nella Sala del Trono. Ash scrutò le teste che si giravano per guardarla, poi ignorò la folla. Come in un gioco, doveva concentrarsi su ciò che aveva davanti. Un tappeto a motivi rossi, un lontano trono dorato e una principessa.

Venti passi. Non c'era altro. Venti passi fino a dove si trovava la principessa, con la luce del sole che dalle alte finestre coglieva il sottile luccichio della sua costosa collana. Ash si concentrò per mantenere il passo costante, come faceva quando prendeva una punizione: né troppo veloce, né troppo lento. Intorno a lei, la sala da ballo tratteneva il fiato, centinaia di occhi seguivano i suoi progressi.

Diciassette passi. La postura della Principessa era perfetta, naturalmente, la seta verde che Ash aveva intravisto prima avvolgeva perfettamente il suo corpo.

Tredici passi. I loro occhi si incontrarono. Quelli della Principessa erano acuti, intelligenti, e sostenevano lo sguardo di Ash con sorprendente schiettezza.

La parte anteriore della scarpa di Ash si impigliò in qualcosa, ma si corresse. Grazie al cielo si era ripresa. Se fosse caduta gliel'avrebbero rinfacciato per tutta la vita.

Undici passi. Le labbra della principessa si incurvarono leggermente, non proprio un sorriso, più che altro perché aveva notato il momentaneo inciampo di Ash e lo aveva trovato divertente.

Ash sentiva caldo.

Nove passi. *Concentrati, Woods.* Proprio come aveva detto Marianne. *Cammina, respira, non inciampare.*

Ma, a ogni passo che faceva, l'aria sembrava diventare più densa. Lo sguardo della principessa non aveva vacillato.

Sette passi. La principessa spostò leggermente il peso e strinse le dita intorno alla medaglia di Ash.

Cinque passi. Ash ora era abbastanza vicina da vedere l'arco preciso delle sopracciglia scure della principessa, il modo in cui il suo collo si muoveva mentre deglutiva, sentirne il profumo sottile con una punta di muschio.

Tre passi. L'espressione composta della principessa tremolò per un attimo mentre qualcosa di illeggibile le passava dietro gli occhi.

Due passi. Il cuore di Ash stava facendo la stessa cosa che faceva prima delle partite cruciali: martellava contro le costole come se cercasse di scappare. Strinse i denti, ma poi si ricordò di sorridere.

Un passo. Doveva inchinarsi? Anche solo la parola la faceva rabbrividire. Non poteva farlo, andava contro ogni osso lesbico del suo corpo. Invece, chinò brevemente la testa, poi alzò lo sguardo verso gli occhi più azzurri che avesse mai visto.

Cam aveva ragione. Ash avrebbe potuto tranquillamente annegarci.

La principessa Victoria tese una mano. Le sue dita erano calde e il tocco fece vibrare Ash fin nelle ossa. Sgranò gli occhi mentre l'espressione neutra della principessa si ammorbidiva in qualcosa di più genuino, di più sorpreso.

"Miss Woods". La sua voce era bassa, musicale, come la risata sincera di prima. "Congratulazioni per il suo premio, ed è bello conoscerla finalmente di persona. Lei era assente quando ho visitato le Lionesses, ma devo dirle che ho visto la sua prestazione in finale degli Europei e il suo rigore. Una straordinaria compostezza sotto pressione. Si è più che meritata questo riconoscimento".

La risposta di Ash, accuratamente memorizzata, evaporò. La principessa non si era limitata a fare le solite congratulazioni seguite da una frase di circostanza. L'aveva davvero guardata giocare.

"Grazie, Altezza". Aveva dimenticato di dire "Vostra"? Merda. Fece una smorfia, poi si fermò. Non era un problema. Non aveva pronunciato le parole "Principessa Vicky" ed era un successo, così come il fatto che la sua voce era rimasta stabile, anche se lo sguardo intenso della principessa era quasi come un tocco fisico. "Anche se incontrare Voi è molto più snervante".

Il sorriso della principessa raggiunse i suoi occhi. "Non c'è bisogno di essere nervosi. Ha fatto la parte più difficile, non cadendo. Ora deve solo sorridere per le sue fotografie". Victoria si chinò e appuntò la medaglia al bavero di Ash con mani perfettamente ferme.

I loro occhi si incontrarono ancora una volta mentre Ash si raddrizzava e, per un attimo, la vasta sala da ballo con tutte le sue centinaia di testimoni sembrò svanire. Le vertigini le scoppiarono dentro come una bottiglia di champagne fresca.

"A proposito, mi piace il suo completo. Molto bello. Gucci?"

Ash annuì.

"Le sta davvero bene".

Ash sbatté le palpebre, ancora intenta a elaborare le parole della principessa, mentre le faceva un piccolo cenno con la mano.

Il momento era finito.

Ash indietreggiò di tre passi prima di voltarsi.

Stava ancora sbattendo le palpebre, la sua mente era una tabula rasa mentre si sedeva accanto alla donna che l'aveva preceduta – Beryl, che aveva dedicato la sua vita ad aiutare i senzatetto. Un'impresa ben più grande che tirare calci a un pallone in un campo per qualche anno. Beryl le sorrise e toccò la sua medaglia.

Ash abbassò lo sguardo sulla sua e fece lo stesso. Anche le dita della principessa ci erano appena passate sopra.

Non era nemmeno sicura di essere impazzita, ma poteva giurare che il suo gay radar si fosse attivato in presenza della Principessa Victoria. Anche se il pensiero le passò per la testa, però, lo scartò. Si stava comportando in modo ridicolo.

La Principessa Victoria aveva una relazione con il suo fidanzato, Dexter Matthews, da anni. Lo sapevano tutti. Era quanto di più lontano dall'essere gay Ash potesse immaginare. Credere il contrario era solo un'illusione da parte sua.

D'altra parte, il suo gay radar sbagliava raramente.

Capitolo 2

Quando gli ultimi ospiti se ne furono andati erano ormai le tre di pomeriggio, e Victoria poté finalmente togliersi il sorriso regale accuratamente costruito. Suo fratello Michael diceva che lei era nata con quel sorriso, mentre lui aveva dovuto lavorare molto di più per ottenerlo. Victoria avrebbe voluto avere un po' dell'arroganza e della spavalderia di Michael, a volte. Tuttavia, essendo suo fratello minore, le sue azioni non avevano la stessa importanza per i suoi genitori.

Victoria invece era la prima in linea di successione al trono. *Tutto* quello che faceva era importante, compreso il suo aspetto, il suo sorriso, il suo fingere ogni giorno di essere ciò che non era. Michael poteva permettersi di sorridere quando voleva, mentre a Victoria quel diritto era stato tolto alla nascita. Lei però gestiva bene la pressione, perché sapeva che era un grande privilegio. Come le diceva sempre sua madre, "non lamentarti mai delle opportunità che la Corona ti offre. Rendila divertente e fai in modo che diventi ciò che vuoi".

Però fare ciò che voleva, a quanto pare, non comportava essere la prima monarca queer.

Victoria scese le scale di servizio, entrò nel cortile e uscì dalla piscina. Fece capolino dalla porta, ma suo fratello non c'era. Spesso andava a nuotare per smaltire i postumi della sbornia. Quel giorno non l'aveva ancora visto, a parte un messaggio di ringraziamento perché gli aveva salvato la vita. Lei gli aveva risposto che le doveva un favore.

In realtà, ormai gliene doveva almeno cinquanta.

Il suo telefono vibrò nella tasca. Di recente aveva trovato un sarto in grado di cucire abiti con le tasche. Faceva una differenza enorme: avere una tasca le faceva sentire come se potesse essere se stessa almeno al dieci per cento, e il dieci per cento era meglio di niente.

Quando Victoria vide chi stava chiamando, sorrise, poi accettò la telefonata.

"Sei sopravvissuta, allora?" La voce calda di Dexter crepitò nel telefono. In ogni caso, Dex riusciva sempre a farla sorridere. Era il motivo per cui funzionavano così bene e avevano avuto tanto successo nella loro farsa pubblica per così tanto tempo. "Nessun incidente internazionale? Nessuno ha cercato di rovesciare la monarchia?"

Victoria continuò a camminare, con i tacchi che affondavano leggermente nel prato immacolato. Salutò Amelia, la capo giardiniera, intenta a lavorare su un cespuglio di rose.

"Sono riuscita a consegnare cinquantatré medaglie senza provocare una crisi costituzionale", gli disse. "Anche se la tua mancanza di fiducia nelle mie capacità è commovente".

"Attenta, qualcuno potrebbe pensare che stai diventando brava a fare la principessa".

Avrebbe dovuto ridere. Questo era il loro ritmo abituale: lui la stuzzicava, lei stava allo scherzo. L'amicizia perfetta mascherata da una storia d'amore perfetta per i giornali. Tutto ciò a cui riusciva a pensare però era il modo in cui Ashleigh Woods aveva sgranato gli occhi quando aveva incontrato il suo sguardo, quel lampo di riconoscimento sbalordito che non aveva nulla a che fare con il titolo di Victoria e tutto a che fare con qualcosa di completamente diverso.

Se ne era accorta? Victoria avrebbe mentito se avesse detto di non essere scossa.

Era incuriosita.

"Vic?" La voce di Dexter si addolcì. "Sei diventata silenziosa. Va davvero tutto bene?"

Ci teneva a lei, lo sapeva. Non si poteva avere il legame che avevano loro, e aver passato quello che avevano passato, senza un'enorme dose di rispetto e amore reciproco.

Infilò la mano libera nella tasca del vestito. "Certo. Sto sempre bene, mi conosci. Sono la principessa".

"Hai già visto Michael per cazziarlo?"

"Si sta nascondendo".

Victoria si avvicinò alla casa estiva in pietra che sua madre e suo padre, la regina Cassandra e il re Oliver, avevano autorizzato l'estate precedente. Prima c'era solo una casa estiva bianca, molto più piccola, con una facciata aperta sostenuta da pilastri statuari. Era ancora lì, ma la Regina aveva fatto costruire una struttura moderna più avanti lungo il muro di cinta, con un tetto robusto, finestre e porte. Era a tenuta stagna, il che era molto più appropriato per il clima britannico.

E, soprattutto, era una cosa rara a Buckingham Palace: uno spazio lontano da occhi indiscreti, con un bollitore, un comodo divano e, cosa divertente, un tavolo da biliardo. Sua madre le aveva chiesto cosa volesse di più lì dentro e quella era stata la risposta di Victoria. Aveva sempre voluto imparare. Sognava di uscire sulla scena queer londinese, di giocare una partita a biliardo come rito lesbico di passaggio. Ma visto che non sarebbe mai accaduto, così almeno avrebbe potuto passare un pomeriggio ogni tanto a giocare. Aveva imparato le basi da YouTube, ora le mancava solo la pratica.

Tirò fuori la chiave dalla tasca, aprì la porta e si diresse verso la piccola cucina su un lato della stanza.

"Magari si farà vivo quando si accorgerà che sono nella casa estiva".

Aprì il frigorifero e ne esaminò il contenuto. Vino, champagne, prosciutto, formaggio, olive, burrata, hummus, bastoncini di carota. C'erano anche due lattine di una certa IPA con un'elaborata grafica sulla lattina che dimostrava che anche Michael era stato lì, ad allenarsi senza di lei. L'ultima volta lo aveva battuto. Era decisa a continuare a farlo.

"Non dopo il modo in cui l'hai demolito in piscina la settimana scorsa. È davvero tutto a posto? Mi sembri un po' strana".

Lei scosse la testa, anche se lui non poteva vederla. "Sto bene. Oggi ho incontrato persone interessanti per trenta secondi alla volta, come in una strana specie di speed-dating. Tra cui quell'attore sexy che fa il cattivo nell'ultimo film di James Bond. Ti ho pensato".

"Beata te", rispose Dexter. "Io sono bloccato a Stoccolma per le prossime due notti, a lavorare su un accordo con papà. Vorrei poterlo conoscere anch'io".

"Probabilmente è meglio se non lo conosci". Fece un sorriso ironico.

"C'è qualcun altro famoso che potrebbe farmi sbavare?"

"Quel tuffatore buffo che ti piaceva alle Olimpiadi, ma aveva tutti i vestiti addosso".

"Capelli biondi o scuri?" Sempre fissato con i dettagli, il suo Dexter.

"Scuri".

"Peccato per i vestiti".

"Ho premiato anche Ashleigh Woods. È tanto affascinante in carne e ossa quanto lo è in televisione". Victoria aveva ammirato le cosce sode di Ash attraverso lo schermo televisivo, ma da vicino erano stati i suoi ipnotici occhi verdi a catturare la sua attenzione.

"Credo di averla già vista sul sito della BBC mentre posava con il vestito. Era molto bella nel suo completo firmato. Gioca per la tua squadra, vero?"

"In che senso?" Ma anche mentre pronunciava quelle parole, arrossì.

"In tutti i sensi, tesoro".

Victoria non poté fare a meno di sorridere mentre accendeva il bollitore e prendeva alcune bustine di tè rooibos dalla credenza sopra il lavandino. La gente non pensava che i reali si preparassero il tè da soli, ma lei lo faceva. Non riusciva a immaginare una vita senza fare le cose semplici ogni giorno. Michael invece aveva bisogno di un po' più di incoraggiamento.

"Credo che tu abbia ragione".

Straordinaria compostezza sotto pressione, aveva detto Victoria ad Ashleigh, e lo pensava davvero. Aveva guardato quella finale degli Europei da Buenos Aires e aveva trattenuto il fiato, insieme al resto del Paese, quando Ash si era fatta avanti per tirare l'ultimo rigore.

"E le hai detto qualcosa? Le hai detto che ammiri la sua abilità con la palla quasi quanto le sue gambe muscolose? L'hai invitata a casa tua per una partita a biliardo?"

Se fosse stata una persona normale forse l'avrebbe fatto, ma queste cose non succedevano nella vita di Victoria. Aveva avuto una serie di relazioni con altre donne nella sua situazione, ma niente di duraturo. Aveva ricevuto precise istruzioni sul fatto che nulla avrebbe *mai* potuto funzionare. Quella era la sua vita. Poteva non piacerle, ma ci era abituata.

Quel giorno però, quando aveva toccato Ash, si era sentita diversa. Come se lei la guardasse e la vedesse davvero per quello che era, il che sembrava assolutamente ridicolo. Quando lo sguardo di Ash era caduto su di lei, era come se avesse visto Victoria come una semplice persona con pensieri, sentimenti e desideri.

Cosa sarebbe successo se si fossero riviste senza una stanza piena di gente che le guardava? Senza titoli in vista? Forse sarebbero state solo due persone che si incontravano, chiacchieravano, si conoscevano.

Victoria scosse la testa. Chi stava prendendo in giro?

"Ho fatto proprio così. Al momento è nuda sul tavolo da biliardo e io sto per farle di tutto".

"Fai bene", rispose Dexter. "Sembra che tu abbia bisogno di un po' di tempo libero. Il che è perfetto, perché ieri sera ho incontrato di nuovo i reali svedesi al mio evento di lavoro, compresa la nostra coppia preferita, la principessa Astrid e sua moglie Sofia. Com'è possibile che la Scandinavia sia così progressista, cazzo? Perché il Regno Unito non può essere così? Siamo nel ventunesimo secolo, dopotutto".

Victoria ridacchiò. "Perché siamo inglesi, tesoro. Lo sai. Non possiamo mai divertirci troppo, semplicemente non è nel nostro stile. E di certo non possiamo essere altro che etero. Cavolo, fino a tre generazioni fa non potevamo nemmeno scegliere chi sposare. Almeno i miei genitori hanno potuto farlo".

"E tu?"

Questa era la domanda da un milione di dollari, ma lei aveva sempre nascosto la risposta sotto il tappeto.

"Conosci le regole, caro. Non le faccio io".

"Però conosci la persona che le fa". Si schiarì la gola. "Comunque, ho una proposta. O meglio, la nostra principessa scandinava queer preferita ha una proposta: lei e Sofia andranno a Marbella questo fine settimana, ci hanno invitati. Ho detto che te l'avrei chiesto e per questo ti sto chiamando. Prima di dire di no, ti prego, di' di sì. A me farebbe bene una pausa, a te farebbe bene un po' di sole e, visto che è Astrid, potrebbe avere un'amica disponibile a farti sorridere. È la mia migliore offerta, ti prego, accettala".

Victoria fissò le rose perfette che si arrampicavano sui tralicci della terrazza esterna. Tutto nella sua vita era perfetto, controllato, esattamente come doveva essere. La vita di Ashleigh Woods era emozionante per i suoi standard. Una cosa era certa: Ashleigh non avrebbe mai voluto avere nulla a che fare con Victoria. Era una donna con troppi vincoli. Questo però non le impediva di pensare a quegli occhi verdi brillanti, a quell'accenno di inflessione cockney e al modo in cui la compostezza di Ash era scivolata, solo per un secondo, quando le loro mani si erano toccate.

"Sei ancora lì?"

Riuscì a riportare la mente nella stanza. "Sì, sono qui". Ma avrebbe preferito essere altrove. Non era sempre meglio un posto al sole? "E sì, va bene. Andiamo a Marbella".

Il sussulto di Dexter fu udibile. "Così semplice? Non ho bisogno di convincerti?"

"Fanculo", rispose Victoria. "Un weekend estivo a Marbella con le ragazze? Conta su di me".

"Sono contento di essere ancora una delle ragazze", rispose il suo finto fidanzato.

"Sempre", gli disse.

Capitolo 3

"Eccola qui, la donna del momento! Stamattina abbiamo due Woods al prezzo di una". La parrucchiera di Ash, Monique, la strinse in un abbraccio da orso, perché era quello che faceva sempre. "Tua madre è già dentro a farsi lavare i capelli".

Monique tagliava e colorava i capelli di Ash da quando aveva compiuto 16 anni. Quando Ash era bambina, i suoi capelli erano del colore del sole. Ora avevano bisogno di un po' di aiuto per raggiungere lo stesso livello. Per fortuna, Monique aveva il tocco magico.

Il salone ronzava con l'energia del giovedì pomeriggio: asciugacapelli, pettegolezzi e il ritmico schiocco delle forbici che punteggiava ogni tre parole. Le solite chiacchiere si interruppero quando Ash entrò, con gli occhi curiosi che si posavano su di lei. Si stava ancora abituando alla sua fama relativamente recente. Era sempre stata una calciatrice, ma fino all'anno precedente poteva andare in giro senza telecamere puntate addosso. Si allenava, giocava, vedeva gli amici e la famiglia senza drammi.

Tuttavia, da quando l'Inghilterra aveva vinto gli Europei e la Super League femminile, era in diretta su Sky Sport ogni settimana e tutto era cambiato. La gente sapeva chi erano i suoi genitori, chi era sua nonna, dove viveva. A volte era davvero snervante. Ash però non era una che si lamentava: la fama aveva anche dei lati positivi.

Nell'ultimo anno il suo stipendio era raddoppiato, le era stata regalata un'auto e aveva stipulato lucrosi contratti di sponsorizzazione con marchi prestigiosi. I pass VIP per i Gran Premi, i concerti e gli hotel di lusso le cadevano in grembo e non le costavano un centesimo. Era un'esperienza ben diversa da tutte quelle notti passate da adolescente ad allenarsi su campi freddi e fangosi.

"Com'era?" Chiese Monique, passando le dita tra le ciocche dorate di Ash mentre si sedeva sulla sedia di fronte a lei. "La principessa. Tutti muoiono dalla voglia di saperlo dopo che ho detto loro che ti ho acconciato i capelli per andare a Palazzo. Avrei preferito il principe Michael, ovviamente, ma così hai potuto conoscere la futura regina".

Anche se era vero, l'incontro con la Principessa Victoria non era stato stellare. Sì, era stata formale, ma anche familiare. Come se Ash potesse andare a prendere un caffè o un bicchiere di vino con lei dopo. Quella era la cosa più strana.

"Era…". Poi Ash si fermò. Com'era la principessa? Bella, ma questo era ovvio. Seducente. Timida, ma anche sicura di sé. "Era molto… professionale", disse Ash con cautela, osservando il riflesso di Monique nello specchio. "Era una cerimonia formale, sai? Una chiacchierata veloce, appuntava le medaglie e andava avanti".

"Professionale?" Il cipiglio di Monique disse ad Ash cosa pensava di quella risposta. "Hai promesso di non smettere di dire la verità ora che sei famosa, ma tutto ciò che ottengo è 'professionale'?"

Ash lo aveva promesso, ma non lo pensava davvero. Non era cambiata, ma le cose che poteva rivelare sì.

Ash sorrise. "Cosa vuoi che ti dica? Che ora siamo migliori amiche? Che mi ha invitata a bere un cocktail? Che mi ha raccontato che le voci erano vere e che lei e Dexter Matthews si sposeranno?"

"È esattamente quello che voglio sentire!". Monique sgranò gli occhi come se fosse ovvio. "Allora potresti raccomandarle la tua parrucchiera preferita e potrebbe venire a farsi fare i capelli qui, così le mie prenotazioni andrebbero alle stelle".

Ash diede un'occhiata al salone affollato. "Mi sembra che sia già così".

Monique mise le mani sulle spalle di Ash e la guardò nello specchio. "È vero".

"E metterò comunque un link per te sui miei social quando mi farai sembrare irresistibile".

"Sei un tesoro!". Monique le baciò la sommità del capo. "Victoria sembrava felice? Voglio che sia felice, anche se non la conosco. Tutti noi l'abbiamo vista crescere, non è vero? Vogliamo il meglio per lei. Dexter sembra tenere a lei, almeno. Non sembra che sia una di quelle relazioni reali forzate".

Ash aveva sempre pensato la stessa cosa, finché non aveva incontrato la principessa e il suo gay radar aveva strillato forte nelle sue orecchie. Forse Victoria era bisessuale? O queer? Molte compagne di squadra di Ash che avevano relazioni con uomini si identificavano così. Lo stesso poteva valere per i reali.

"Sembrava felice. E quasi sposata, se i giornali sono credibili". Il sopracciglio inarcato di Ash disse a Monique che non lo erano affatto.

"Ieri è venuta qui una signora che aveva già comprato una tazza e un canovaccio di Victoria e Dexter. Chi produce merchandising si butta su questo genere di cose non appena esce una notizia, vero?" Sollevò delle ciocche di capelli di Ash. "Solito taglio e colore?"

Ash annuì. Prima del Palazzo non aveva avuto il tempo di farlo bene.

"Qualche occasione?"

"Parte per Marbella". Sua madre si avvicinò a Monique, con un asciugamano avvolto intorno alla testa. Debra Woods indossava il suo colore preferito: il rosa acceso. Era un evidenziatore ambulante, si assicurava che nessuno intorno a lei avesse una giornata noiosa. "Ci va con il suo gruppo e non mi porta con sé". Sua madre fece il broncio. "Dille che è cattiva e che dovrebbe invitarmi, Monique".

"Ti voglio bene, mamma, ma ne abbiamo già parlato. Tu vai in vacanza con papà, io vado con i miei amici". Ash si alzò, afferrò le spalle della madre e le baciò la guancia.

Sua madre rise. "Ma qui dentro", batté il lato dell'asciugamano. "Ho ancora vent'anni. Posso ancora fare festa come una persona giovane".

"È proprio il motivo per cui non vieni".

I genitori di Ash, in particolare la madre, erano stati fondamentali per il suo successo. Non sarebbe stata la persona che era, né sarebbe stata nelle Lionesses senza tutto il sostegno e l'accompagnamento alle partite che i suoi genitori si erano impegnati a garantirle fin da piccola.

"Guastafeste". Sua madre le fece l'occhiolino, poi tornò dal suo parrucchiere all'altro capo del salone.

Monique aspettò che Debra si sedesse prima di voltarsi

verso Ash. "Dovresti portarle un bel regalo. Un asino di paglia o qualcosa del genere". Fece un passo indietro. "Ti porto al lavabo e ti lavo i capelli, sei pronta per la mia magia?"

Ash seguì Monique in fondo al salone, ignorando le teste di un paio di clienti più giovani che si giravano.

Monique colse l'occasione per dare una botta alla spalla di Ash. "Sono davvero orgogliosa di tutto quello che riesci a fare. Sei un grande esempio di duro lavoro e di gentilezza. Spero che il mondo lo sappia. Non mi sono piaciuti gli insulti che hai ricevuto l'ultima volta che hai giocato per l'Inghilterra".

Ash scrollò le spalle. Faceva parte dell'essere una calciatrice professionista, soprattutto ora che tutti avevano un'opinione sul gioco femminile. Ma non poteva negare che le desse fastidio. Gli errori facevano parte del gioco e lei avrebbe imparato dai suoi, ma commetterli davanti a sessantamila persone (più il pubblico televisivo) comportava una certa pressione. Ash però poteva gestirla, *doveva* farlo. Anche se avrebbe voluto urlare che era normale sbagliare dopo mesi di assenza dal gioco per un grave infortunio al ginocchio.

Tuttavia, scommetteva che non era nulla in confronto a quello che la Principessa Victoria doveva gestire quotidianamente.

Monique indicò la cucina. "Caffè?"

Ash annuì. "Sì, grazie".

Monique prese la macchinetta piena a lato, insieme a una tazza pulita. Solo quando la offrì ad Ash vide cosa c'era scritto sopra: *Principessa di tutto, cazzo!*

"La prossima volta che vedrai la Principessa Victoria, dovresti portarle una di queste. Potrebbe farla sorridere".

Ash sgranò gli occhi, ignorando il modo in cui lo stomaco

le si agitò al ricordo degli occhi blu della principessa che incontravano i suoi. Quel momento in cui aveva ricevuto la medaglia, quando il mondo sembrava essersi fermato intorno a loro.

"Non credo che ci sarà una prossima volta. Sono solo una calciatrice di St Albans, e lei è l'erede al trono".

"Una calciatrice?" Monique la schernì, accompagnando Ash verso i lavandini bianchi. "Hai segnato il rigore vincente nella finale degli Europei. Hai portato la coppa a casa. Non credo che la gente lo dimenticherà in fretta". Prima di sedersi mise un piccolo asciugamano intorno al collo di Ash, infilandolo nella maglietta quando la parte superiore della schiena toccò il lavandino. "Sarebbe fortunata a incontrarti di nuovo. Quando parti?"

"Domani. Ho pensato di concedermi un taglio come si deve prima dei miei dieci giorni di edonismo".

"Sei sempre bellissima, comunque".

Ash rovesciò la testa all'indietro e chiuse gli occhi quando l'acqua le colpì la testa. C'è qualcosa di più rilassante di un'altra persona che ti lava i capelli? Aspettava sempre con ansia il massaggio alla testa che riceveva subito dopo lo shampoo e il balsamo.

"Una pelle e dei capelli così belli. Un giorno renderai una donna molto felice, ricordati le mie parole".

Ash era contenta che Monique avesse fede.

Capitolo 4

"Se mi metti una mano sul culo, giuro che ti pesto il piede". Victoria parlava senza muovere la bocca, un'abilità che aveva acquisito crescendo. Dexter le aveva già toccato il sedere una volta, e si erano appena scrollati di dosso l'etichetta di 'coppia reale che non riusciva a togliersi le mani di dosso'.

In risposta, Dexter le strinse la mano. "Non oserei più toccare il vostro regale culo, Altezza".

Erano arrivati all'aeroporto mezz'ora prima, ma la stampa li aveva seguiti. Per accontentarli, lo staff della principessa aveva organizzato un'opportunità fotografica di cinque minuti sui gradini del jet privato reale, quindi ora i due erano nel pieno della scena e fingevano di essere la coppia d'oro che tutti pensavano fossero.

"Ci faccia un sorriso più ampio, principessa!" gridò un fotografo. "State volando verso il sole mentre il resto di noi rimane in questo tetro paese!".

Dicevano di tutto. Victoria cercò di non guardare il grigio cielo di giugno, mostrando invece alla stampa i suoi denti bianchi, e un fotografo le fece un pollice in su. Due minuti dopo, in una cacofonia di "Victoria! Dexter! Da questa parte!", i due fuggirono nel jet reale, dove crollarono immediatamente sui divani di pelle bianca.

"Che ne pensi, tesoro?" Dexter aveva un bell'aspetto da boy-band. Era un peccato che non facesse nessun effetto a Victoria.

"Ridicolo come sempre. Ma sono di proprietà pubblica e non posso farci niente".

Victoria si chinò in avanti e prese una copia del *Sun* dal tavolino basso di fronte a lei. A casa leggeva raramente i giornali scandalistici. I suoi genitori non glielo permettevano per salvaguardare la salute mentale di tutti e lei sapeva che non avevano tutti i torti. Tuttavia, quando andava via, era il suo piccolo vizio. In prima di copertina c'era uno scandalo su uno spettacolo di ballo di celebrità del sabato sera. Una delle ballerine era scappata con il marito di una celebrità, anche lui famoso, distruggendo un matrimonio di 15 anni.

Victoria punzecchiò la prima pagina con l'indice e fece una smorfia. "Tipico, non è vero? Un tipo famoso tradisce la moglie, ma la colpa è della ballerina". Alzò lo sguardo verso Dexter. "Immagina il clamore se uno di loro scappasse con un partner dello stesso sesso. Ne parlerebbero tutti".

"Attenta". Dexter agitò il dito nella sua direzione. "Non vorrai essere vista come una reale che promuove attivamente l'infedeltà". Fece una pausa, la guardò negli occhi e abbassò la voce mentre il loro staff saliva sull'aereo dietro di loro. "E poi, una principessa queer?"

Entrambi si scambiarono un sorriso ironico, poi Victoria si appoggiò alla poltrona, con il tabloid in mano. Sfogliò le pagine di gossip per vedere se c'era qualcosa su qualcuno che conosceva. Non che credesse a una parola di ciò che era scritto sui giornali, perché tutti pensavano che Dexter stesse per chiederle di sposarlo.

Tuttavia, non era del tutto preparata a ciò che vide. A emergere da una piscina scintillante in un audace bikini rosso che lasciava poco all'immaginazione era nientemeno che Ashleigh Woods. La capitana dell'Inghilterra, le cui dita avevano sfiorato quelle di Victoria pochi giorni prima. Giocava per i Royal Ravens, la squadra preferita di Victoria.

Aveva avuto una domenica libera a febbraio, quando le Ravens avevano giocato contro uno dei loro maggiori rivali londinesi. Victoria aveva pensato di tirare fuori il cappotto e andare alla partita, ma poi aveva pensato a quanto sarebbe stato complicato essere spontanei. Non era una cosa che faceva parte della sua vita. Avrebbe potuto andare alla partita, ma avrebbe dovuto avvertire in anticipo la sicurezza e il personale extra.

La cadenza del cuore di Victoria tradì la sua compostezza mentre leggeva la didascalia accanto alla foto. *La capitana dell'Inghilterra Ashleigh Woods si rilassa al sole di Marbella con le sue compagne di squadra dopo aver ricevuto l'MBE.*

Era a Marbella? Il battito di Victoria accelerò quando guardò la foto. Riconobbe il portiere dell'Inghilterra Cam Holloway nella piscina che guardava Ash. Si diceva che fossero una coppia, ma chi sapeva se era vero? Ash non condivideva molto della sua vita privata dopo la rottura molto pubblica dell'anno precedente.

Dopo l'investitura, Victoria era stata per ore sui social media, incuriosita dalla vita di Ash. Proprio quella settimana, dopo l'MBE, Ash aveva condiviso un videomontaggio che la ritraeva mentre trascorreva del tempo con la famiglia, sorseggiava un caffè, si tagliava i capelli e riceveva con orgoglio il suo MBE.

Victoria era una delle donne più fotografate al mondo e

appariva ogni giorno su innumerevoli social media, eppure vedersi sul profilo di Ashleigh Woods le aveva inaspettatamente illuminato la giornata.

L'ultima foto di Ash era stata scattata dal sedile dell'aereo con la didascalia "Modalità vacanza attivata". Ma Victoria non sapeva se fosse davvero a Marbella.

Dexter abbassò la parte superiore del giornale e sbirciò da sopra. Quando vide la foto, sgranò gli occhi.

"Dovevo capirlo". Si alzò, poi si sedette accanto a Victoria, guardandola meglio. "Anche se comprendo decisamente l'attrazione", sorrise. "Le Lionesses sono a Marbella? Che possibilità c'erano? Non ti farebbe male farti fotografare con loro. Aumenterebbe di sicuro la tua popolarità presso i giovani. E poi sei appena stata nominata patrona dell'Associazione Calcio Femminile, sarebbe molto in linea con il titolo". Le diede una gomitata. "E se sono tutte in bikini, tanto meglio".

Victoria bevve un sorso dalla sua bottiglia d'acqua. "Non sono sicura che mia madre la vedrebbe così. Soprattutto se fossi anche io in bikini".

La regina aveva accettato che era lesbica, ma fino a un certo punto. Aveva accettato che l'amore è amore, ma aveva anche sottolineato che la monarchia è la monarchia.

Dexter fece spallucce. "Perché no? Hai un corpo da urlo e anche ai reali piace fare una nuotata ogni tanto". Prese il suo telefono, cliccò sull'app di Instagram, poi cercò una delle giocatrici più social delle Lioness, quella più propensa a condividere ogni fase della sua vacanza su Instagram. In un minuto aveva capito dove si trovavano. "Sono a La Corona Azul. Scommetto che le stanno trattando bene, perché non credo che gli stipendi dell'ACF siano ancora all'altezza".

Victoria annuì. "Oppure potrebbe essere solo un pass giornaliero. Conosco alcune persone che l'hanno fatto quando siamo stati lì qualche anno fa". Si portò un dito al petto. "Io avevo un pass giornaliero".

Aggrottò le sopracciglia. "Tu? L'erede al trono britannico ha dovuto scansionare il pass come tutti gli altri?"

"Sì!" Victoria rise al ricordo. "Tanya era mortificata perché non sapevano che saremmo andati. Il principe Raul aveva detto di aver risolto la cosa, ma credo che sia stato attratto da una bella donna da qualche parte e se ne sia dimenticato". L'erede al trono spagnolo era più che altro il festaiolo della famiglia, proprio come il fratello di Victoria, Michael.

"Tipico di Raul", disse Dexter ridendo.

Proprio in quel momento apparve l'assistente di volo. "Allacciate gentilmente le cinture di sicurezza, spegnete i dispositivi e riponete tutto". I motori ruggirono mentre l'aereo rollava sulla pista.

Victoria si allacciò la cintura di sicurezza e Dexter fece lo stesso accanto a lei. Le strinse la mano e le fece un sorriso affettuoso. Le sarebbe mancato quando non ci sarebbe stato più. Ricambiò la stretta mentre l'aereo sfrecciava sulla pista e saliva nel cielo azzurro.

"Ma a proposito di festeggiamenti…"

"Cosa che non farò", confermò Victoria.

"Volevo stabilire le regole di base per questo viaggio, perché la situazione si fa sempre più complessa. Sai che ho iniziato a vedere un po' di più Sidney". Fece una pausa. "E le cose potrebbero iniziare a cambiare".

Victoria si raddrizzò e il cuore le rimbombò nel petto. Sapeva che quel giorno sarebbe arrivato, ma sentirglielo dire lo rendeva più reale. La loro separazione sarebbe stata una grande notizia per il mondo esterno.

"Va bene". Era entusiasta per Dexter, anche se questo la avvicinava all'inevitabile resa dei conti con i suoi genitori. "È una decisione tua o sua?"

"Di entrambi". Dex si passò una mano tra i folti capelli scuri, il volto teso mentre parlava. "Sarà lì questo fine settimana, ma conosce l'accordo. Anche quando io e te ci lasceremo, dovrà passare un po' di tempo prima che io e Sidney possiamo frequentarci apertamente. Lo capisce, anche se non ne è entusiasta".

Victoria poteva immaginarlo. "Devo parlarne con i miei genitori, ovviamente, e informare la stampa. Niente annunci eclatanti, una piccola soffiata dovrebbe bastare". Si guardò alle spalle, dove i sei membri dello staff con loro erano impegnati al telefono. Tuttavia, mantenne la voce bassa. "Dobbiamo dirlo anche a tutti i presenti. Saranno tutti scioccati".

Dexter sollevò un sopracciglio.

"Certo", sibilò sottovoce. "Siamo sempre stati discreti quando abbiamo portato a casa altre persone".

"Tanya lo sa", le ricordò Dex. "Non credi che l'abbia detto a qualcuno?"

Victoria si strinse l'attaccatura del naso tra il pollice e l'indice e premette. La mattina in cui la sua assistente l'aveva scoperta a letto con un'altra donna non era stata la migliore per Victoria, per questo aveva sempre rispettato la regola che nessuno poteva fermarsi a dormire. Quella sera con Hermione però era stata troppo bella per cacciarla via. Victoria voleva svegliarsi con qualcuno al suo fianco, qualcuno con cui coccolarsi al mattino. Quella era stata l'ultima volta che era stata con Hermione, perché Victoria aveva reagito in modo eccessivo e l'aveva letteralmente buttata fuori dalla porta. Capiva perché Hermione ora stava con una donna con cui poteva uscire a cena, che poteva tenere per mano in pubblico. Chi non lo voleva?

Sicuramente Victoria lo desiderava più di ogni altra cosa al mondo.

"No, certo che no". Victoria si fidava ciecamente di Tanya. Sapeva più cose di Victoria che della maggior parte della sua famiglia. "Non lo farebbe mai". Ne era sicura.

"Come fai a saperlo?" Dexter non si fidava mai di nessuno.

Victoria capiva perché. L'ex di Dexter aveva rivelato alla sua famiglia che era gay e Dexter aveva negato, poi era tornato a fingersi etero nel modo più spettacolare, cioè fingendo di frequentare la sua amica di lunga data, la principessa Victoria.

"Lo so e basta". Victoria rivolse uno sguardo alla sua assistente più vicina. "Se lo avesse fatto, le voci sarebbero già in circolazione. Ma non è così. Il pubblico non lo sa". Forse lo sapevano alcuni giornalisti di nicchia che non avrebbero mai osato stampare la notizia, per paura della causa che la Corona avrebbe intentato. Non era il crimine del secolo, ma richiedeva una gestione attenta. I suoi genitori erano stati chiarissimi: non poteva essere una monarca apertamente gay.

Il fatto che non era mai stato fatto prima non lo rendeva sbagliato, sosteneva Victoria. Tuttavia, il loro silenzio parlava chiaro. Sapeva che sarebbero dovuti ritornare sull'argomento.

"Avremo bisogno di una bella chiacchierata quando torneremo, ok?" Dex la guardò negli occhi senza interrompere il contatto visivo. Ne aveva già parlato in passato, ma poi aveva fatto marcia indietro. Erano amici, quindi funzionava, e Dexter ne ricavava anche dei vantaggi. Non guastava il fatto che la gente pensasse che uscisse con la futura regina. Gli piaceva entrare nei ristoranti ed essere famoso, probabilmente perché la fama era nuova per lui. Era divertente. Victoria invece desiderava anche solo un giorno in cui potesse essere anonima.

"Lo so, e lo faremo". Gli strinse il ginocchio. "Ma prima godiamoci questo fine settimana, ok?"

Lui strinse i denti. "Ti va bene che venga Sidney?"

"Ma certo. Adoro Sidney!". Era vero. Era abbastanza sicura che il sentimento non fosse reciproco, però. Vedendo lui e Dex insieme, aveva capito che le cose sarebbero arrivate presto a un punto morto. Voleva qualcuno che la guardasse come Sidney guardava Dexter. Occhi che la desiderassero, affamati.

La sua mente tornò alla cerimonia formale a palazzo all'inizio della settimana. Il ricordo di Ashleigh Woods davanti a lei, che la guardava con quei sorprendenti occhi verdi mentre Victoria le appuntava l'MBE sul bavero. Erano giorni che viveva nella sua mente. Forse l'avrebbe rivista quel fine settimana. Sarebbe stato così inverosimile incontrarla? Sapeva che la risposta era sì.

Avrebbe incontrato Ashleigh Woods se avesse chiesto a Tanya di rintracciarla. Non aveva intenzione di farlo, ma questo non le impedì di pensare ai club sulla spiaggia bagnati dal sole e alla possibilità di condividere un sorriso da qualche parte nel mondo reale. In un posto in cui potesse davvero parlarle, magari anche...

"Vic?" La voce di Dexter la riportò al presente. "Tutto bene?"

"Certo", mentì, sperando che le sue guance non fossero

rosse come pensava. Si girò verso di lui. "Se questo sarà uno dei nostri ultimi viaggi prima di lasciarci, allora godiamocelo". Forse voleva essere più coraggiosa. "Per qualche giorno voglio vivere senza regole. Forse accetterò anche l'invito di Astrid ad andare in discoteca".

Dexter sgranò gli occhi. "Tu? In discoteca?"

"Ci sono già stata".

"Lo so, e l'hai odiata".

Victoria si irrigidì. "Odiare è una parola forte". Fece una pausa. "E poi, le persone cambiano. Il club suggerito da Astrid è un posto dove possiamo essere un po' più tranquilli".

Sbatté rapidamente le palpebre. "Se vuoi anche dirmi che salirai su un cubo e farai la pole dance, forse mi serve un po' più di preavviso".

Questo spezzò la leggera tensione e la fece ridere. "Voglio solo vivere un po'. Magari comportarmi come se avessi la mia età". Spesso si sentiva più vecchia dei suoi trentatré anni. "Voglio divertirmi e smettere di preoccuparmi. Per un solo weekend non voglio essere una principessa, e ho molte più possibilità di farlo all'estero".

"Vuoi essere una plebea? Non ti piacerà per niente. È sopravvalutato". Un sorriso si allargò sul suo bel viso mentre catturava il suo sguardo. "Ma io, vostro suddito reale, sono ai vostri ordini. Se volete divertirvi questo fine settimana, allora ci divertiremo".

Capitolo 5

"Sai che lo odio?" Ash guardò con scherno il telefono di Cam. La calda brezza serale le solleticava il naso mentre si rilassavano sull'ampio balcone della villa con vista sulla piscina. Davanti a loro c'era un tavolo apparecchiato per dieci persone, accanto al barbecue più grande che Ash avesse mai visto. Più grande persino della griglia di dimensioni industriali di suo padre, il che non era poco.

"Non ne avevo assolutamente idea. È per questo che sbuffi costantemente ogni volta che cerco di convincerti a partecipare a cose social? O il motivo per cui respingi il mio telefono ogni volta che te lo avvicino? Non ne sono sicura".

Cam alzò gli occhi al cielo.

Mentre Ash era bionda e aveva una faccia sveglia e furba, Cam aveva lunghi dreadlocks e un sorriso da pubblicità di bevande sportive (e spesso le faceva davvero). Era anche più alta della maggior parte delle persone, il che era utile visto che di mestiere fermava la palla prima che volasse in rete. Cam aveva aspettato pazientemente dietro le quinte, ma ora era la numero uno inamovibile dell'Inghilterra. Era anche la persona di cui Ash si fidava di più al mondo. Anche in quel momento, in cui Cam sfoggiava così tanto mascara da rischiare che le si incollassero gli occhi.

"I social media sono ridicoli. I fan vogliono solo una cosa, giusto? Vogliono una finestra sulla nostra vita ventiquattr'ore su ventiquattro, sette giorni su sette, e io non gliela concedo. In quel momento ti amano, ma quando commetti un errore in campo l'atmosfera cambia subito. È per questo che ho rinunciato ai social".

Dopo il trionfo dell'Inghilterra agli Europei aveva visto tutto precipitare. Le Royal Ravens erano inciampate all'inizio dei nuovi allenamenti e improvvisamente ogni sua mossa era sotto il microscopio, con i social media che davano a tutti la possibilità di intervenire con le loro opinioni. La sua forma fisica era stata messa in discussione, le sue prestazioni analizzate, la sua vita privata sviscerata. La fascia di capitana dell'Inghilterra significava che non ci si poteva nascondere dai riflettori. L'infortunio al crociato a metà stagione aveva solo complicato le cose, e ora stava lottando per tornare in piena forma. Con una Coppa del Mondo all'orizzonte l'estate successiva e visto che Ash avrebbe compiuto trent'anni lo stesso mese, il tempo era fondamentale.

Per quanto fosse brutto per Ash, però, era molto peggio per Cam, visto che era una donna di colore. Per questo motivo Cam aveva chiesto una curatela e una condivisione attenta, nel tentativo di controllare la narrazione.

Cam le baciò la guancia, poi si avvicinò per togliere il rossetto. Se i fan l'avessero notato dai video l'interesse avrebbe raggiunto soglie febbricitanti.

"Hai ragione sui social media. Tuttavia, se dai loro un po' di corda, te li togli di dosso per qualche giorno. E siamo tutte vestite per una serata fuori, non siamo mai così belle in tuta. È il momento di condividere. È il solstizio d'estate, il giorno più lungo e la notte più corta. I Celti credevano che questo fosse il giorno in cui il velo tra i due mondi era più sottile, quindi tutto era possibile". Cam la urtò con il fianco. "Pronta?"

Passarono dieci minuti a filmare, l'energia sconfinata di Cam era contagiosa e Ash si ritrovò a ridere sinceramente delle buffonate dell'amica. Le due erano perfette, Cam era in un equilibrio naturale con la sua personalità, anche se i tabloid accennavano costantemente a una storia d'amore tra loro. La verità era più semplice: erano cresciute giocando a calcio insieme fin dall'età di otto anni, rimanendo vicine nonostante Cam giocasse ora al nord per lo United. Questo rendeva la vacanza preziosa, una rara occasione per amiche di lunga data di riunirsi e rilassarsi dopo una stagione impegnativa. Ash aveva promesso a Cam di lasciarsi andare e di divertirsi.

"Ehi piccioncine, siete vestite?"

Ash sgranò gli occhi quando la capitana delle Royal Ravens, Sasha Goodall, apparve sul balcone portando due bottiglie di alcolici color miele, seguita a ruota dalle compagne di squadra Kyla Thomas e Marissa Marquez. La prima portava posate, salse e tovaglioli; la seconda un vassoio di bicchieri da shot. Posarono le cose sul tavolo rettangolare di pietra e si sedettero su tre sedie.

"Se foste arrivate due minuti prima ci avreste trovate a limonare". Cam alzò lo sguardo dal telefono. "Dovete migliorare il vostro tempismo".

"Non ho mai avuto lamentele".

Sasha era quella divertente del gruppo, quella a cui tutti guardavano quando c'era bisogno di risollevare l'atmosfera. A volte dava sui nervi ad Ash, ma senza di lei sarebbero stati tutti persi. Sasha aveva 33 anni, ne dimostrava di meno viste le sue prestazioni per la squadra e per il paese. Era la centrocampista difensiva che ogni squadra del campionato avrebbe voluto. Combattiva. Decisa. Creativa. Un muro.

"Abbiamo ordinato da mangiare, arriva tra dieci minuti. Hamburger e patatine fritte per tutti, perché è bassa stagione e possiamo farlo. Abbiamo anche un paio di bottiglie di tequila per dare il via alla serata, il marchio di George Clooney ce ne ha mandato una cassa come regalo perché siamo delle persone splendide". Sasha agitò un braccio verso Kyla, che stava versando il liquido dorato in bicchieri da shot. "Due shot prima di cena, due dopo. Senza eccezioni".

Apparve il resto della squadra, con un aspetto molto diverso da quello di poche ore prima, in bikini e scurito dal sole. Le calciatrici non hanno spesso la possibilità di vestirsi in modo elegante e glamour, quindi quando ce l'hanno ne approfittano.

Sasha fece cenno ad Ash e Cam di avvicinarsi al tavolo. Bevvero i loro shot di tequila mentre metà del gruppo si lamentava che avrebbe preferito la Tequila Rose.

"George Clooney non ce l'ha mandata, quindi smettetela di lamentarvi", disse loro Sasha.

"Hai visto che la nostra nuova patrona è a Marbella in questo momento?" Kyla alzò il telefono con una foto della principessa Victoria e di Dexter Matthews che salivano sul loro jet privato. "Potremmo imbatterci nei reali questa settimana, visto che andremo in alcuni club di lusso ora che siamo famose, giusto?"

Ash sobbalzò, improvvisamente interessata.

"Se li vediamo, Ash può presentarci, visto che si sono già incontrate questa settimana", aggiunse Kyla.

Ash annuì, come se fosse un affare fatto. "Le manderò

un messaggio per farle sapere che stiamo arrivando. Sarà entusiasta".

"Magari prenderà la Tequila Rose", disse la loro grintosa ala spagnola, Teresa, che quella sera era stata nominata portavoce del gruppo perché parlava spagnolo.

"Può prendere quello che vuole", aggiunse Kyla, riempiendo i bicchieri per il secondo round. "Immagina di essere un reale. Sono sicura che può ottenere tutto ciò che il suo cuore desidera".

"Ha già ottenuto il suo uomo!". L'attaccante inglese Denise Maloney era decisamente in tiro stasera, con il suo vestitino nero scollato che non passava mai di moda e i tacchi alti come trampoli. Li aveva già tolti sotto il tavolo.

Sasha raddrizzò le spalle, si avvicinò e mandò giù il secondo shot, poi sbatté il bicchiere. "Ho sempre pensato che la principessa Victoria fosse bisessuale. E, se ho ragione, magari vorrà qualcosa in più prima di impegnarsi in una vita di sesso etero. Una passeggiata sul lato dell'orgasmo garantito". Sasha scosse le spalle. "Se potessi essere d'aiuto, lo farei con umiltà".

Ash rise. "Per la regina e la patria, Sash?"

"Assolutamente". Sasha fece un elaborato inchino.

Suonò il campanello e Teresa e Kyla sparirono per prendere il cibo. Quando fu tutto impiattato, Cam girò un video del loro piatto, con la didascalia: "Fuori stagione, pieno di carboidrati".

Ash si assicurò di tenere l'hamburger il più lontano possibile dal suo top e dai suoi pantaloni bianchi. Mentre mangiavano, lei fissava l'ampia distesa del mare azzurro che si estendeva davanti a loro nella sera ancora calda. La serenità di quel momento era esattamente ciò che desiderava.

L'anno era stato duro, tra la rottura del crociato, il lungo percorso di recupero e la sconfitta delle Ravens per poche reti. Era una ferita che bruciava ancora, anche se ammorbidita dal trionfo nella Coppa d'Inghilterra. Forse quella fuga era il reset di cui la sua mente iperattiva aveva bisogno. Per la prima volta dopo secoli, la sua staticità mentale cominciò a svanire e le sue spalle finalmente si rilassarono.

"Potrei abituarmici". Si passò la punta delle dita sul ginocchio, sapendo che la cicatrice dell'intervento si trovava proprio sotto la stoffa.

"Dovresti, perché saremo qui per i prossimi otto giorni", Cam allungò le sue lunghe membra. "Rilassati. Cena ogni sera a bordo piscina, vista sul mare, belle donne da conoscere, la tua migliore amica al tuo fianco".

Sasha passò ad Ash il secondo bicchierino, che lei mandò giù con un brivido. "Stasera festeggiamo", dichiarò Ash. "Questa stagione abbiamo quasi conquistato il campionato. L'anno prossimo sarà nostro".

"Certo che sì", concordò Sasha, scatenando gli applausi del gruppo.

"Stasera andiamo a ballare in un locale di lusso", annunciò Ash, nonostante la sua nota mancanza di ritmo.

"Marianne dice che questo club è di alto livello", aggiunse Sasha. "Niente foto senza permesso. Pare che sia pieno di persone famose in cerca di privacy".

La loro agente conosceva i posti migliori. Ash sapeva che le persone famose desideravano l'anonimato. La fama non cambiava le basi: anche la principessa Victoria si metteva i pantaloni una gamba alla volta.

"Riempitevi lo stomaco e godiamoci Marbella", disse

Sasha. "Cocktail, festeggiamenti con le star del cinema. Vivremo alla grande, solo per qualche giorno. Nessuna caloria da contare, niente sessioni di allenamento. Mettetevi il rossetto e andiamo!".

Capitolo 6

Victoria si appoggiò alla balconata in plexiglass del piano superiore, osservando il vasto club sottostante. Le cabine scintillanti circondavano una pista da ballo incassata, mentre gli angoli VIP erano frequentati da star della musica, del cinema e dello sport. Aveva già scambiato dei convenevoli con delle star di Hollywood di cui le sfuggiva il nome, anche se sembravano conoscerla abbastanza bene. Una vita sotto l'occhio del pubblico significava continui scambi di battute, soprattutto in luoghi inaspettati come quello. A volte stava al gioco quando le chiedevano se fosse la vera principessa; altre volte affermava di essere una sosia solo per sfuggire alla conversazione.

La musica le rimbombò nel petto. Non era proprio il suo ambiente, ma aveva fatto delle promesse a se stessa e a Dexter. I suoi occhi scrutarono la folla finché non lo individuò, intento a conversare con Sid, il suo ragazzo. Alla faccia dell'idea di passare un po' di tempo da soli.

L'attenzione di Victoria si spostò sul vociare della pista da ballo, dove un gruppo di donne dal fisico atletico ballava sulle note di un noto inno calcistico. I suoi occhi si fissarono su un volto: capelli lunghi, fisico palestrato, aveva il suo nome sulla punta della lingua. Era una delle veterane dell'Inghilterra, centrocampo insostituibile.

Sally? Sophie? No. Poi ricordò: Sasha Goodall, la dinamo delle Royal Ravens e delle Lionesses. *Certo*. Si erano conosciute in una casa-famiglia dove Sasha l'aveva fatta ridere, un dono raro che Victoria non aveva mai dimenticato.

Il suo cuore accelerò. Se Sasha era lì, c'era anche Ash? Victoria si avvicinò di più al bordo del balcone. Aveva ripensato al loro momento dell'altro giorno? Probabilmente sì, però Ash non sapeva dell'accordo di Victoria con Dexter. Inoltre, probabilmente era impegnata e di certo non vedeva Victoria come una potenziale fidanzata.

Potenziale fidanzata? Victoria scosse la testa. Aveva bisogno di una vita vera al di là del suo titolo e dei suoi doveri, anche se era più facile a dirsi che a farsi.

Una mano sulla spalla interruppe i suoi pensieri. Si voltò e trovò la principessa Astrid accanto a lei. La principessa svedese delle feste, anche lei lesbica dichiarata e orgogliosa. Victoria era sempre andata d'accordo con lei, aveva sempre ammirato la sua scelta di vivere in modo autentico. Era più facile in Svezia, ma ci voleva comunque coraggio. I suoi caratteristici capelli bianco platino catturavano le luci stroboscopiche, creando un effetto aureola che corrispondeva alla sua fama di illuminare ogni stanza in cui entrava. Si portava con disinvolta spavalderia, il suo blazer sartoriale drappeggiato su una camicia sbarazzina mostrava il suo spirito ribelle.

"Come sta la mia principessa preferita?" Astrid si sporse dal balcone e scrutò la pista da ballo. "Hai trovato qualcuno laggiù?"

Victoria arrossì quando Astrid le lesse nel pensiero. "Certo che no. Non è così che funzionano le menti reali". Ma sorrise ad Astrid mentre parlava.

"Sto andando in terrazza. Vieni con me? C'è una bottiglia di Krug in ghiaccio con i nostri nomi sopra".

Le dita di Astrid erano calde intorno a quelle di Victoria mentre si lasciava condurre attraverso una porta scorrevole e fuori, su un balcone di dimensioni non dissimili da quello famoso di Buckingham Palace. Quello su cui si era fermata e aveva salutato innumerevoli volte. Quando Victoria entrava in un balcone qualsiasi, a volte doveva impedire alla mano di muoversi. La memoria muscolare era strana.

Sofia, la moglie di Astrid, era già in un angolo a chiacchierare con un gruppo di altre tre donne. Astrid vi condusse Victoria, poi la presentò al gruppo. Ci furono un paio di occhi spalancati quando capirono chi era. Victoria ci era abituata.

"E questa", disse Astrid, rivolgendo a Victoria un sorriso tagliente, "è Lucienne. È un'amica importante nell'industria musicale. Sa tutto quello che vuoi sapere sulle popstar". Astrid si avvicinò. "Victoria è una grande Swiftie".

Lucienne strinse la mano di Victoria fissandola con uno sguardo deciso. "È un piacere conoscerti. Astrid mi ha parlato molto di te". La sua voce era bassa, setosa, i suoi occhi del colore del bronzo brunito.

Non erano così affascinanti come gli occhi di Ashleigh Woods.

"Non avrei mai pensato che i reali britannici ascoltassero musica pop", continuò Lucienne. "Nella mia testa, siete più tipi da ballo e musica classica".

Victoria cercò di non irritarsi mentre lasciava andare la mano di Lucienne. Quelli che non pensavano che lei facesse cose normali la facevano arrabbiare.

"Ci piace la musica pop. Mangiamo anche cibo, andiamo in bagno e dormiamo ogni giorno".

Lucienne sgranò gli occhi a quella risposta.

Ok, forse era un po' troppo, solo che Lucienne aveva toccato un nervo scoperto.

"Okaaay", disse Astrid, riportando la conversazione sul gruppo. "Qualcuno vuole champagne?"

Victoria ne voleva, ma non voleva essere lì in quel momento. La sua mente vagò verso il gruppo di sotto. Scommetteva che si stavano divertendo più di lei. Alzò un dito. "Sai cosa, scusatemi solo un minuto. La natura chiama".

Senza lasciare che Astrid rispondesse, Victoria sgattaiolò via e scese le scale del club. Però, quando arrivò al piano inferiore e vide il gruppo di calciatrici, fu sopraffatta dalla timidezza. Cosa avrebbe detto se si fosse avvicinata a loro? Era già stata negli spogliatoi e li aveva sempre trovati luoghi intimidatori.

Victoria si fermò. Era ridicola. Era appena scappata da Astrid, che non le avrebbe fatto incontrare una ragazza a caso. Lucienne era splendida e chiaramente disponibile, a giudicare dal suo contatto visivo saldo. Che cosa stava facendo Victoria? Voleva inseguire una calciatrice in un club durante la sua prima notte fuori casa solo perché *forse* c'era stato qualcosa? E, soprattutto, non l'aveva ancora vista.

Chiuse gli occhi e sentì il bisogno di andarsene da lì prima che le cose peggiorassero. Prima che iniziasse a mettere in dubbio la propria esistenza e il motivo per cui stava vivendo in una totale menzogna.

Si girò, vide una porta e la fece scorrere. Un altro balcone. Si sarebbe presa un momento per riorganizzarsi, poi sarebbe tornata da Astrid. Da Lucienne. Forse doveva darle una possibilità. Victoria chiuse la porta e respirò l'aria fresca.

Solo quando guardò a destra si rese conto che c'era un'altra persona sul balcone.

Ashleigh Woods.

Una bottiglia di birra in ogni mano.

Vestita con un completo bianco che metteva in evidenza le braccia e le spalle tese.

Con molta più pelle in mostra rispetto a cinque giorni prima.

Da così vicino, Ashleigh non fece che confermare l'impressione iniziale di Victoria: era incredibilmente bella.

Victoria si impose di non fissarla troppo.

Quando Ash vide Victoria, spalancò leggermente la bocca.

"Sei tu", sbottò Ash, poi sembrò aspettare che il mondo la inghiottisse. "Cioè, Victoria". Un'altra smorfia. "Cioè, Vostra Altezza Reale".

Tutto ciò fece sì che Victoria soffocasse una risata. Una risata genuina, la prima che era riuscita a fare quella sera. Una di cui aveva disperatamente bisogno.

"Victoria va benissimo".

Ma Ash scosse la testa. "Non credo. Almeno, questo è quello che mi ha detto la mia agente. E mia madre. Ho la pessima abitudine di prendermi troppa confidenza con le persone". Fece una pausa, fissando Victoria con il suo sguardo caldo proprio come la prima volta.

Victoria aveva avuto ragione sui suoi occhi: brillavano come smeraldi.

"Avrei già dovuto fare una riverenza o qualcosa del genere?"

Victoria si avvicinò a lei, poi si fermò, lasciando uno spazio di pochi centimetri. Doveva mantenere la calma e giocare a fare la disinvolta. Era assolutamente in grado di farlo. Respirò l'aria mediterranea, densa di gelsomino. La musica proveniente dall'interno rimbombava contro le porte di vetro: un remix di un vecchio brano dance che aveva sentito mille volte quando era al college a Oxford.

Fissò Ash, sentendo la stessa attrazione verso di lei della prima volta. Il che era del tutto stupido, visto che non la conosceva nemmeno.

"Mi sembra di ricordare che non hai fatto una riverenza nemmeno quando ci siamo incontrate l'altro giorno".

Ash fece una smorfia. "Non è proprio il mio genere".

"Neanche il mio".

"Grazie a Dio". Ash si passò una mano sulla bocca. "Cioè, figo". Lei annuì. "Bene, bene". Poi le porse una bottiglia di birra. "Ti va? Immagino che non ci siano solo caviale e champagne dove vivi tu". Si accigliò. "O forse sì. Se tutti i film che ho visto sui reali si rivelano giusti, allora sono un'idiota". Fece una pausa. "Non ho bevuto nulla. Le ho prese per la mia amica Cam, ma lei è in pista a perdersi nella musica e io sono qui fuori a sfuggirle".

Victoria accettò la birra. "Grazie. Di sopra mi hanno offerto dello champagne, ma sono fuggita". Perché l'aveva appena detto?

"La birra aiuterà. Probabilmente. O peggiorerà la situazione". Ash fece una pausa. "Comunque, l'unica cosa a cui non ho pensato fino ad ora è: che cavolo ci fai in questo locale? Non mi stai pedinando, vero?"

Capitolo 7

Perché mai l'aveva detto? Aveva accusato l'erede al trono di pedinarla? A volte doveva davvero pensare prima di pronunciare le parole, ma era un'abitudine che non aveva mai imparato nei suoi ventinove anni di vita; quindi, non era convinta di riuscirci ora.

Per fortuna, la Principessa Victoria gettò indietro la testa e rise. Era lo stesso suono melodico e gutturale che Ash aveva sentito fluttuare nel corridoio del Palazzo. Ne era stata attratta allora e, a distanza di cinque giorni, non era cambiato nulla. I capelli le incorniciavano splendidamente il viso mentre sorrideva, gli occhi azzurri leggermente socchiusi mentre valutava Ash. Sembrava diversa quella sera. Meno appariscente, più rilassata. I suoi pantaloni blu e la sua camicia color crema lo dimostravano. Sembrava più a suo agio, più se stessa.

"Potresti essere l'unica persona in vita mia che mi accusa di averla perseguitata, e non il contrario". Scosse la testa. "Questo ti rende memorabile". Incrociò lo sguardo di Ash. "Cosa che avrei dovuto aspettarmi dalla numero otto dell'Inghilterra".

Ash sbatté le palpebre, cercando di non farsi sopraffare troppo. Stava realizzando di essere di nuovo sola con la principessa. "Sai il numero sulla mia maglietta?"

"Non è certo un segreto, no?" Un accenno di rossore sbocciò sulle guance di Victoria mentre parlava. "E poi, sono la nuova patrona dell'ACF. Mi piace essere aggiornata".

"Io pensavo che i reali si interessassero solo di sport più eleganti come il rugby e il lacrosse".

Victoria scosse la testa. "Sono una fan di tutti gli sport, soprattutto quando coinvolgono le donne. Guardo il tennis e il rugby, ma bevo anche birra e amo il calcio femminile. Sono entusiasta di questo nuovo ruolo".

"Incredibile".

"Mi crederesti se ti dicessi che sto imparando a giocare a biliardo?"

Il gay radar si accese nel cervello di Ash. Aveva cercato di dissuadere se stessa dalla possibilità che Victoria fosse queer, ma le prove si stavano accumulando. D'altra parte, alcune delle sue compagne di squadra erano etero e anche squali del biliardo, ma la maggior parte delle giocatrici di biliardo etero che conosceva erano calciatrici che frequentavano molte donne queer. Qual era la scusa della principessa Victoria? Lo sguardo di Ash cadde sulle mani di Victoria e sulle sue unghie dipinte. Smaltate, ma più corte della maggior parte delle persone.

Un brivido di calore le corse lungo la spina dorsale per poi depositarsi in un punto molto, molto più basso.

Ebbe una breve ma severa discussione con se stessa.

Victoria aveva un fidanzato.

Quasi marito.

Le era permesso di avere le unghie corte.

E di giocare a biliardo.

Mmh...

"Sono abbastanza brava a giocare a biliardo. Gioventù sprecata. Forse un giorno potrò darti qualche dritta".

"Mi farebbe molto piacere". Victoria si scostò i capelli castani, poi ne infilò una ciocca dietro l'orecchio.

Ad Ash fece un certo effetto.

Un effetto pericoloso.

"Ho fatto mettere un tavolo da biliardo nella casa estiva del Palazzo. In realtà, l'altro giorno sono andata a fare pratica dopo la cerimonia. Mia madre non è entusiasta, ma credo di fare abbastanza per accontentarla…". Si interruppe bruscamente e fissò Ash. "E non so perché te lo sto dicendo, visto che ci siamo letteralmente conosciute solo questa settimana e abbiamo parlato appena".

La cosa sorprendeva anche Ash, ma la entusiasmava allo stesso tempo. "Forse pensi di conoscermi. Sono un volto vagamente familiare che hai visto in televisione?" Fece una pausa. "E sono una buona ascoltatrice".

Sembrava che Victoria ne avesse bisogno. Ash capiva, e voleva metterla a suo agio.

"E possiamo tornare al fatto che hai un tavolo da biliardo a Palazzo? Immagino che tu intenda Buckingham Palace".

Victoria rise.

Anche in questo caso, Ash ebbe un brivido.

"Sì. Abbiamo dovuto farlo entrare di nascosto. La mamma pensava che sarebbe stato un po' strano se la stampa ne fosse venuta a conoscenza. *Un po' troppo mondano*, credo siano state le sue parole".

"Non è un passatempo che assocerei a un reale".

Victoria si leccò le labbra prima di parlare, alzando gli occhi blu per incontrare quelli di Ash. "Forse sono una reale atipica".

Ash l'aveva capito. I suoi occhi si soffermarono sul collo elegante di Victoria, dove l'odore del suo profumo legnoso sembrava più forte, prima di allontanare lo sguardo. Doveva riportare le cose su un piano più equilibrato, ma la sua mente era vuota.

Per fortuna, Victoria intervenne. "Torniamo indietro, però. Perché stai scappando dalle tue amiche? Sembrava che si stessero divertendo".

Ash scosse la testa. "È vero, ma io sono una pessima ballerina, quindi a volte mi allontano per la mia sanità mentale. Stanno cercando di ricreare la finale di FA Cup, ma con gli shot di tequila al posto dei rigori". Alzò la bottiglia. "Io sono più una da birra".

"Grazie per la birra, a proposito". Victoria fece tintinnare la sua bottiglia con quella di Ash e si sedettero l'una accanto all'altra, con vista sul mare.

Ash cercò di non pensare che stava condividendo l'aria con la futura regina, ma era difficile.

"Oggi è il solstizio d'estate, il giorno più lungo dell'anno. E anche la notte più corta". *Grazie, Cam.* "I Celti credevano che fosse il momento in cui il velo tra i mondi era più sottile. Quando tutto era possibile".

Victoria si voltò a guardarla, con gli occhi leggermente sgranati. Un sorriso lento e impressionato le si allargò sul viso. "E io che pensavo di essere l'unica a conoscere la tradizione solstiziale. Sei piena di sorprese, vero? Sei brava con i piedi e con la mente". Guardò Ash da cima a fondo, quasi spogliandola.

Ash boccheggiò.

Victoria distolse lo sguardo.

Passarono alcuni secondi carichi.

"Purtroppo ero fuori dal Paese quando avete vinto la FA Cup. Sembra che sia una mia abitudine. Mi sarebbe piaciuto vedere la partita". Quando si voltò, aveva le guance arrossate.

Straordinaria compostezza sotto pressione.

"Non l'hai guardata?"

Victoria scosse la testa. "Non ce l'ho fatta, ma ho controllato il punteggio quando sono tornata dalla cena. Sono una grande fan delle Royal Ravens. Forse riuscirò finalmente ad andare a vedere una partita in questa stagione".

"Mi farebbe piacere".

"Anche a me".

Ash non si stava inventando quell'energia tra loro, vero? Inspirò, poi cercò di non concentrarsi su di essa, ma era impossibile. Ronzava nell'aria tra loro come una corda pizzicata.

Si schiarì la gola. "Mi sorprende che tu sia qui da sola. Non dovresti avere una guardia del corpo? Un fidanzato? Qualcuno?"

Gli angoli della bocca di Victoria si sollevarono in un sorriso. "Dexter è di sopra, a chiacchierare con un amico. Ho dato alla mia assistente la serata libera e ho convinto la mia guardia del corpo ad aspettare in macchina". Sorrise. "Ero sul balcone al piano di sopra, ma avevo voglia di cambiare compagnia, quindi eccomi qui. Sembrava che al piano di sotto ci si divertisse di più, e ho pensato che è stato bello conoscerti all'inizio della settiman...". Victoria distolse lo sguardo.

Voleva ballare con la squadra di calcio inglese? Parlare con Ash?

"Non ti consiglio di unirti a quella gentaglia. L'ultima volta che hanno bevuto qualche bicchierino, si sono sfidate a immergere le tette nella birra di uno sconosciuto, e abbiamo ricevuto lamentele dalla direzione". Ash strinse i denti. "E ora non sono sicura che avrei dovuto dirtelo, nel caso mi facessi ghigliottinare".

"Rilassati. Abbiamo smesso di tagliare la testa alla gente un po' di tempo fa". Victoria sorrise sorseggiando la sua birra. "Quanto tempo vi fermate a Marbella?"

"Dieci giorni in tutto. Questo è il secondo giorno. Sto cercando di non lasciarmi andare troppo perché voglio rimanere in forma, ma non tutte le mie compagne di squadra sono dello stesso avviso".

"Tutti abbiamo bisogno di un po' di tempo libero".

Ash annuì, cercando di non concentrarsi sulle mani eleganti della principessa. "È per questo che sei qui?"

"Qualcosa del genere. Io e Dexter stiamo facendo un fine settimana lungo; resteremo qui fino a martedì mattina".

Il fidanzato.

"Alloggeremo con le reali svedesi nella loro villa".

Una vampata di felicità attraversò Ash. "Astrid e Sofia?"

Victoria annuì. "Proprio loro".

"Le adoro. Fanno da modello, vivono con orgoglio".

Victoria ora arrossì davvero. "Vero, e sono anche persone straordinarie". Fece una pausa. "Che programmi hai per il fine settimana?"

"Domani passeremo la giornata in piscina, quindi faremo tuffi tutto il tempo. Non chiedermi perché, ma è quello che succede quando si riunisce un gruppo di ragazze che giocano a calcio. Domenica, poi, abbiamo noleggiato uno yacht che sembra bellissimo. L'abbiamo già soprannominato *la barca della festa*". Quando le parole le uscirono dalle labbra le sembrarono ridicole, come di una persona che non va spesso sugli yacht. Il che era vero. Immaginava che Victoria ci fosse stata spesso.

"Divertente. È lo stesso motivo per cui sono qui questo fine settimana: per sfogarmi un po'. Se vuoi fare una pausa dalla piscina domani, Astrid e Sofia organizzano un barbecue. Sei la benvenuta, sono sicura che saranno entusiaste di avere la capitana dell'Inghilterra". Fece una pausa. "E naturalmente porta un più uno, se c'è".

Ash sbatté forte le palpebre, cercando di elaborare l'informazione. Si era rifugiata in quella balconata per prendersi una pausa dalla danza, e ora veniva invitata a un barbecue reale? Niente di tutto questo aveva senso. L'idea di andare a una festa reale la spaventava a morte, ma poteva rifiutare?

"Non c'è nessun più uno", disse alla principessa. "Non c'è più da un pezzo. Non siamo tutti fortunati in amore come te".

Victoria trasalì. "Non direi che sono fortunata".

Cosa significava?

"Scusa, mi riferivo a quello che ho letto sui social. Che Dexter sta per chiederti di sposarlo".

"Non credere a tutto quello che leggi. Sono sicura che capisci, essendo sotto gli occhi di tutti".

Ash annuì. "Sì". Cosa c'era di non vero? Ash voleva chiederlo, ma sapeva di non poterlo fare. "Ma è fantastico che tu sia anche apertamente a favore della comunità queer pur non essendolo, ne abbiamo bisogno. Ho letto dell'associazione per i giovani senzatetto che stai dirigendo, con particolare attenzione ai giovani queer".

Victoria la guardò direttamente negli occhi. "Chi dice che non lo sono?"

Le possibilità esplosero nella testa di Ash come fuochi d'artificio. Aprì la bocca e la richiuse, stordita dalle implicazioni. Non aveva davvero idea di cosa rispondere.

"Comunque". La temperatura si abbassò. Victoria distolse lo sguardo con improvvisa durezza. "Dammi il tuo numero, se ti va. Parla con chi devi e fammi sapere se ti va di venire con me. Anche se non hai un'accompagnatrice, sentiti libera di portare un'amica, o un amico". Tese il telefono.

Ash lo prese, con una vampata di calore che le saliva sul collo mentre cercava di concentrarsi sullo schermo piuttosto che sul calore persistente del punto in cui la loro pelle si era toccata. Il polso le martellava in gola e maledisse le mani tremanti che minacciavano di rivelare ogni grammo della sua attrazione. La sola vista dei numerosi nomi famosi tra i contatti di Victoria le ricordava il mondo in cui viveva la principessa, un mondo di fama e popolarità che sembrava lontano dalla realtà di Ash come un'altra galassia. Eppure Victoria era lì, così vicina da farla vacillare. Le rivolgeva uno sguardo che aveva già visto molte volte.

Una che diceva che le sarebbe piaciuto conoscerla meglio. *Molto meglio.*

"Se riuscissi a venire mi farebbe molto piacere". Si morse il labbro.

Victoria era nervosa?

"In questa stagione lavoreremo di più insieme, quindi dovremmo conoscerci".

Ash aveva conosciuto tante persone negli ultimi due anni, ma nessuna di queste conoscenze le aveva causato un incendio sotto la pelle.

Gli occhi blu di Victoria la valutarono. "Voglio saperne

di più sulla capitana dell'Inghilterra". Si allontanò dalla ringhiera. "Però ora devo davvero tornare di sopra. Fare un po' di baldoria. Essere un po' più principesca".

Il suo sospiro disse ad Ash che quella era l'ultima cosa che voleva fare.

Chi dice che non lo sono?

Che cosa significava? Stava dicendo quello che Ash pensava stesse dicendo?

Victoria bevve un altro sorso di birra, poi mise giù la bottiglia. "La lascio qui. So che in questo locale vige la regola del divieto di fare foto, ma se mi beccano con una bottiglia di birra in mano, mia madre si arrabbierà".

Sua madre. La regina. Era bello sapere che tutte le madri si preoccupavano della stessa cosa. "Tua madre e mia madre dovrebbero incontrarsi. Potrebbero legare sulle stesse cose che non vogliono che le loro figlie facciano. Baciare le donne, per quanto mi riguarda, anche se credo che l'abbia quasi superato. Ma bere birra dalla bottiglia è sicuramente un'altra cosa".

"Dovrebbero proprio", concordò Victoria, con il rossore delle guance sempre più intenso. "Cioè, non la prima cosa, ovviamente". Guardò il pavimento. "Ma sicuramente la seconda". Fece una pausa. "Vado". Indicò la porta. "Spero di rivederti presto".

Ash annuì. "Mi piacerebbe".

"Anche a me".

Capitolo 8

"**P**erché questa donna, allora? Ti piace? Perché se è così, questo è un colpo di scena che posso *assolutamente* accettare".

Astrid si sedette sul bordo del piccolo divano di Victoria e la squadrò. La luce del sole entrava nella camera da letto, finché Astrid non si alzò e fece cadere la tenda. Su di loro calò un silenzio cupo.

"Mi piacciono molte persone". Non era una risposta soddisfacente e Victoria lo sapeva.

L'amica alzò debitamente gli occhi. "Stai evitando la domanda. Quello che voglio dire è che non inviti mai la gente alle nostre feste. *Noi* invitiamo gente alle nostre feste".

Victoria aveva oltrepassato il limite? Sentiva caldo. "Non pensavo che ti dispiacesse". Non avrebbe dovuto darlo per scontato. "Posso mandarle un messaggio…".

"Non ho detto che mi dispiace, ho detto che è insolito. I nostri barbecue sono molto informali e siamo felici di ospitare anche i tuoi amici". Astrid fece una pausa. "E poi non si tratta di una persona qualsiasi, è una persona che ti piace e che si dà il caso sia anche la capitana dell'Inghilterra". Alzò un sopracciglio. "Capisco perfettamente l'attrazione. Il modo in cui indossa quella tuta…".

"Uniforme", la corresse Victoria.

Astrid agitò una mano. "Non importa. Le sta bene. Non ho mai capito cosa ti piacesse degli sport femminili finché non ho guardato gli Europei, e allora ho capito!".

Victoria scosse la testa. "Guardo gli sport femminili perché sono tutte atlete di grande talento, al top del loro gioco. Se qualcuna di loro ha un aspetto gradevole mentre gioca, è un bonus aggiuntivo". Sgranò gli occhi mentre l'amica si lasciava andare a una risata divertita.

"Un bonus aggiuntivo. Capito". Si avvicinò a Victoria e si sedette accanto a lei sul divano del bovindo. "Penso che sia una buona cosa, comunque. Un passo avanti. Stai agendo in base ai tuoi sentimenti, stai uscendo allo scoperto. Non hai fatto nulla in pubblico da quando stai ufficialmente con Dexter. Che cosa è successo adesso?"

"Sono passati tre anni". Non aveva bisogno di controllare un calendario o un'agenda. Il tempo in cui aveva finto di essere etero e di essere amata in pubblico perché "era ora che mostrasse un po' di appetito" (parole di sua madre) le era sembrato una vita. Almeno lei e Dexter andavano d'accordo. Potevano tenersi per mano. Avevano capito che era reciprocamente vantaggioso. Però tutte le cose belle hanno un punto di arrivo, e il loro incombeva.

Era per questo che era stata così audace con Ash? Forse. Astrid aveva ragione: non invitava mai nessuno a quegli eventi. Astrid aveva sempre una serie di donne disponibili. Victoria sapeva bene che alcune di loro erano care amiche e Astrid nutriva sempre la speranza che una di loro potesse andare bene. Finora non era successo.

Con una, Hermione, aveva quasi funzionato. Era stata

gentile, splendida e molto paziente. Era danese e proveniva da un ambiente tranquillo. La sua famiglia era aperta, onesta, affettuosa. Avevano incoraggiato Victoria a fare lo stesso, ma non era così facile quando si aveva a che fare con anni di aristocrazia e tradizione. Hermione aveva resistito per quasi sei mesi, ma poi aveva deciso di lasciarla. Victoria non si era mai concessa completamente, perché sapeva come sarebbe andata a finire. Così come finiva sempre: male.

"Se ti piace, almeno vive nello stesso Paese. Questo rende tutto più facile".

"O più difficile".

Astrid le lanciò un'occhiata. "Hai più potere su questa situazione di quanto pensi. Sei l'erede al trono. Sfrutta questa posizione con tua madre. Prima o poi dovrà ascoltarti. Hai fatto quello che voleva, ma anche quello che vuoi tu è importante".

Victoria annuì. Era più facile a dirsi che a farsi.

"Porta tuo padre dalla tua parte. Il Re è stato troppo silenzioso in questa vicenda per i miei gusti. Non ha alcuna influenza?"

Espirò. "Mi dice sempre che il suo ruolo è quello di sostenerla".

"È vero, ma può anche sostenere te".

Victoria sapeva che aveva ragione, prima o poi doveva farsi valere, ma il solo pensiero le faceva contrarre il petto. Difendersi da sua madre non era mai stato facile.

Astrid mise un braccio intorno alla spalla di Victoria e la strinse forte. "Sai qual è la cosa che preferisco di questa storia, però?"

"Dimmi".

"Non hai negato che ti piace, e di solito lo fai. Il che mi dice tutto quello che ho bisogno di sapere".

Victoria chiuse gli occhi. "Non la conosco nemmeno". Ma la voleva conoscere, più di quanto avrebbe mai lasciato intendere ad Astrid. Erano passate meno di ventiquattr'ore dalla loro chiacchierata sul balcone e già era nervosa all'idea di rivederla.

"A volte non c'è bisogno, lo senti qui e basta". Astrid si premette una mano sul petto.

Non c'era stato un colpo di fulmine, ma non appena Victoria aveva posato gli occhi su Ash, c'era stato un legame. Non sapeva dire altro e non capiva perché.

La spaventava a morte.

Ma la emozionava anche come non succedeva da molto tempo.

Capitolo 9

"Ok, devi letteralmente stare ferma e smettere di girare a vuoto. Dovrai parlarle quando arriverai lì. Posso farti apparire splendida da morire, ma se hai la schiuma alla bocca per il nervosismo, non posso farci niente".

Luke, lo stilista di Ash, era all'altro capo della telefonata e diceva tutte le cose giuste. Era il tipo di uomo le cui sopracciglia perfettamente scolpite potevano dare il via a tendenze, porre fine a discussioni e far sì che Ash mettesse in dubbio tutte le scelte di vita che avevano portato alla sua tragica inferiorità in fatto di sopracciglia.

"Lo so, lo so". Era in bilico sui talloni e voleva che il suo cervello smettesse di fare capriole come una ginnasta olimpica. Non era sicura che stesse funzionando. Chiuse gli occhi e cercò di adottare i metodi di respirazione che le erano stati utili per tutta la carriera, quelli per cui riusciva a battere i rigori sotto pressione. Doveva bloccare tutto il resto e concentrarsi solo sul respiro. Aspirò fino a riempirsi i polmoni d'aria, poi espirò. Ripeté cinque volte.

Era d'aiuto.

Come sempre.

Avrebbe cercato di ricordarlo per dopo.

"È un evento diurno? Hai chiesto se era informale?"

Ash annuì. "Sì. Mi ha detto che lo è e di portare un costume da bagno". Cercava di non pensarci. "Ma i reali sono mai veramente casual?" Che cosa significava "casual" negli ambienti reali? Niente diademi, ma sempre con i diamanti?

"Sì, fuori dai riflettori. Non indossano sempre abiti eleganti. Credimi, lo so. Ho vestito un po' di persone che andavano a eventi del genere. E poi ti ha detto di portare un costume da bagno. Io dico di optare per i pantaloncini sartoriali beige, un gilet bianco e una camicia a maniche corte, e di abbinarli ai mocassini Gucci. Un look sobrio, ma sofisticato. Non troppo impegnativo, ma splendido. È un barbecue, non un banchetto di Stato".

Ash annuì. "Ok, mi sembra una buona idea. E se arrivo lì e tutti sono in abito da sera?"

"Ashleigh, oggi pomeriggio ci saranno trentacinque gradi. Tutti saranno sudati o in piscina. Se vuoi fare colpo, metti in valigia il tuo bikini più succinto. Credo che la Principessa Victoria approverà".

Anche lui sospettava qualcosa?

"Che cosa significa?"

"Solo che ama la moda. È un'icona di stile come lo sei tu. Potrete darvi ispirazione a vicenda". Fece una pausa. Dall'altro capo del filo si sentirono delle grida e Luke si schiarì la gola. "Abbiamo finito? La mia cliente preferita è tranquilla? Sa cosa indossare?"

"Sì". In effetti, lo sapeva, ma ne avrebbe dubitato fino al momento in cui fosse arrivata lì. Era perché era con gente reale o perché c'era Victoria? Forse un po' entrambe le cose.

"Ricordati di indossare anche la collana a catena. E gli

anelli. Potranno anche essere dei veri reali, ma tu vai lì e fai colpo come la regina che sei".

Riattaccò e fece un altro respiro profondo. Quando alzò lo sguardo Cam entrò dalla porta, con un pareo sopra il bikini. Fece un occhiolino ad Ash.

"Non dovresti prepararti?"

Ash annuì. "Ho appena parlato al telefono con Luke, ora mi vesto".

Cam si mise di fronte a lei. "Sei truccata bene". Si avvicinò. "Come ti senti?"

"Come se non sapessi cosa sto facendo".

Cam sorrise. "È solo un barbecue estivo. Ci sei già stata altre volte".

"Sei sicura di non voler venire con me?" Ash aveva offerto, ma Cam aveva rifiutato. La sua non-fidanzata, Hayley, aveva detto che sarebbe passata quel giorno, e questo era sufficiente per trattenere Cam. Alla fine, Ash preferiva andare da sola. Se fosse stato terribile avrebbe bevuto un drink e se ne sarebbe andata.

Cam scosse la testa. "Ma se hai bisogno che faccia una chiamata d'emergenza per tirarti fuori di lì, mandami un messaggio. Avrò il telefono incollato al fianco".

"Grazie". Ash prese i pantaloncini dall'armadio e li indossò. Sfilò il reggiseno e ne cercò uno nuovo. Avendo condiviso gli spogliatoi e le camere da letto con Cam da quando aveva otto anni, la nudità non era una novità per nessuna delle due. Una volta indossata la camicia, si avvicinò alla finestra e fissò le altre ragazze che se ne stavano sdraiate in piscina, ignare.

"Nessuno si è insospettito?" Si voltò verso Cam.

"Perché dovrebbero? Hai detto che vai a bere qualcosa con un'amica. Tutte pensano che si tratti di un'*amica-amica*, ma non stanno facendo ipotesi su chi possa essere. Potrebbero pensarci per ore e non lo indovinerebbero mai".

Ash si succhiò l'interno della guancia mentre cercava, senza riuscirci, di trovare la chiusura della sua collana di Tiffany, uno dei tanti nuovi sponsor dell'ultimo anno. "Sii sincera, sono stupida ad andare lì? Sarò fuori posto?" Sì, lei e Victoria avevano un legame, ma questo significava che avevano abbastanza cose in comune da parlare per più di dieci minuti?

"Lo scoprirai". Cam si avvicinò, si mise dietro Ash e prese in mano le estremità della collana. La chiuse, poi girò l'amica finché non si trovarono faccia a faccia. "Quello che devi ricordare è che tu sei Ashleigh Woods. Hai dovuto lavorare per farti conoscere, loro sono nati e *boom!*, erano già famosi. Hai il diritto di stare lì tanto quanto loro, forse di più. Tieni la testa alta, goditi il barbecue, poi torna a casa e raccontami tutto. E per favore, fatti una foto con Astrid e Sofia. Mettila su TikTok, immagina che scoop!".

* * *

La villa era grandiosa come si aspettava da una proprietà reale: un ampio viale a mezzaluna, eleganti pilastri che fiancheggiavano l'ingresso, vaste finestre che si beavano del sole del Mediterraneo. Durante la sua infanzia, lei e sua madre si erano sempre chieste chi vivesse in case come quella. Debra Woods non avrebbe mai creduto a dove si trovava sua figlia in quel momento.

Ash si premette il palmo della mano sul petto, cercando di rallentare il battito cardiaco. Aveva il talento di complicarsi la vita e quel giorno ne era un esempio lampante. Quella che era iniziata come una semplice fuga al sole si era in qualche modo trasformata in una roulette russa reale. Bussò alla porta bianca e scintillante e aspettò, espirando lentamente. Quando si aprì, dietro non c'era un membro dello staff, ma Dexter Matthews. Il fidanzato della Principessa Victoria, il cui volto campeggiava settimanalmente sui tabloid. Le rivolse un sorriso tranquillo e le fece cenno di entrare.

Non era in smoking, cosa di cui Ash era entusiasta. Indossava piuttosto dei pantaloncini rosa, una maglietta azzurra e delle infradito.

"Ashleigh Woods, è un onore per me". Le strinse la mano con un sorriso sincero. "È un vero piacere conoscerti. Non sono un grande appassionato di calcio – quello è il settore di Victoria – ma ogni volta che siamo insieme e giochi, la TV è sempre accesa. Lionesses o Royal Ravens. Ho persino capito la regola del fuorigioco alla fine degli Europei, cosa di cui sono particolarmente orgoglioso, essendo gay". Si fermò, spalancando gli occhi. Fece una smorfia. "Gaaaaymer", disse, quasi gridando la parola, "che a dire il vero non ama molto lo sport. Ma ho fatto un passo avanti con gli sport femminili".

Ash fissò Dexter, con le guance arrossate. Aveva appena detto quello che lei pensava avesse detto? Il suo gay radar emise un suono così forte che quasi la assordò. Avrebbe spiegato i commenti di Victoria la sera prima. E anche quello che aveva detto ad Ash sull'essere queer.

Tuttavia, respinse quei pensieri, perché se fosse stato vero il suo cervello sarebbe andato in tilt.

Era lì per divertirsi, mangiare un hamburger reale e frequentare persone queer.

E la principessa Victoria.

O erano la stessa cosa?

Dexter si schiarì la gola. "A proposito, sei bellissima". Aggrottò la fronte. "In forma. Atletica".

Era sempre così maldestro con le parole o era solo agitato?

"Ti troverai bene nel giardino sul retro pieno di donne bellissime. Giuro, non ha senso andare in un bar gay. Tutte le lesbiche nel raggio di venti miglia sono nel giardino di Astrid". Fece una smorfia. "E Victoria, ovviamente".

Ash non sapeva bene cosa dire. La sua mente vorticava come un caleidoscopio natalizio.

"Seguimi".

Dexter la guidò lungo un corridoio illuminato dal sole e in un vasto open space dove due chef lavoravano in un silenzio concentrato, con i loro toques bianchi che si agitavano mentre assemblavano una serie di insalate e contorni. Era surreale, come camminare in un set cinematografico, se non fosse che gli aromi erano veri e i piani di lavoro in marmo brillavano sotto il sole spagnolo che filtrava dalle finestre a tutta altezza.

La prima cosa che vide entrando nel giardino fu la principessa Astrid, con un braccio intorno alla moglie Sofia.

Ash si fermò bruscamente.

Non riusciva a credere di essere così vicina ad Astrid e Sofia, una delle poche coppie che la costringevano a ignorare il divieto di TikTok e a guardare i loro video. Le aveva viste fare shopping in negozi costosissimi per un divano da urlo, e poi le aveva viste accoccolarsi sul divano per guardare un film. Era andata con loro a scegliere il loro nuovo cucciolo da un rifugio. Le aveva viste vestirsi per le serate di gala. Erano reali, ma con un contorno di normalità.

Quando si accorse che non lo stava seguendo, Dexter si voltò. "Tutto bene?"

Alla sua sinistra, un gruppo di uomini stringeva flûtes pieni e rideva fragorosamente. Non riconosceva nessuno, ma sembrava che avessero soldi e status. Lo capì dal modo in cui occupavano spazio. Poi però ricordò le parole di Cam: "Hai il diritto di stare lì tanto quanto loro".

Ash gli rivolse un sorriso tirato. "Mai stata meglio".

Aveva già incontrato gente famosa. Si era mescolata con persone diverse in occasione di molti eventi da quando aveva ottenuto il titolo di capitana dell'Inghilterra. Poteva farcela.

Anche se le persone con cui si mescolava erano bambini svantaggiati che volevano giocare a calcio.

Li preferiva sempre a un evento aziendale.

Seguì Dexter fino a dove si trovava Victoria. Almeno tutte le donne erano in abiti estivi, pantaloncini o gonne. Nessuno indossava abiti da sera.

Grazie, Luke.

"Guarda chi ho trovato sulla porta di casa?"

Un rapido sorriso balenò sul volto di Victoria quando vide Ash, seguito rapidamente da qualcos'altro che non riusciva a capire.

"Sei venuta! Sono così felice". Victoria allungò la mano e accarezzò la parte superiore del braccio di Ash, prima di allontanarla rapidamente.

Era stato un gesto stranamente intimo, finito ancor prima di accadere. Ash però voleva che accadesse di nuovo. Non era abituata a farsi toccare da persone che non conosceva, anzi, di solito lo odiava, ma con Victoria le cose erano diverse.

"Ci hai messo tanto?" Victoria strinse le mani davanti a sé, con le nocche bianche.

Indossava un paio di pantaloncini sartoriali verde pallido,

una maglietta a maniche corte a righe verdi e bianche e scarpe bianche. Era interessante notare che il colletto della camicia era alzato e che, quando Ash si era avvicinata, aveva una mano nella tasca dei pantaloncini. Classici segnali queer. Ash doveva credere a ciò che stava vedendo?

"No". Sorrise ad Astrid e Sofia. "Avete una casa bellissima".

"Grazie, la adoriamo". Astrid le tese la mano e Ash cercò di non essere troppo colpita. "Io sono Astrid e questa è mia moglie, Sofia".

Come se non sapesse chi fossero.

Tutto il mondo sapeva chi erano.

Tuttavia, quando Ash prese la mano di Sofia tra le sue, fu lei a smaniare. "Non so esprimere a parole quanto sia entusiasta di conoscerti!".

"Lo siamo entrambe", disse Astrid, con la sua voce roca e così familiare che sembrava di parlare con una vecchia amica. "Tifavamo per la Svezia agli Europei, ovviamente, ma una volta che ci avete messe al tappeto, abbiamo fatto il tifo per voi. Sei un'atleta fantastica e anche un modello queer. Quando Victoria mi ha detto che ti aveva invitata, non vedevo l'ora di conoscerti".

"Smettila, la stai facendo agitare", intervenne Victoria. "Dex, puoi portarle da bere? C'è dello champagne nel secchio".

"Ci penso io", disse Dexter.

Ash scacciò le preoccupazioni di Victoria. "Non c'è problema. Anch'io sono una vostra fan, guardo sempre i vostri TikTok. Io ne sono dipendente, come la maggior parte delle donne queer che conosco".

"Vedi!" Astrid disse a Sofia. "Siamo famose, piccola! Sofia pensa che a volte condividiamo troppo. Le ho detto che non è così. Siamo reali che lavorano, abbiamo marchi da promuovere e associazioni di beneficenza da sostenere. E penso che sia fantastico poter mostrare la nostra relazione sana, normale e amorevole. Non tutti quelli che hanno una piattaforma del genere possono o lo fanno".

Lanciò un'occhiata a Victoria.

Ash lo notò.

Qualcosa balenò sul volto di Victoria, che poi si infilò entrambe le mani in tasca e fissò il pavimento. Quella non era la Victoria che vedeva ogni giorno sui giornali, con i suoi abiti aderenti e le sue giacche su misura. Quella era la vera Victoria. Ancora non del tutto rilassata, con amici che la conoscevano abbastanza da fare commenti del genere.

"Spetta a noi essere in prima linea", disse Astrid ad Ash. "Non dobbiamo guidare, ma solo illuminare la strada".

Dexter si avvicinò, con un vassoio di champagne in mano. "State parlando di nuovo di TikTok?"

"Sei solo geloso. Cosa non daresti per essere tu stesso un tiktoker. Ti conosco, Dexter Matthews. Ogni scusa è buona per mettere un po' di brillantini ed essere sopra le righe".

"Ora devo solo convincere Vicky a fare lo stesso". Si fermò al fianco di Victoria e le baciò la guancia. "Non è vero, tesoro?"

Victoria sgranò gli occhi, ma sorrise lo stesso. "I miei giorni con i brillantini sono stati brevi, dolci e sono accaduti quando avevo cinque anni", disse. "I miei giorni con lo champagne, invece...".

Capitolo 10

In cima alla scala, Victoria condusse Ash in un corridoio color crema con enormi dipinti astratti di donne allineati alle pareti. Quando Astrid aveva fatto costruire la casa aveva commissionato tutte opere d'arte che raffiguravano donne, perché voleva che nella casa circolasse 'potere femminile'. Victoria non riusciva a immaginare una residenza reale britannica che ne seguisse l'esempio.

"Spero che Astrid e Sofia non siano state eccessive".

Ash scosse la testa. "Sono interessate al mio lavoro e viceversa, e poi grigliano benissimo. La pancetta di maiale era da urlo. Non posso mangiarla tutto l'anno, ma in bassa stagione è perfetta". Si accarezzò il ventre piatto. "Spero di non sembrare troppo gonfia in bikini".

Victoria non riusciva a immaginare Ash in un aspetto diverso da quello che aveva sempre – perfetto. "Sarai sicuramente splendida".

La frase le uscì di bocca prima che potesse rimetterla dentro. Era abbastanza sicura che una principessa non dovesse dire cose del genere, ma non si era ripromessa di sciogliersi un po' quel fine settimana? Aveva invitato Ash lì, dopo tutto. E le stava dicendo la verità.

Si fermò davanti a una porta bianca e immacolata. "Ti

va bene cambiarti nella mia stanza da letto? Non sono sicura che le altre camere degli ospiti siano occupate. Non vorrei che un conte svedese si intrufolasse per usare il bagno mentre sei mezza nuda".

Solo quando entrò nella sua camera da letto Victoria si ricordò della sua indecisione quando si era preparata quella mattina. Voleva fare la migliore impressione possibile su Ash, ma senza essere troppo aggressiva. Soprattutto visto che Ash pensava ancora che fosse etero. Tre o quattro top erano ancora sparsi sul letto. Victoria si precipitò a raccoglierli, depositandoli sulla chaise longue nell'angolo e nascondendoli sotto due cuscini.

Poi si voltò verso Ash, che aveva un aspetto delizioso nei suoi pantaloncini. Le gambe da calciatrice erano sempre state il suo punto debole. Si schiarì la gola, poi si passò una mano tra i capelli e se li infilò dietro l'orecchio.

A sua volta, Ash armeggiò con la tracolla della sua borsa di Gucci.

Ora che erano sole, Victoria si ritrovò a desiderare le chiacchiere di Astrid e Sofia.

Il silenzio era carico, intimo.

La sua pelle formicolava mentre Ash la guardava.

"Vieni qui spesso?" Ash trasalì non appena le parole le uscirono di bocca. "Voleva essere una domanda sincera, non una terribile battuta per rimorchiare". Arrossì. "Non che io... sai cosa, non importa".

La risposta *peccato*, danzò sulla lingua di Victoria, però la respinse.

"Sì. È una specie di santuario, un posto dove possiamo essere noi stessi". Si sorprese a voler aggiungere qualcosa su

Dexter, ma si fermò. "Quando Astrid e Sofia vengono a Londra stanno da me, quindi questo è il loro modo di ricambiare il favore. Sai com'è essere sotto i riflettori. La fama è un po' come il picnic più sfarzoso del mondo: in teoria è meraviglioso, ma alla fine si viene punti dalle vespe. Fa parte dell'incarico".

"Mi piace questa analogia".

"Grazie". Victoria le rivolse un timido sorriso. "Comunque, a volte, quando sono qui, mi sembra di staccare la spina e non essere una principessa. Che, dietro il titolo sfarzoso, è in realtà un lavoro che non si può mai lasciare. Voglio dire, potrei, ma non lo farei mai. Però posso venire qui e prendermi una pausa per qualche giorno". Non aveva idea del motivo per cui aveva portato la conversazione in quel vicolo cieco. "Vuoi cambiarti per prima?"

Ash annuì ed entrò nel bagno di Victoria. Victoria si sbrigò a rimettere nel guardaroba tutte le camicie dismesse e a raddrizzare i cuscini. Non voleva che Ash pensasse che fosse una sciattona.

Pochi minuti dopo, Ash uscì dal bagno e Victoria dimenticò all'istante tutte le lezioni di portamento che aveva imparato. Il top nero del bikini e i pantaloncini maschili mettevano in mostra il corpo da atleta di Ash: muscoli magri e linee eleganti che nemmeno la camicia bianca a nido d'ape che indossava sopra riusciva a nascondere completamente. Il proposito di Victoria di non fissare il ventre piatto di Ash era già in frantumi. I suoi occhi tracciarono la sottile definizione delle spalle di Ash, la curva dove la vita incontrava i fianchi. Le si seccò la bocca.

Ash le rivolse un sorriso traballante mentre sollevava la borsa, e il cuore di Victoria incespicò nel suo ritmo.

"Hai bisogno di cambiarti?"

"Ho già il costume sotto". La voce di Victoria uscì più ferma di quanto si sentisse, anche se le pulsazioni le rimbombavano nelle orecchie. Lo sguardo la tradì di nuovo, si beò della vista delle gambe toniche di Ash. Una vita di addestramento diplomatico, di chiacchiere perfette e di parole attente, ed eccola qui, colpita senza parole da Ash Woods in tenuta da spiaggia.

Fece un debole gesto verso la porta. "Andiamo?"

* * *

Un'ora dopo, tutto il gruppo si era trasferito a bordo piscina: chi a rilassarsi sui lettini, chi a godersi l'idromassaggio in una delle due vasche. Victoria e Ash stavano giocando una partita molto approssimativa di pallavolo in acqua (niente rete, l'obiettivo era non far cadere la palla in acqua). Le loro avversarie erano Astrid e Sofia, e la coppia svedese era determinata a vincere per potersi vantare di aver battuto la capitana delle Lionesses. Ash però era ultra competitiva, e anche Victoria. Finora, le cose non stavano andando troppo bene per le svedesi.

"*Fan i helvete*!" esclamò Astrid, mentre Ash piazzava un altro punto vincente.

Victoria sapeva benissimo che significava "cazzo!" in svedese.

"Pensavo sarebbe stato facile battervi, visto che non c'entrano i piedi. Non puoi essere brava in tutti gli sport, no? E invece pare proprio di sì. E poi, la vena competitiva di Victoria la conosciamo già".

Ash le sorrise, mentre si davano il cinque dopo l'ultimo punto vinto, e si preparavano per la battuta successiva. Victoria era contenta di avere qualcosa da fare per non pensare troppo al fatto che Ash fosse ancora in bikini… e anche al fatto che Dexter e Sidney erano ormai al decimo bicchiere di champagne, distesi l'uno accanto all'altro a bordo piscina, e ridevano come matti.

Alle grigliate da Astrid, però, non era una scena insolita. Ovunque Victoria guardasse c'erano coppie queer di ogni tipo: chiacchieravano, ridevano, si tenevano per mano, si scambiavano baci. Aveva chiesto a Dexter di essere discreto, ma quello era anche il suo spazio. Il *loro* spazio. Una festa che avevano organizzato proprio per essere se stessi. Lei aveva invitato un'estranea; ora doveva prendersi la responsabilità della cosa, che le piacesse o meno.

Prima però c'era una partita di pallavolo da vincere.

"A quanti punti dobbiamo arrivare?" chiese.

"Hai forse di meglio da fare?" replicò Astrid.

"Magari rilassarmi con un cocktail?"

"Davvero, la nobiltà britannica. Sempre così esigente," rise Astrid. "Si arriva a venticinque. Voi siete a due punti dalla vittoria. Noi dobbiamo iniziare la nostra serie vincente di quindici punti. Pronta, tesoro?"

Sofia annuì, spingendosi gli occhiali da sole sulla testa.

Ash piazzò altri due punti in meno di trenta secondi, e vinsero facilmente. Si diedero tutte il cinque, uscirono dalla piscina e Astrid andò a prendere altri drink. Victoria scelse lo champagne, Ash l'acqua. Poi fu Victoria a guidarla verso l'idromassaggio libero sulla sinistra. Premette il pulsante per le bolle, e si sistemarono una accanto all'altra. Victoria raramente restava senza parole, ma con Ashleigh Woods le capitava fin troppo spesso.

Quando guardò verso la piscina, vide Dexter chinarsi e baciare Sidney. Chiuse gli occhi un istante, poi si voltò verso Ash. Anche lei stava guardando nella stessa direzione. Non c'erano dubbi: aveva visto tutto. Era il momento di affrontare l'elefante nella stanza. Victoria si schiarì la voce, prese un bel sorso di champagne, poi iniziò a parlare.

"Credo tu abbia visto Dexter lì con Sidney. E che abbia capito che stanno insieme". La voce le tremava. Non aveva mai fatto una cosa del genere fuori dalla sua cerchia, ma qualcosa in Ash le dava la sensazione che fosse giusto. Che non avrebbe tradito la sua fiducia.

Sperava che Ash riuscisse a mettere insieme i pezzi per capire perché Victoria l'avesse invitata. Raccolse tutto il coraggio che aveva e continuò.

"Ci sono molte coppie queer, qui. Coppie che, nella vita pubblica, hanno partner diversi per salvare le apparenze. Ma alle feste di Astrid possiamo essere tutti noi stessi. Me compresa". Fece un bel respiro mentre incrociava lo sguardo di Ash.

Porca miseria, non diventava mai più facile, vero?

"Sono lesbica. Lo sono sempre stata, e anche Dexter è gay". Si fermò per cercare di capire la reazione di Ash, ma sul suo splendido volto non traspariva nulla. "Siamo buoni amici, e questo accordo ha funzionato per entrambi. I suoi genitori non lo accettano. I miei… sì, ma fino a un certo punto. Come puoi immaginare, nella storia ci sono sempre stati reali gay, ma mai dichiaratamente. Mia madre non ha alcuna intenzione che le cose cambino".

Lo sguardo di Ash non vacillò. "E tu? Vuoi cambiarle?"

Victoria espirò lentamente e allungò il braccio sinistro.

Era bello essere ascoltata. Bello che qualcuno le chiedesse cosa voleva davvero.

"Credo di sì. So che non sarà facile, ma preferisco essere onesta piuttosto che vivere di nascosto e mentire a tutti. I miei genitori mi hanno sempre detto che abbiamo un dovere verso il Paese, che dobbiamo essere devoti e servire. Ma forse, da qualche parte nella lista, dovrebbe esserci anche la nostra felicità".

Ora toccava ad Ash sospirare. "Pensavo che oggi fosse già una delle giornate più surreali della mia vita solo per il fatto di essere stata invitata a un barbecue reale. Ma ora l'erede al trono mi ha appena detto che è lesbica". Ma sorrise mentre lo diceva.

Victoria aggrottò la fronte. "È troppo?"

Ash scosse la testa. "Quando ci siamo conosciute, e anche oggi, ho percepito qualcosa. Ma non ho mai voluto dare nulla per scontato. Il calcio mi ha insegnato che, per quanto riguarda la sessualità, molte persone sono su uno spettro".

"Mi piacerebbe dire di essere così interessante, ma non lo sono. Mi piacciono le donne e basta". Solo pronunciarlo era liberatorio. Anche se un po' rischioso. Perché era seduta, praticamente mezza nuda, un po' alticcia, in una vasca con una donna che le piaceva davvero molto. E che, se non si sbagliava, ora la stava guardando con tutt'altro sguardo.

"Anche a me," rispose Ash, alzando il bicchiere verso Victoria. "Pare che abbiamo qualcosa in comune, allora".

Victoria sentì sciogliersi qualcosa dentro. "Lo spero davvero".

Non era più molto allenata quando si trattava di flirtare. Le bolle finirono. Ash si sporse per premere di nuovo i pulsanti.

Le sue braccia muscolose fecero rizzare i peli sulla nuca di Victoria. Ash era incredibilmente attraente, e Victoria stava per proporre una cosa incredibilmente folle. Nella sua testa, prima, aveva perfettamente senso. Ma ora che Ash le era così vicina, con tutta quella pelle in vista, non era più tanto sicura.

Ash si rimise comoda accanto a lei, poi allungò le braccia. Le sue dita sfiorarono la spalla di Victoria.

Victoria trattenne il respiro al minimo contatto, la pelle che sembrava prendere fuoco nel punto in cui Ash l'aveva sfiorata.

Sì, era proprio fottuta.

L'acqua sembrava improvvisamente troppo calda, o forse era solo lei. Lottò contro l'impulso di avvicinarsi, di colmare quei pochi centimetri che le separavano. I getti ribollivano, ma Victoria non sentiva altro che il battito assordante del proprio cuore. Doveva tenersi insieme, cercare di dimenticare il calore che vibrava tra i loro corpi quasi a contatto.

"Devo dire che tu e Dexter recitate bene la parte. Fino a questa settimana non l'avrei mai sospettato".

Victoria annuì. "Siamo fin troppo bravi". Lanciò uno sguardo verso la piscina. "Ma lui vuole stare con Sidney, e io voglio iniziare la mia vera vita. Quella in cui posso tenere la mano di qualcuno in pubblico".

Parlarne con un'altra donna – un'altra donna lesbica – la faceva sentire euforica. Come se avesse appena inalato un raggio di sole.

E, cosa fondamentale, Ash non era saltata fuori dalla vasca per andarsene. Era già un buon inizio. Il problema era che Victoria non aveva la minima idea di quale potesse essere il passo successivo.

"Hai detto che i tuoi genitori lo sanno?"

Victoria annuì. "Sì, e in linea di principio lo accettano. Sarebbero perfettamente felici se mi sposassi per finta e poi vedessi donne di nascosto, ma è estenuante, e alla lunga so che mi logorerebbe, sia fisicamente che mentalmente. Preferisco affrontare tutto ciò che comporta essere apertamente me stessa, piuttosto che vivere così".

Fissò Ash negli occhi. "Se può contare qualcosa, sei la prima donna che ho invitato qui personalmente. La prima con cui ho sentito una connessione, incontrata al di fuori di questo ambiente". Era una cosa importante, Astrid aveva ragione. "Volevo che lo sapessi. Se bacio qualcuno, se inizio qualcosa con qualcuno, devo mettere le carte in tavola, per quello che sono. Sto impazzendo, o anche tu hai sentito qualcosa tra noi fin dal primo momento?"

Ash si leccò le labbra e deglutì a fatica. Non rispose subito.

Il cuore di Victoria si strinse fino a diventare minuscolo. Quanto ci avrebbe messo a scomparire sotto l'acqua? Proprio in quel momento, le bolle si fermarono di nuovo. Cavolo, che cos'avevano quei getti? L'acqua si fece immobile, riflettendo il suo stato d'animo.

Ma poi, Ash scosse la testa. "Non stai impazzendo, l'ho sentito anch'io. Altrimenti oggi non sarei venuta: dovevo capire se quello che pensavo era vero. Se eri davvero queer. E lo sei, e anche molto attraente. Il che rende tutto un po' più complicato, no?"

Le sue dita sfiorarono di nuovo la spalla di Victoria, e una scarica di gioia le attraversò tutto il corpo. Era iperconsapevole di ogni cosa: il leggero sciabordio dell'acqua sulla pelle, l'aria del pomeriggio sul viso, ma soprattutto la presenza di Ash accanto a lei, reale, concreta... e ricettiva.

"Puoi dirlo forte. Ma hai visto i miei amici. Eppure sei rimasta, non sei scappata dopo mezz'ora". Si fermò. "Ti andrebbe di baciarmi?"

Ash socchiuse gli occhi, emise un lungo sospiro, poi annuì con esitazione. "È una domanda trabocchetto?"

"No, ma volevo esserne certa". Victoria abbassò lo sguardo sulle labbra di Ash. Rosate, perfette, assolutamente invitanti. "Anch'io voglio baciarti, tantissimo". Un modo fin troppo mite per dirlo.

"Essere così dirette è una cosa da principesse?"

Victoria sorrise, poi prese un bel respiro. "Di solito non sono così, ma visto che tu sei tu e io sono io, sto per proporti qualcosa di radicale".

"Okay?"

"Ho bisogno di tempo per chiudere con Dexter, e non voglio trascinarti dentro a tutto questo. Voglio che tu ti goda il resto della vacanza con le tue amiche. Io tornerò a Londra, e poi parto per l'Australia e la Nuova Zelanda per quattro settimane in visita di Stato". Vide la confusione sul volto di Ash.

"Quello che sto cercando di dire è: pensa se vuoi davvero baciarmi. Perché non finirebbe lì, te lo garantisco". L'attrazione tra loro era troppo forte. Era come una forza magnetica che le spingeva l'una verso l'altra. Finora, Victoria aveva resistito con tutte le sue forze, ma stava diventando sempre più difficile.

Quando alzò lo sguardo, gli occhi accesi di Ash sembravano bruciarle la pelle.

Victoria scosse la testa. "Quello che voglio dire è che ho un bel bagaglio emotivo, un sacco di condizioni". Non lo stava vendendo molto bene, eh? "Ma vorrei davvero provare a frequentare qualcuno, magari costruire qualcosa, e metterci tutto l'impegno possibile". Ecco. Aveva decisamente detto troppo.

Ash si morse il labbro inferiore, poi la fissò con quegli occhi perfetti. "E io che pensavo di essere solo in una vasca con una donna bellissima".

Il cuore di Victoria non saltò solo un battito: esplose. La semplicità delle parole di Ash fece crollare ogni sua difesa. Ogni cellula del suo corpo urlava desiderio.

"Magari fosse così semplice".

Una goccia d'acqua scivolò lungo la guancia di Ash.

Victoria voleva disperatamente allungare la mano e asciugargliela. Si sedette sulle mani per evitare che accadesse.

"Per prima cosa, devi lavorare sul tuo modo di proporti", le disse Ash. "Tutti hanno dei bagagli emotivi. Anche se i tuoi sono più pesanti del normale, sicuramente il tuo bel viso compensa".

Il cuore di Victoria batté forte. Ash era molto più brava a flirtare di lei, il che non era difficile.

"Secondo, ora che continui a parlare di baci, ho davvero voglia di baciarti". Ash fece l'impensabile: si avvicinò finché le loro bocche non furono a pochi centimetri.

"Capisco che tu voglia chiudere definitivamente con lui prima, e lo rispetto, ma io sono venuta apposta per vederti. E poi, lui è laggiù che bacia un altro. Non puoi fare lo stesso anche tu? E se semplicemente testassimo le acque? Solo un bacio esplorativo, per vedere se siamo compatibili?"

I polmoni di Victoria si dimenticarono di lavorare quando il respiro di Ash sfiorò le sue labbra.

"Non rendere tutto più difficile". Le parole fuoriuscirono a malapena dalle sue labbra. Quanto avrebbe voluto gettare la cautela al vento e assaporare le labbra di Ash… ma non poteva. Perché conosceva se stessa, e non voleva rovinare tutto.

Non poteva succedere niente finché la questione con Dexter non fosse chiusa e sepolta. Sì, lui stava baciando Sidney, ma lei voleva cominciare con Ash con una tabula rasa. Perché se l'avesse baciata non si sarebbe fermata lì.

Ne era certa. Doveva sistemare la sua finta relazione prima di iniziarne una vera.

"Hai il mio numero. Ti prometto che ti chiamerò quando sarò tornata". Ogni parola le costava, doveva lottare contro ogni istinto che le urlava di tirare Ash a sé. "Solo per rassicurarti: mantengo sempre la parola".

Capitolo 11

"Hai visto le notizie?" La madre di Ash, Debra, entrò in cucina con il telefono sollevato. Si aggrappò allo schienale di una delle sedie bianche in legno. "La tua amica ha annullato il fidanzamento!"

"La mia amica?" Ash non aveva idea di chi stesse parlando sua madre.

"La principessa Victoria".

Ash arrossì. Non aveva detto a nessuno (tranne che a Cam) dove fosse andata il pomeriggio del barbecue. Era troppo delicato per condividerlo, troppo rischioso. Anche se non era successo nulla.

D'altra parte, era successo *di tutto*.

Ash sapeva che questo annuncio reale sarebbe arrivato, ed era una cosa pazzesca. Victoria le aveva detto che avrebbe dato la notizia aggiornando lo stato sentimentale sui social su "single" ed eliminando le foto di lei e Dexter in atteggiamenti da coppia. Tuttavia, Ash non sapeva esattamente quando sarebbe successo.

Ora lo sapeva.

"L'ho incontrata una volta, mamma". Bugia. "Non è proprio una mia amica". Anche questa era una bugia, dato che

Victoria le aveva scritto per tutta la settimana raccontandole come stava andando il viaggio.

"Ha passato almeno dieci secondi in più con te che con chiunque altro alla cerimonia dell'MBE. Credo ci fosse un certo feeling". Sua madre sorrise come se fosse la battuta dell'anno. "E poi, siamo state nel palco reale a Wimbledon due settimane fa. Chi pensi che abbia messo una buona parola per gli inviti?"

Ash aveva portato sua madre alla semifinale femminile, e da allora non aveva smesso di parlare di quanto fosse stato emozionante sedere nella fila dietro a Bradley Cooper.

Sua madre sbuffò guardando il telefono. "Ci sono folle radunate ai cancelli del Palazzo. Le persone alzano asciugamani e tazze con Victoria e Dexter. Non fraintendermi, mi sono sempre piaciuti i reali. Victoria sembra carinissima, ma quel Dexter? Mi è sempre sembrato un po' troppo impostato. Troppo ansioso. Spero che qualcuno si stia prendendo cura di lei in Australia, se è giù di morale".

Ash cedette e aprì il telefono. In effetti, sua madre non mentiva. Davanti ai giganteschi cancelli di ferro di Buckingham Palace si erano radunate folle con candele e fiori, a piangere la fine della relazione di Victoria. Ed era proprio per questo che Victoria aveva deciso di farlo mentre era all'estero.

> Lasciamo che la frenesia dei media raggiunga il culmine e poi si plachi prima del mio ritorno a casa, con un po' di fortuna.

È quello che Victoria aveva scritto ad Ash in settimana, su WhatsApp. Chi l'avrebbe mai detto che anche i reali usavano WhatsApp?

Ora, guardando le interviste sul suo telefono, con giornalisti e pubblico a speculare sulle ragioni della rottura, Ash non era tanto sicura che tutto si sarebbe calmato in fretta. Alla gente importava con chi fosse Victoria, ma questo non la scoraggiava. Se possibile, la incuriosiva ancora di più. Anche se aveva detto che voleva una relazione tranquilla, lontana dai riflettori. Il che rendeva questa situazione *l'esatto opposto* di ciò che desiderava.

A volte le sue scelte non avevano senso, ma quando l'erede al trono mostra interesse per te, devi vedere dove porta la cosa. Anche se significa mentire a tua madre quando la vai a trovare dopo l'allenamento. Una *minuscola* bugia.

Ash aveva seguito il tour reale di Victoria con un entusiasmo solitamente riservato alle statistiche di calcio. L'agenda della principessa era abbagliante, un turbine di cene di Stato, incontri diplomatici ed eventi benefici. Ogni apparizione non faceva che accrescere l'ammirazione di Ash. Non era solo bella; era brillante, capace di dominare stanze piene di diplomatici con la stessa naturalezza con cui aveva incantato Ash nella vasca idromassaggio.

Probabilmente la prossima volta avrebbe dovuto chiederle consigli su come parlare in pubblico, ma era abbastanza sicura che non sarebbe stata la priorità. Ogni volta che Victoria appariva sullo schermo del telefono o in TV, infatti, Ash si ritrovava a fissarle le labbra, a chiedersi cosa stesse pensando dietro quel sorriso composto. Era pronta per la notizia di oggi? Era nervosa per le apparizioni di domani e per le inevitabili domande sulla rottura?

Concentrati. Per ben due volte quella mattina il suo allenatore l'aveva sorpresa a distrarsi durante l'allenamento.

Non poteva dirgli il perché, non poteva dirlo a nessuno. Non c'era niente da dire.

Ancora.

"Sei venuta a trovarmi o sei venuta a sorridere al tuo telefono seduta al mio tavolo della cucina?"

Ash lo posò. Avrebbe scritto a Victoria più tardi, tanto ora stava dormendo. Erano le due del pomeriggio lì, quindi le tre di notte in Australia.

"Sono qui per vederti, mamma cara".

Debra sorrise, placata. "Com'è andato l'allenamento oggi? È strano averti qui d'estate. Di solito sei via per qualche torneo, da sempre. Mondiali. Europei. Olimpiadi. She Believes. Posso dire che mi fa piacere che l'Inghilterra non si sia qualificata per le Olimpiadi?"

"No, non puoi". Ash scosse la testa, sorridendo comunque. All'epoca era stata una brutta botta, ma non avere partite ufficiali per un mese era quello di cui il suo corpo aveva bisogno. Era la sua mente ad averci messo di più a convincersi.

"Però a me piace. Vieni a trovarci un po' di più, ed è sempre una cosa buona". Sua madre si fermò, poi fece un cenno verso il piano di lavoro, dove erano disposti ingredienti familiari. "Puoi aiutarmi a fare il banana bread, se ti va. Vuoi occuparti degli ingredienti umidi e io di quelli secchi?"

"Certo".

Ash balzò in piedi, conoscendo quella routine molto meglio degli schemi sui calci d'angolo che avevano provato quella mattina. Le Ravens avevano perso il campionato per pochi dettagli, e uno di quelli era l'incapacità di segnare sui calci piazzati. La loro allenatrice, Jo Kendall, aveva assunto un nuovo allenatore specializzato per migliorare quell'aspetto del gioco. Ash era incaricata dei corner, e aveva passato una mattinata frustrante a cercare di far arrivare la palla sul secondo palo, senza riuscirci per un bel po'. Alla fine aveva capito come fare, ma quel giorno il piede non riusciva proprio ad avvolgere la palla.

L'allenatore del giorno, Dwayne, era stato solo incoraggiante. Tuttavia, Ash era la peggior nemica di se stessa: solo quando riusciva a zittire la voce critica dentro di sé il suo tocco tornava davvero. Sperava che schiacciare insieme due banane mature e due uova, con un po' di burro fuso, si rivelasse molto meno problematico.

Ash faceva il banana bread con sua madre fin da quando era piccola. Era un classico. Victoria faceva cose del genere con sua madre? Non riusciva a immaginarlo.

Sbatté le uova, cercando di liberarsi la mente da ogni pensiero principesco.

Sua madre accese il forno e la osservò mentre Ash pesava il burro.

"Ricordati di coprirlo mentre lo sciogli. Quella volta è schizzato ovunque nel microonde".

"Era quando giocavo ancora nel Crystal Palace. È ora di lasciar perdere". A pensarci bene, aveva sempre giocato in squadre con nomi reali. Crystal Palace, poi le Royal Ravens. Doveva significare qualcosa?

Debra sorrise. "Non hai mai risposto alla mia domanda. Com'è andato l'allenamento? Sembri un po' distratta".

Ash mise il burro a fondere a una temperatura adeguata. "Bene. Abbiamo fatto un po' di palestra e poi qualche esercizio sugli angoli. Facevo schifo, ma sono migliorata. Poi abbiamo mangiato un salmone delizioso in mensa".

"Non ti rendi conto di quanto sei fortunata, a farti cucinare i pasti al lavoro".

Lo sapeva benissimo. "Sono un'atleta in perfetta forma. Devono assicurarsi che resti così".

"Viziata, è quello che sei". Ma sua madre le baciò comunque la guancia. "C'è una nuova donna all'orizzonte? Conosco i segnali, diventi tutta distratta. Me lo ricordo bene con Danielle. Mangi di meno, diventi un po' tesa, agitata".

"Non è vero". Era una risposta di riflesso. Ash sapeva che era vero.

"Non sei affatto brava a nascondere le cose. Da quando sei tornata da Marbella sei distratta. E non credere che mi sia sfuggito quello sguardo colpevole scambiato con Cam in aeroporto, quando ho chiesto se avevi conosciuto qualcuno di nuovo o interessante". Le diede una spintarella con l'anca, sorridendo. "Fidati, amore, quella faccia innocente l'ho perfezionata io stessa con mia madre, ai miei tempi".

"Dovrò parlare con Cam per farle fare espressioni più convincenti". Ash cercava di buttarla sul ridere.

Poteva funzionare.

O forse no, a giudicare dal sopracciglio alzato.

"Non è successo niente. Non ho conosciuto nessuno". E non stava mentendo. "Te l'ho detto. Era un viaggio tra ragazze, puro e semplice".

Anche se era stato il viaggio in cui aveva conosciuto una donna che non vedeva l'ora di rivedere.

* * *

Da quando era uscita la notizia avevano iniziato a scriversi regolarmente, con grande gioia di Ash.

> Sei su tutte le prime pagine, qui. Non riesco nemmeno a prendere il telefono senza che qualcuno speculi su cosa sia andato storto tra te e Dexter.

> Lo so. Mi tiene aggiornata.

> Ce la fai a reggere? Anche gli australiani sono ossessionati?

> Lo sono, ma non è nemmeno lontanamente paragonabile a Londra. Sono ancora contenta che il mio team l'abbia organizzata così. Posso evitare i riflettori principali. Qui è più come una lampadina a bassa intensità. E poi, oggi ho ricevuto tre proposte ora che sono di nuovo "sul mercato". Pensavo che la gente avrebbe aspettato almeno un giorno.

Era davvero divertente. Per qualche motivo, Ash non se lo aspettava. Forse perché i reali ci vengono sempre presentati come piatti e noiosi. Grigio.

Victoria era tutto tranne che grigio.

> Come ti senti?

> Onestamente? Mi sento più leggera. Più felice. Sollevata di non dover più fingere. Ma questo è solo il primo passo.

Il giorno dopo, Victoria era volata a Uluru, dove aveva visitato un ristorante gestito da una coppia lesbica che serviva la miglior bistecca della zona. Era il suo terzo impegno della giornata, dopo una visita a un asilo la mattina e un pranzo con leader indigeni. Tuttavia, era la cena con le donne queer a metterla più in agitazione.

> Per favore non guardarla, perché arrossisco sempre quando sono in presenza di lesbiche o di persone queer nella vita pubblica.
> Non so perché. Senso di colpa per non essermi dichiarata?

> Nessuno sospetta nulla. Basta che tu sia splendida e gentile con le lesbiche.

> Sono sempre gentile con le lesbiche.

> Lo so.

> Penso che sia anche perché temo che mi leggano nel pensiero, e poi domani i miei segreti più profondi finiranno su tutti i giornali. È stupido preoccuparsene. Soprattutto adesso.

> L'unica persona con il superpotere di leggerti nel pensiero sono io. L'abbiamo già stabilito.

Ash adorava che fosse vero.

In risposta, Victoria le aveva mandato una fila di emoji con gli occhi a cuore, insieme al logo di Superman.

A seguire, un'interminabile pausa di venti minuti in cui Victoria aveva iniziato a scrivere, poi si era fermata, aveva ricominciato, poi ancora interrotto.

> Da dove stai scrivendo?

Dal sedile posteriore della mia auto. Ho detto alla mia assistente, Tanya, che sto controllando come sta Dex, ma penso che non mi creda. Sorrido troppo al telefono. Voglio bene a Dex, ma questo non è proprio il momento di sorridere per una conversazione con lui. In questo momento si sta mangiando le mani per le scelte di tre anni fa. Comunque, sia io che Tanya siamo entusiaste di stare in macchina perché c'è l'aria condizionata e siamo lontane dalle mosche, che ieri ci hanno assalite. Non hanno rispetto per la famiglia reale.

Tagliagli la testa.

Ci ho provato. Erano troppo veloci. Com'è andata la settimana?

Victoria, come Ash stava imparando, era sempre interessata a ciò che faceva.

Ieri ho fatto il banana bread con mia madre e sono stata pessima nei calci d'angolo. In più, ho fatto braccia in palestra.

È bello fare braccia. Mi piacciono le tue braccia.

Quel messaggio aveva fatto sedere dritta Ash sul divano, e quasi voleva farsi vento con la mano.

State flirtando con me, Altezza Reale?

Brava. Non posso ingannarti.

Ash si era chiesta se tutti quei messaggi a ogni ora potessero diventare una distrazione. La risposta era un sì deciso, ma era anche qualcosa a cui ormai teneva tantissimo. Il momento migliore della giornata. Stava conoscendo meglio una donna che le piaceva, una donna che non aveva nemmeno ancora baciato. Sembrava un corteggiamento come ai tempi di sua nonna, o anche prima.

Non l'aveva mai fatto prima. Aveva frequentato solo calciatrici, e voleva cambiare. Le sue ex erano sempre state compagne di squadra o giocavano nella stessa lega, quindi avevano orari simili. Con Victoria era tutto diverso. Il suo programma era il più folle che Ash avesse mai visto, e il tempo libero praticamente inesistente.

> Ho lavorato sui bicipiti e oggi li ho tirati fuori per la nuova campagna di Tiffany che sto realizzando. Parla di forza e gioielli. Guido una macchina sportiva fighissima nello spot. Spero che lo vedrai presto.

> Spero anch'io. Sembra proprio il mio genere. Le tue braccia e le auto veloci sono due delle mie cose preferite.

I messaggi rendevano Victoria molto più audace che dal vivo. Ash doveva alzare il livello. Marianne aveva già inviato alcune prove dello shooting. Ash ne modificò velocemente un paio e le mandò a Victoria. Ci mise poco a ricevere una fila di emoji con il fuoco.

> Il tuo talento calcistico mi ha conquistata, ma i tuoi bicipiti e i polpacci non guastano. Sei pazzesca.

Il cuore di Ash fece una capriola. Poteva benissimo abituarsi a essere corteggiata da una principessa.

> Non vedo l'ora di tornare e di passare le dita sui tuoi bicipiti.

Ash sbatté le palpebre. Non avevano ancora parlato di quando si sarebbero riviste.

> Spero che mi sia permesso di dirlo e che tu non ti senta troppo oggettificata.

> Al contrario, mi piace particolarmente essere oggettificata da te.

Ash era nei guai. Aveva già saltato i suoi soliti ritmi di sonno per scrivere a Victoria nel cuore della notte, ma non le importava.

Era un pendio scivoloso, lo sapeva. In qualche modo, però, nonostante sapesse che era la cosa sbagliata da fare, non riusciva a smettere. Si raccontava delle scuse: era ancora in pre-campionato, il sonno non era così importante senza partite decisive.

Ma *erano* decisive. Dopo la stagione precedente, ogni partita era un passo verso il ritorno alla sua forma migliore. La Ash del passato non avrebbe mai permesso che qualcosa si mettesse in mezzo al suo percorso. Rifiutava inviti serali. Se ne andava di nascosto dalle anteprime cinematografiche. Alcol? Sempre un no secco. Però bastava un messaggino con una faccina sorridente da parte di una principessa per farle perdere la testa.

Tuttavia, si diceva di avere tutto sotto controllo. Almeno,

continuava a ripeterselo. Se sua madre pensava che fosse distratta, e se l'allenatrice si chiedeva perché i suoi calci d'angolo finivano sempre fuori bersaglio, potevano continuare a chiederselo. In quel momento non aveva importanza. Tutto ciò che importava ad Ash era che l'aereo di Victoria atterrasse di nuovo e che potessero respirare la stessa aria. E forse, solo forse, avrebbe potuto baciarla.

> A proposito, quando tornerò la prossima settimana, Tanya mi dice che, in quanto patrona dell'AFC, dovrò inaugurare una nuova struttura presso il National Women's Training Centre di Birmingham. Ci sarai anche tu?

Ash si era svegliata con quel messaggio quella mattina, e poi si era immersa in un bagno di ansia. Si era immaginata il prossimo incontro con Victoria a porte chiuse, solo loro due. Non con il mondo intero a guardarle, probabilmente ancora impaziente di chiederle cosa fosse successo con Dexter.

> Ci sarò. Siamo in ritiro con la nazionale inglese quella settimana, ed è il giorno dei media. È una bella sorpresa sapere che ci sarai anche tu.

> Non proprio l'atmosfera intima che speravo, ma chi si accontenta gode. Sarà comunque bellissimo vederti.

Ash aveva fissato il telefono come se fosse una bomba. La testa le pulsava per l'eccitazione, ma anche per la paura. Finché la principessa era lontana, flirtare era stato facile. Ora che stava per tornare, però, tutto stava per diventare molto più reale.

Ormai c'era dentro fino al collo. Ne era ben consapevole. Doveva scoprire dove avrebbe portato tutto questo, nel bene o nel male.

Il cuore di Ash voleva Victoria.

Non si poteva tornare indietro.

Capitolo 12

Con l'efficienza che l'aveva resa la più giovane assistente senior della storia reale, Tanya controllò il suo tablet e illustrò il programma. "Resteremo qui per due ore, signora. Aprirà il centro con il presidente della FA, la manager dell'Inghilterra e la capitana dell'Inghilterra accanto a lei", disse, con la sua camicia rosa perfettamente stirata come il suo programma. "Ho riservato un'ora dopo per interagire con i giocatori e chiacchierare. Si parla anche di una partitella per le telecamere".

"Hai messo in valigia i miei jeans e le mie scarpe da ginnastica?" Chiese Victoria.

Tanya annuì. "Certamente. Poi andremo direttamente dal sarto per la prova finale dell'abito per l'imminente visita di Stato. Il vestito bordeaux, quello che le piaceva tanto".

Sua nonna, la Regina Madre, aveva mandato un messaggio a Victoria prima, chiedendole come stava dopo la rottura. Era stato dolce da parte sua. Lei e Victoria avevano sempre avuto un legame stretto, anche se non conosceva tutti i dettagli della sua vita.

Victoria si guardò le unghie, chiedendosi per la milionesima volta se il rosa che aveva scelto – Grace di Dior – fosse un po' troppo sgargiante. Ci aveva rimuginato troppo a lungo il giorno prima. Quella sua indecisione non era da lei. Come diceva sempre sua madre, "il Paese è in buone mani con te al comando. Grazie al cielo sei nata prima tu e non Michael". Non l'avrebbe detto se l'avesse vista ridotta a un relitto per colpa di uno smalto e del mascara.

Quel giorno, Victoria era tenuta insieme solo dalla speranza, da Dior e da Charlotte Tilbury.

Si morse la guancia, cercando di non pensare al fatto che di lì a meno di un'ora avrebbe rivisto Ash per la prima volta dopo un mese. Tante cose erano cambiate tra loro, eppure non abbastanza. Dovevano andarci piano; non c'era altra scelta. Anche se Ash aveva accettato di vedersi davvero, non avevano ancora fissato una data. Per ora, il loro "ritrovo" sarebbe avvenuto lì, sotto gli occhi attenti di cinquanta fotografi.

Victoria era riuscita a sopravvivere alla cena lesbica in Australia senza fare coming out, ma allora Ash non era a portata di mano. Oggi sarebbe servito tutto il suo autocontrollo per non fare qualcosa di stupido, tipo baciarla davanti a tutti. Quando si trattava di Ash, era tutto ciò che desiderava. Nemmeno il bagno nell'acqua ghiacciata quella mattina l'aveva calmata.

Prese il telefono e riaprì gli ultimi messaggi scambiati quella mattina:

A Victoria piaceva che Ash fosse diretta.

Il suo sarto poteva aspettare, se necessario.

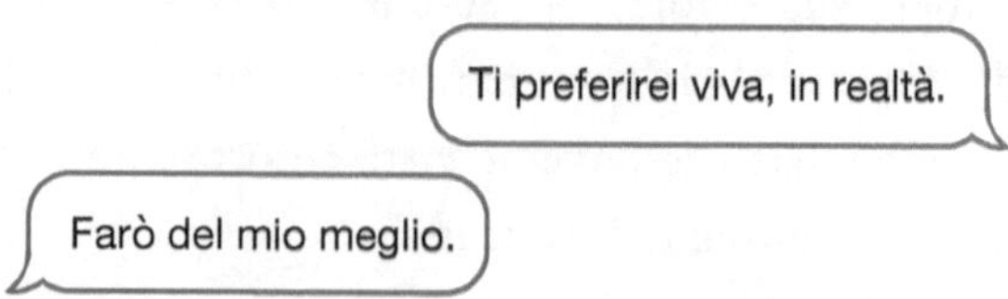

L'auto si fermò e Victoria scese, mentre Tanya sorrideva tenendo la portiera. La luce del sole, morbida e calda, le avvolse mentre entravano nell'edificio, Victoria che faceva del suo meglio per ignorare le urla della stampa mentre le fotocamere scattavano.

"Come sta? È vero che Dexter è sotto antidepressivi dopo la rottura?"

"È vero che ha trovato Dexter a letto con due donne?"

"C'è del vero nella voce sul pegging, Altezza? È stata quella la goccia che ha fatto traboccare il vaso?"

Non aveva davvero idea da dove tirassero fuori quelle storie. Mantenne un'espressione neutra mentre li oltrepassava, ricordandosi solo alla fine di sorridere. Voleva comunque venire bene in foto. Non voleva sembrare appena uscita da un nido di vespe.

Una volta dentro, lontana dal ronzio delle fotocamere, le spalle si rilassarono. Tagliare un nastro era una pausa benvenuta dal bombardamento mediatico su Dexter. Il suo team PR le aveva assicurato che nel giro di una o due settimane tutto si sarebbe calmato. Fino ad allora, doveva solo resistere. Il telefono vibrava nella borsa, ma non poteva tirarlo fuori. Non era cosa da reali, anche se ne aveva una voglia matta.

Dei passi sul pavimento lucido la riportarono alla realtà. Era Simon della FA. Si erano conosciuti su Zoom quando

Victoria aveva accettato il ruolo di patrona, e lui aveva detto tutte le cose giuste sul promuovere il calcio femminile.

In quel momento, però, Simon sembrava un coniglio abbagliato dai fari. Una reazione che Victoria vedeva spesso quando incontrava qualcuno per la prima volta. Era suo compito metterli a loro agio, come le ricordava sempre sua madre. "Tu servi loro, non il contrario".

"Simon, piacere di conoscerti".

Le strinse la mano tesa e si inchinò così tanto da toccarsi quasi le ginocchia con la fronte. "Il piacere è tutto mio, Maestà".

Quando si rialzò, aveva la fronte imperlata di sudore.

"Non sono ancora la regina, ma apprezzo la tua fiducia. Victoria va benissimo".

Simon diventò rosso barbabietola. "Vostra Altezza! Accidenti, mi dispiace".

Fu risparmiato da ulteriori gaffe dall'arrivo di altri passi. La schiena di Victoria si irrigidì quando Ash le venne incontro, le linee pulite della sua tuta dell'Inghilterra che rendevano tutto improvvisamente più reale rispetto ai messaggi di mezzanotte. Notò un'esitazione appena percettibile nel passo di lei. Il suo stomaco stava facendo le stesse capriole del suo?

Victoria premette il pollice contro l'indice e si concentrò sul pavimento sotto i piedi, sulla manager dell'Inghilterra Gill Cooper, su qualunque cosa che non fosse il mezzo sorriso di Ash, capace di rendere quel luogo formale più vivo di quanto avrebbe dovuto essere.

"Victoria, che bello rivederti". Gill le strinse la mano con un sorriso caloroso. Victoria l'aveva incontrata un paio di volte e l'aveva sempre apprezzata. Non si lasciava intimidire dalla regalità, e Victoria lo gradiva molto.

Poi arrivò il momento che aspettava. Ash si fece avanti, così vicina che Victoria riusciva a sentirne il profumo.

"È un piacere rivedervi, Altezza Reale". La voce di Ash era dolce, non tradiva neanche un'ombra delle conversazioni che si erano scambiate nell'ultimo mese. Quando le loro mani si toccarono, una scarica elettrica abbastanza potente da illuminare Birmingham attraversò Victoria, ma riuscì a mantenere il controllo. La facciata del centro era tutta in vetro, e gli obiettivi dei fotografi avevano zoom potentissimi. Non voleva dare loro alcun motivo per speculare.

Tuttavia, quando incrociò lo sguardo caldo e avvolgente di Ash, non riuscì a trattenere un lieve tremito. Le cose che non poteva dire le pesavano sul petto, ma per il momento stare nella stessa stanza era sufficiente. Come il primo passo verso qualcosa che non sapeva ancora definire, ma che desiderava.

"Il piacere è mio", le disse.

"Bene", disse Simon, interrompendo il loro momento di intimità, completamente ignaro. "Il taglio del nastro è previsto tra dieci minuti, ma la stampa è tutta qui, quindi potremmo farlo ora? Ce lo togliamo di mezzo? Così avreste più tempo per incontrare la squadra e magari prendere un caffè. Andrebbe bene, Altezza?"

Victoria annuì, senza azzardare un'occhiata ad Ash. "Facci strada".

* * *

La stampa si era comportata bene e non aveva chiesto altro su Dexter, e tanto bastava a Victoria. Aveva tagliato il nastro, posato per le foto, ma ora arrivava la parte per cui non si era preparata. Una partitella con la squadra. L'allenamento vero e proprio era già finito, e alcune giocatrici erano state scelte per intrattenerla. Tra loro, naturalmente, la capitana Ash, il portiere Cam e quella alta di cui Victoria aveva di nuovo dimenticato il nome. Evidentemente aveva un blocco mentale quando si trattava di lei, ma le ricordava tutte sulla pista da ballo di Marbella.

"Che bello vedervi, e mi dispiace disturbarvi durante il ritiro".

"Nessun problema". Cam fece un leggero inchino.

I calciatori non facevano l'inchino, stava imparando Victoria.

Cam alzò un dito. "Sappiate, Altezza, che non ci andrò piano con voi e non vi lascerò segnare solo perché siete una principessa. Fate del vostro meglio, ok?"

"Non mi tratterrò neanch'io", replicò Victoria, godendosi l'espressione sorpresa di Cam. "Una volta ho segnato un rigore". Una bugia. A scuola il calcio era mal visto. Ma conosceva bene i giochi mentali. Sì, era solo un'occasione per le foto, ma Victoria non si lasciava mai sfuggire un momento competitivo.

"È un piacere rivederla, Altezza", disse la giocatrice alta. "Sono Sasha Goodall".

Sapeva che Victoria dimenticava sempre il suo nome?

"Se avete mai guardato una partita, sapete che senza di me la squadra crollerebbe".

"Se ci crede, crederà a qualsiasi cosa, signora", intervenne Ash.

Signora. La parola cadde dalle labbra di Ash e finì dritta nel sangue di Victoria. Non riusciva a guardarla negli occhi, non quando la mente le stava già spogliando quell'appellativo dalla sua formalità.

Sbatté le palpebre, scosse la testa e si costrinse a fissarla.

Victoria premette la lingua sul retro degli incisivi e cercò di non pensare a quanto fosse eccitata.

"Faremo tre rigori a testa. Chi perde dopo porta i caffè dal furgone dei caffè gratuiti. Va bene?" Ash rivolse la domanda a Victoria.

Si schiarì la gola e cercò di non sentire il sapore del desiderio. "Spero che tu abbia le mani di amianto. Ti serviranno per portare quei caffè bollenti". Non aveva ancora capito come avrebbe fatto a battere la capitana dell'Inghilterra ai rigori, ma il coraggio parlò prima del buon senso.

"Siete sicura di non voler prendere in prestito un paio di scarpe da calcio, signora?" Chiese Sasha. "Il campo è un po' rovinato e gli scarpini potrebbero offrirvi più attrito delle scarpe da ginnastica".

Victoria guardò i suoi piedi, infilati in fretta nelle sneakers prima di entrare in campo. Scosse la testa. "Sono sicura che me la caverò". Sua madre avrebbe già avuto da ridire sul fatto che apparisse in jeans e scarpe da ginnastica.

Lo stomaco di Victoria si annodò mentre si avvicinavano al dischetto del rigore. L'ironia era evidente: cercava di impressionare Ash mostrando la sua totale mancanza di abilità calcistiche. Ma al di là dei suoi sentimenti personali, la cosa aveva un valore più ampio. Mentre suo nonno aveva allargato il divario tra corona e popolo, e sua madre aveva seguito una linea prudente, Victoria aveva altri piani. Ogni occasione fotografica, ogni calcio maldestro era un altro mattone nel ponte che voleva costruire. Desiderava che il suo lascito fosse elevare gli altri, non abbatterli.

Tuttavia, se fosse diventata un meme come quelle donne

che non hanno mai calciato un pallone in vita loro, avrebbe potuto morire. Non era in gioco solo la sua reputazione.

Era in gioco anche la sua dignità di donna queer.

Sasha tirò per prima, e comicamente sparò il pallone sopra la traversa. Alzò le mani, poi si voltò verso le altre. "È colpa dei fotografi! Mi mettono ansia!".

Poi toccò ad Ash.

Le telecamere scattarono.

Victoria cercò di non concentrarsi sul sedere di Ash, ma non era facile.

Ash si avvicinò al dischetto, tirò rasoterra nell'angolo e alzò il pugno in aria.

Ora era il turno di Victoria.

"Ce la farai", le disse Ash. "Puoi realizzare tutto quello che vuoi".

Victoria abbassò lo sguardo sulle labbra di Ash.

Ash la fissava.

Victoria sapeva bene cosa avrebbe voluto toccare con quelle labbra. Chiuse gli occhi e si obbligò a restare nel momento.

Ash si avvicinò. "Pronta a dimostrare alla stampa che non sei solo un bel faccino?" Il suo sussurro rovente all'orecchio di Victoria non fece nulla per calmare i suoi nervi.

Victoria fece un respiro profondo, ignorò le telecamere, prese una breve rincorsa e scagliò la palla al centro della porta. Cam si tuffò a sinistra, sorpresa, e la rete si gonfiò. Qualcuno vicino urlò. Solo dopo un attimo Victoria capì che era stata lei.

"Bel colpo, Altezza!" gridò Billy, uno dei fotografi preferiti di Victoria. Non aveva mai pubblicato una sua foto che lei non approvasse, e questo lo metteva in una ristretta cerchia d'élite.

Gli altri cercavano sempre l'inquadratura peggiore da vendere al miglior offerente, e una mattina come quella era oro liquido.

Si voltò, e Ash le batté il cinque amichevolmente. "Ottimo lavoro, Altezza".

"Ho le mie mosse, Woods". Era soddisfatta della risposta.

L'espressione di Ash non rivelava nulla. Era colpita? Cavolo, ogni singola fibra del corpo di Victoria lo sperava.

Sasha infilò il secondo rigore, mentre Ash mandò il suo alto e si coprì il volto con le mani.

Poi fu di nuovo il turno di Victoria. Cercò di tirare forte, ma il piede le scivolò nel fango proprio prima dell'impatto. Il pallone rotolò piano verso Cam.

"Tutto da decidere! Spero che i vostri obiettivi siano pronti per il mio giro d'onore!" gridò Sasha, giocando con la stampa. I fotografi risero.

Victoria non poteva lasciarle l'ultima parola. Fece un passo avanti e gridò: "Vediamo cosa sai fare, Goodall!".

Questa volta le risate furono più forti e l'espressione di Sasha fu impagabile.

Sasha tirò per prima. Rincorsa breve, e pallone all'incrocio. Anche Cam applaudì.

Poi Ash. Da vera capitana, segnò con un rigore perfetto, basso e preciso.

Victoria si avvicinò. Alcuni fotografi le urlarono parole di incoraggiamento, e Ash le sussurrò "ce la puoi fare".

Non poteva sbagliare. Bastava centrare il bersaglio e sperare nel meglio.

Inspirò, corse in avanti. Ma le sneakers la tradirono, scivolando sul fango insidioso. Il tempo rallentò. Il corpo si inclinò di lato, e Victoria capì con assoluta chiarezza, prima ancora di toccare terra, che sarebbe finita sulle prime pagine. Così funzionava: le sue disgrazie diventavano virali prima ancora che lei riuscisse a rendersene conto.

Mantenne il volto impassibile mentre la gravità prendeva il sopravvento. Atterrò sul sedere con un tonfo, il fango si infilò nei jeans. Aveva anche colpito il pallone? Avrebbe voluto rannicchiarsi in posizione fetale, ma non era un'opzione. Poteva interpretare la principessa tragica, distesa sulla schiena a contemplare il cielo cobalto, alimentando la narrazione preferita dei tabloid sulla sua settimana disastrosa.

Oppure poteva ribaltare il copione.

Una rapida spinta e poteva essere in piedi, già pronta per un altro colpo. Che vedessero questo, allora: una principessa che poteva cadere e rialzarsi combattiva. Non "La settimana reale va di male in peggio," ma "La principessa dimostra di avere grinta".

Scelse il titolo che voleva leggere.

Così, mentre toccava terra e i fotografi trattenevano il fiato, Victoria si rimise in piedi prima ancora che potessero battere ciglio. Poi tirò senza pensarci due volte, e il pallone trafisse una Cam Holloway colta alla sprovvista, finendo in rete.

Victoria emise un grido di soddisfazione e si voltò per vedere Ash in piedi dietro di lei, che applaudiva.

"Direi che è un pareggio", le disse Victoria.

"Direi di sì", sorrise Ash.

Capitolo 13

Ash posò il *flat white* davanti a Victoria e si sedette sulla panca di legno, di fronte a lei. Erano sole, Cam e Sasha si erano eclissate con delle scuse. La cosa buona della caduta imprevista di Victoria era che la stampa se n'era andata quasi tutta, soddisfatta ben oltre le aspettative. Victoria dopo aveva passato almeno quindici minuti a chiacchierare con alcuni fotografi, scherzando su se stessa. Ash era ancora una novellina in confronto, quando si trattava di occhi pubblici.

"Hai gestito la cosa come una professionista. Sono colpita".

Victoria espirò. "Sono contenta che lo pensi. Anche se mi ritroverò con un bel livido".

"Ma anche con un milione di nuovi fan adoranti che pensano tu debba giocare in attacco per le Lionesses".

"Se stai cercando di fare colpo, sta funzionando". Il sorriso di Victoria le fece increspare la pelle attorno agli occhi. "Grazie per aver preso i caffè".

"Sei pur sempre l'erede al trono. Devo mostrarmi collaborativa".

Victoria bevve un sorso del suo cappuccino e, quando abbassò il bicchierino di plastica, un ciuffo perfetto di schiuma le rimase sulla punta del naso.

Senza pensarci, Ash si sporse in avanti e glielo tolse.

Nel momento in cui i suoi polpastrelli sfiorarono la pelle di Victoria, lei trasalì.

La mano di Ash rimase sospesa a mezz'aria, il cuore che le balzava nel petto mentre la realtà tornava a galla. "Cavolo, mi dispiace", borbottò, la sua voce era appena un sussurro. "Avevi un po' di schiuma". I suoi occhi guizzarono a sinistra, poi a destra, in cerca di lenti fotografiche nascoste, le notizie già stampate nella sua testa.

Victoria le rivolse un sorriso tirato, poi si toccò il naso dove pochi secondi prima c'erano state le dita di Ash. "L'hai tolta?"

Ash annuì.

"Bene. E non preoccuparti, siamo sole. Nessun paparazzo. La mia squadra della sicurezza se ne è assicurata".

"Si sono nascosti?" Ash si guardò ancora una volta intorno. "Mi aspettavo che la sicurezza fosse al tavolo accanto".

"Lo speravi?" Victoria sollevò un sopracciglio.

Ash rise. "Preferisco donne un po' meno spaventose". Fece una pausa. "Comunque, è bello vederti". Era molto più che bello.

Victoria si schiarì la gola. "Anche per me. Anche con il sedere infangato".

"Fa parte della mia vita quotidiana". Ash scrollò le spalle. "Ti stai già integrando".

"È il mio obiettivo".

Ash la fissò, incerta su dove potesse portare quella conversazione. Victoria sarebbe dovuta ripartire entro venti minuti. Lei stessa aveva altri impegni. Che cosa potevano dirsi in così poco tempo? Che cosa doveva dire?

"Come va la questione Dexter?"

Victoria fece una smorfia. "Per quanto possibile, bene. Il pubblico è a pezzi, adorano le storie d'amore etero, e Dexter era carino. Ovviamente era carino, è gay!".

Ash sbuffò. "Per quello che vale, sembri sufficientemente triste in tutte le foto che ho visto".

"Hai cercato su internet?" Ma il sorriso di Victoria era caldo.

"Non in modo da stalker".

"Perché sono *io* sono la tua stalker, non il contrario – lo abbiamo stabilito a Marbella".

Victoria si scostò i capelli e se li infilò dietro l'orecchio.

"Giusto". L'imbarazzo si mescolò a una piacevole familiarità mentre Ash ricordava le sue parole avventate. "Guardavo le tue foto con occhio da amica preoccupata. Volevo assicurarmi che stessi bene".

"Nessun altro motivo?"

Ash sorrise di sbieco. "Potrei aver avuto un secondo fine. Ma non voglio fare supposizioni. So come sono le principesse, ho visto i film".

Victoria appoggiò i gomiti sul tavolo, poi appoggiò il viso sui palmi delle mani. "Racconta".

Ash prese una brusca boccata d'aria.

Quegli occhi azzurri.

"Esigenti. Piene di pretese. Drammatiche". Ash fissò Victoria. "Tutto quello che tu non sei. Per esempio, scommetto che Elsa di *Frozen* non si sarebbe mai seduta su una panchina di legno in un parcheggio con dei jeans infangati".

"Lei avrebbe sicuramente iniziato a cantare. Nessun senso della misura".

Ash scosse la testa, sorridendo. "Più ti conosco, più voglio conoscerti".

Victoria abbassò lo sguardo sulle labbra di Ash.

Ash la sentì ovunque.

"Hai pensato a quello che ti ho detto? Che, se facciamo sul serio, devi essere pronta a ciò che verrà dopo".

Ash annuì lentamente. Non sarebbe mai stata davvero pronta, ma non voleva fermarsi ora. "Hai già dimostrato di voler entrare nel mio mondo. Hai tirato un rigore davanti alla stampa nazionale, sei caduta, e l'hai trasformato in un colpo da maestra di pubbliche relazioni. Sono pronta a entrare anch'io nel tuo mondo". Doveva farcela, a qualunque costo. "Non ho pensato ad altro da quando eravamo quasi nude nella vasca idromassaggio".

Victoria arrossì e abbassò lo sguardo. "Quando posso rivederti?" I loro sguardi si incrociarono. "Per bene. Non con la folla".

Ash desiderava farlo per bene, ma non poteva.

"Sono in ritiro con l'Inghilterra per le prossime due settimane, e dopo ho una tournée pre-stagione negli USA con le Ravens".

"Chi l'avrebbe detto che un calendario calcistico fosse impegnato quanto il mio?"

"Ma troveremo un modo. Le Lionesses hanno un'amichevole in Svezia la settimana prossima, poi giochiamo contro gli USA a Wembley pochi giorni dopo. Vieni anche tu?"

"Controllo l'agenda". Victoria sospirò. "Ma anche quello non sarebbe proprio senza folla".

Con un coraggio che sapeva di caduta libera, Ash allungò la mano sul tavolo, e fece scorrere il mignolo lungo le nocche di Victoria: un tocco così leggero da poter essere negato, così intenzionale da non poter essere frainteso.

Ma, cosa fondamentale, Victoria non si tirò indietro. Al contrario, la sua mano tremò leggermente, come una bandierina d'angolo in un'inaspettata brezza estiva.

L'ondata di sentimenti che travolse Ash a quel sussurro di contatto – pelle calda, fiducia, possibilità – le tolse il fiato. In quel momento capì con certezza che ne valeva la pena. La stampa poteva accerchiarle, il protocollo poteva incatenarle, ma quella delicata e pericolosa speranza tra loro valeva ogni passo cauto.

Dall'espressione di puro stupore sul volto di Victoria, Ash sapeva che lo sentiva anche lei.

"Vieni alla partita e, nel frattempo, cercheremo di capire quando riusciremo a vederci da sole". Ash fissava ancora le loro mani, così vicine, ma senza toccarsi. "Solo io e te".

"Ho davvero voglia di baciarti". Lo sguardo di Victoria era selvaggio. Ferale. "Ma non voglio nemmeno avere fretta. Quando succederà, voglio che sia vero". Si mise la testa tra le mani, poi sbirciò tra le dita. "Non ti sembra di vivere in una storia d'amore dell'Ottocento?"

"Anne Lister sarebbe orgogliosa".

* * *

Il sole di luglio pendeva basso su Stoccolma mentre Ash e Cam camminavano sul lungomare. I turisti affollavano ogni angolo della capitale, attratti dagli ABBA, dagli arcipelaghi e dall'atmosfera rilassata. I grandi alberghi riflettevano la luce dorata alla loro destra, mentre il porto si estendeva alla loro sinistra, affollato di traghetti che trasportavano la gente tra le isole. L'aria era ricca di acqua salata e di risate.

Il telefono di Ash vibrò nella tasca della tuta. Anche prima di guardarlo sapeva che era Victoria, il loro ritmo quotidiano ormai prevedibile come le sue sessioni di allenamento.

Come coinquilina di Ash in Nazionale, Cam aveva notato il ritmo dei loro messaggi. Aveva chiesto, ovviamente, e anche se sapeva che Ash era andata al barbecue, non aveva detto nulla. Piuttosto, Ash aveva addotto una serie di corrispondenti fittizi: sua madre, sua cugina, fantomatici compagni di scuola. Ma le bugie erano pesanti. Ash raccontava tutto a Cam, le aveva confidato ogni segreto da quando si erano conosciute. Quell'omissione le sembrava un tradimento della loro amicizia. Ma, soprattutto, Ash aveva una gran voglia di parlare con qualcuno.

Schivarono una coppia sui pattini, poi Cam si fermò e indicò un molo alla loro sinistra. Comodi divanetti lo ricoprivano, jazz leggero usciva dagli altoparlanti, e accanto troneggiava un bar con un ombrellone dell'Aperol Spritz.

"Beviamo qualcosa qui, così mi dici chi ti sta davvero mandando tutti quei messaggi". Cam sollevò un sopracciglio. "Per tua informazione, se mi dici di nuovo che è tua madre o tua cugina, ti strappo il telefono di mano e guardo da sola".

Ash deglutì a fatica, poi infilò le mani in tasca.

Una cameriera con un sorriso smagliante comparve mentre si sedevano sui divani. Le lanciò un'occhiata, poi si morse il labbro prima di parlare. "Posso solo dire che vi adoro entrambe, ed è un vero onore servirvi oggi".

Ash sbatté le palpebre. Avevano camminato per tutto il pomeriggio a Stoccolma senza essere riconosciute.

"Grazie", rispose lei. "È davvero gentile".

"Da quando avete eliminato la Svezia agli Europei l'estate scorsa ho fatto il tifo per voi".

Che era esattamente quello che le aveva detto la principessa Astrid alla festa. La stessa in cui aveva visto Victoria in bikini. Scacciò quell'immagine dal suo cervello.

Ordinarono da bere – due Coca-Cola Zero, erano ancora in ritiro – e la cameriera tornò dicendo loro che le bevande erano offerte dalla casa. Poi diede comunque ad Ash uno scontrino. Quando Ash guardò, c'erano il nome e il numero della donna.

Alzò lo sguardo e incrociò quello della cameriera. Ash distolse rapidamente lo sguardo, poi ripiegò lo scontrino in tasca. Anche solo quel gesto sembrava un tradimento.

Ignara, Cam continuò. "Ecco cosa non capisco. Quando tu e Danielle vi siete messe insieme, non facevi che parlarne. È la cosa giusta? Influirebbe sulla squadra? Dovrei buttarmi?" Fece una pausa. "Ora ricevi continuamente messaggi da qualcuno, ma a me non dici niente. Silenzio assoluto".

Ash tamburellava il piede. "Non ti ho detto nulla perché non c'è nulla da dire. Per ora. Stiamo solo parlando, ci stiamo conoscendo".

"Chi stai conoscendo?" Non aveva intenzione di lasciar perdere.

Ash non voleva che lo facesse. "Se te lo dico, mi prometti che non lo dirai a nessun altro?" Fece una pausa, valutando la reazione di Cam.

Cam si accigliò. "Naturalmente".

Ash inspirò a fondo. Via il cerotto. "La principessa Victoria".

"Lo sapevo, cazzo!". Cam si sedette, con gli occhi spalancati, scuotendo la testa. "La principessa dei Rigori".

Ash trasalì al nuovo nome che le avevano assegnato i tabloid. "Proprio lei".

"Pensavo di aver notato qualcosa quando è venuta alla FA, ma poi ho lasciato perdere". Fece una pausa per raccogliere i pensieri. "Ho delle domande. Come, perché, dove, quando? So che ti ha invitato al barbecue reale, ma usciva con Dexter Matthews ed era apparentemente etero". Fece una pausa. "Aspetta un attimo. Ha rotto con lui per te?"

Chiaramente non riusciva a raccogliere i pensieri.

"Cristo santo, questa è grossa. Hai iniziato una cosa con l'unica royal figa esistente, e nemmeno era disponibile!". Gli occhi di Cam erano enormi.

Tutto ciò non aiutava Ash. "Per favore, smettila di reagire così, mi metti ansia".

"Da quando è queer?" Il discorso di Cam era un sussurro strozzato. "So che in tanti l'hanno sperato, ma era fidanzata da sempre".

"Era una copertura da sempre".

Era tanto da digerire.

Come dimostrava la bocca spalancata di Cam. "Davvero?" Si leccò le labbra. "Non hai risposto alla mia domanda sulla rottura. L'ha fatto per te?"

Ash scosse la testa. "È stata una decisione reciproca. Lui ha un fidanzato e le cose si stavano facendo più serie anche lì".

Cam si lasciò cadere sul divano ed emise un basso fischio. "Non posso credere a quello che sto sentendo. Quando mi riprenderò, ti dirò che hai fatto bene, perché è una figa spaziale. Ma anche: come cazzo fai a uscire con una principessa quando tutti pensano che sia etero? Come funziona?"

Tutte le preoccupazioni di Ash su cosa potesse essere e su come sarebbe potuta andare vennero a galla. Voleva che Cam la rassicurasse, che le dicesse che tutto sarebbe andato bene, ma ovviamente Cam non poteva farlo. Stava cercando di proteggerla, voleva che Ash fosse felice e al sicuro. Uscire con la principessa Victoria non era il modo più ovvio per raggiungere quel risultato.

"Non l'abbiamo ancora capito bene. Lei vuole fare coming out, ma i suoi genitori non sono molto d'accordo. Non ci siamo ancora baciate. Mi ha detto che era interessata al barbecue. Ci stiamo scrivendo da sei settimane, ed è stato piuttosto romantico, conoscerla così. Ma lei era in Australia, poi io devo andare in ritiro, quindi non siamo riuscite a vederci davvero".

"Vi stavate scrivendo quando lei è venuta ad aprire il centro l'altra settimana? Quando ha tirato quei rigori?"

Ash sorrise pensando a Victoria che cadeva sul suo splendido sedere. "Sì".

"Ma è davvero questo che vuoi? Ogni tua mossa passata al setaccio? Nessuna privacy? Odiavi quando Danielle spiattellava la tua vita sui social".

Il desiderio, mescolato a un filo d'inquietudine, si annodò dentro Ash. La voglia di vedere dove poteva portare tutto questo però ebbe la meglio. Sapeva che Victoria aveva delle condizioni, era stata molto chiara su questo, ma la sua onestà era rinfrescante. E poi, Victoria non era Danielle. Nemmeno lontanamente.

"Tutto quello che so ora è che mi piace come non mi è *mai* piaciuta nessuna. So che mi lamentavo dell'esposizione che comportava stare con Danielle, ma non posso abbandonare questa situazione senza almeno provare a vedere cosa succede. Non so cosa sia, ma c'è un legame. Una scintilla. Lo sente anche lei".

Un traghetto arrivò di nuovo al molo, e i turisti iniziarono a sbarcare lentamente.

"Lo affronto come affronto il calcio: una partita alla volta, un giorno alla volta. Se faccio un passo avanti, non so cosa succederà. Quello che so è che non voglio rifiutare qualcosa solo perché ne ho paura. Non è da me".

Cam sorseggiò il suo drink, poi scosse la testa. "Davvero non l'hai nemmeno baciata?"

"No. Voleva che fossi sicura di volerlo fare".

"E ora ne sei sicura?"

Ash annuì. "Più sicura di così non posso essere".

"Potresti sposare la futura regina".

"Piantala". Ma Ash sorrise. "Mi piace come passi dal non baciarsi a noi che ci sposiamo".

"Succede. Toglieranno dalla vendita le tazze e gli strofinacci di Victoria e Dexter e inizieranno a stampare quelli di Victoria e Ash. Mi piace. Suona bene". Cam fece una pausa. "Inoltre, c'è un precedente. Una degli altri reali non ha sposato un giocatore di rugby?"

"Sì, ma il rugby è uno sport elegante e accettabile. E poi lui era un uomo. E la principessa Arabella è decima in linea di successione. Penso che questa notizia farà un po' più scalpore".

Cam fischiò di nuovo. "Sai quando ti ho detto che era ora di tornare in pista? Non intendevo che dovevi scoparti una principessa".

Ash sorrise. "Al cuor non si comanda".

"Quando la rivedrai?"

"Verrà alla partita di sabato. È la patrona dell'ACF, ricordi?"

Cam scosse la testa. "Porca puttana".

"Porca puttana è proprio la frase giusta. E confermo anche quello che ti ho detto all'inizio. Mi prometti che non dirai niente? Che te lo terrai per te?"

"Certo". Cam strinse il pugno e si batté il petto. "Non dirò una parola. Ma sai che, una volta che cominci, sarai sempre più coinvolta. Sei davvero sicura di volerlo fare?"

"Quel treno è già partito", rispose Ash.

Capitolo 14

Victoria aveva partecipato a molti eventi sportivi a Wembley con la sua famiglia, ma ora che era la patrona dell'ACF era lei a essere sotto i riflettori. Per quanto fosse abituata, non pensava che l'avrebbe mai amato. Aveva semplicemente trovato dei modi per gestirlo, per superarlo.

La sua terapeuta le aveva detto di prendersi qualche momento prima di uscire quella sera. Victoria non le aveva raccontato della complicazione aggiuntiva chiamata Ash. Non ne aveva parlato nemmeno con suo fratello, che le stava accanto, alto e impettito. Almeno, con lui lì, poteva condividere i riflettori. Anche se, come le ricordava sempre, "Le uniche persone interessate a me sono cacciatori di celebrità e donne di mezza età. Tutti amano te. Sei la grande speranza del Paese per il futuro".

Quando il Paese avesse scoperto la verità su di lei, avrebbe deluso tutti.

Scacciò quel pensiero dalla testa mentre lei e Michael si alzavano in piedi per l'inno nazionale, quello che elogiava la loro madre. Quello che un giorno avrebbe lodato lei. Le note familiari risuonarono e Victoria e Michael cantarono con gusto, proprio come avevano insegnato loro fin da piccoli. Sentirla cantata da uno stadio di novantamila persone le faceva ancora venire la pelle d'oca. Per lei era la canzone del suo passato, del suo presente e del suo futuro.

La telecamera scorreva lungo le due squadre, soffermandosi su Ash. Victoria distolse lo sguardo quando la vide, sapendo che le sarebbe salita una vampata di rossore sulle guance. Quando il canto cessò, lo stadio esplose in un boato e la partita ebbe inizio.

Michael le diede una gomitata, con la camicia sbottonata di uno o due bottoni di troppo, mostrando un accenno dei suoi peli rossi sul petto.

"Hai segnato due gol al portiere dell'Inghilterra di recente. Mi sorprende che tu non sia in campo".

Le sue prodezze ai rigori avevano ottenuto un'ampia copertura mediatica e ora era conosciuta come la Principessa dei Rigori. I suoi sentimenti erano contrastanti.

"Previsioni sul punteggio?" Chiese Michael mentre si accomodavano ai loro posti.

"Due a uno per l'Inghilterra", rispose Victoria. "Ash segnerà il gol della vittoria".

Le lanciò un'occhiata. "Vi date del tu ora che sei un pezzo grosso del calcio?"

Alzò le spalle. "Ci siamo incontrate un paio di volte e mi piace. E poi, è piuttosto brava a giocare, il che aiuta".

Il primo tempo volò via senza gol e con poche azioni rilevanti, le due squadre si annullavano a vicenda. Tuttavia, l'Inghilterra tornò in campo nel secondo tempo con il coltello tra i denti, determinata a fare qualcosa e a battere gli USA, anche se era solo un'amichevole.

Ash aveva mandato un messaggio all'inizio della settimana per dire che gli allenamenti stavano andando bene e che un loro allenatore aveva escogitato una nuova giocata che, se fosse riuscita in partita, sarebbe stata incredibile. Quando l'Inghilterra ebbe un calcio d'angolo all'inizio del secondo tempo, Victoria si sfregò le mani e si raddrizzò.

"Questo sarà bello. Me lo sento", disse a Michael, dandogli uno schiaffo sulla coscia. "Posa il telefono e guarda". Lui fece come gli era stato detto.

Dal corner, Ash crossò un pallone a effetto che atterrò nel mezzo dell'area di rigore, creando scompiglio. Sasha svettò per la sponda di testa, e la giovane attaccante delle Lionesses, Nat Tyler, girò e tirò un colpo che finì in rete prima che qualcuna della squadra USA potesse reagire. Lo stadio esplose mentre Victoria balzava in piedi e alzava il pugno in aria. Aveva già visto molte partite delle Lionesses, ma ora che conosceva la squadra questa sembrava una questione molto più personale. Ash era là, in mezzo al gruppo di giocatrici che festeggiavano.

Ash, che le aveva fatto compagnia quando lei era dall'altra parte del mondo. Che l'aveva fatta ridere e aveva condiviso pezzi di sé nelle ultime settimane.

Ash, che voleva disperatamente baciare.

Michael le diede una gomitata. "Avevi ragione". Alzò un sopracciglio. "Chi segnerà il prossimo gol, allora, maga?"

"Sloane Patterson", rispose Victoria senza perdere un colpo. Era un'ipotesi corretta, visto che era in campo ed era la stella degli USA. "Ma punto ancora su Ash per il gol della vittoria".

Quindici minuti dopo, la maggior parte dello stadio gemette mentre Sloane Patterson, come previsto, superava Cam nell'uno contro uno e segnava il pareggio. Victoria controllò l'orologio. Venti minuti alla fine. C'era ancora tutto il tempo per il controsorpasso. Fece un pugno nella direzione di Michael per mostrargli che aveva fiducia, ma lui era di nuovo al telefono. Gli diede una gomitata. Non era un bel vedere, soprattutto quando c'erano telecamere dappertutto.

Lui le rivolse un sorriso imbarazzato e mise via il telefono. "Quanto manca? È ora di altro champagne?"

"Venti minuti più i tempi supplementari".

Non sembrava entusiasta.

Con ogni minuto che passava, Ash dominava sempre più il campo. Ogni volta che toccava il pallone Victoria si sporgeva in avanti, tifando per lei con ogni fibra del suo corpo. Due cross perfetti avevano già tagliato l'aria, implorando una conclusione. Quel che serviva era un'altra Ash in area. Una per creare, una per concludere. Perché quei cross meritavano di più che morire in uno spazio vuoto.

Controllò di nuovo l'orologio. Cinque minuti alla fine. Il pubblico stava dando il massimo, le trombe suonavano l'inno familiare dell'Inghilterra, e il canto era tra i più forti che Victoria avesse mai sentito. Ci sarebbe stata un'altra occasione, ne era certa.

Due minuti più tardi, Sasha si lanciò in uno slalom attraverso il centro e infilò un pallone perfetto per Ash. Doveva ancora fare molto, ma non c'era tempo per tergiversare con tre difensori addosso. Victoria allungò il collo, anche se vedeva perfettamente, mentre Ash calciava al volo verso la porta. Lo stadio trattenne il fiato. Il pallone era una freccia bassa, e nel caldo umido della sera si piegò intorno ai difensori, infilandosi nell'angolino in basso a sinistra prima ancora che il portiere americano capisse cosa fosse successo.

Victoria gridò e gettò le braccia intorno al collo di Michael.

L'orgoglio e l'esaltazione le gonfiarono il petto. Conosceva l'attaccante. Avrebbe baciato l'attaccante. Non aveva mai avuto una ragazza figa prima, una che la gente potesse guardare più di lei. Non aveva idea di come sarebbe stato, ma voleva scoprirlo.

* * *

Quando la manager dell'Inghilterra fece entrare Victoria nello spogliatoio, un arco di birra le passò sopra la testa, spruzzandola abbondantemente. Le erano state lanciate addosso cose peggiori. Tuttavia, il sussulto collettivo e poi il silenzio attonito non erano esattamente il modo in cui aveva immaginato il suo ingresso ai festeggiamenti post-partita dell'Inghilterra.

Cam fu la prima a reagire, balzando in piedi e porgendole un asciugamano, ma Victoria scosse la testa. "Di solito preferisco bere la birra, non indossarla". Sorrise, cercando di sembrare tranquilla, e non come se desiderasse saltare sotto la doccia e lavarsi i capelli all'istante.

"Mi dispiace molto, Altezza". Cam tamponò Victoria con l'asciugamano, che le piacesse o meno.

Nel frattempo, il resto della squadra la fissava con facce terrorizzate.

Victoria accentuò il sorriso per stemperare la tensione. "Ben mi sta a entrare qui dopo una vittoria così bella".

Su alcuni volti apparve un timido sorriso.

Proseguì imperterrita, girò tra il gruppo e strinse la mano a ognuna. "Volevo solo venire a dirvi che essere la patrona dell'AFC è uno dei più grandi onori della mia vita, e intendo assicurarmi che le Lionesses ricevano tutto il sostegno e il giusto compenso a ogni passo".

Strinse con forza la mano a Sasha, aggiungendo un "grande assist", che la fece illuminare. Quando arrivò a Nat Tyler, la giovane attaccante, si trattenne un po' di più, anche se Nat sembrava completamente sotto shock all'idea di parlarle.

Alla fine della fila, c'era Ash. Sudata e bellissima, con i calzettoni abbassati, le ciabatte ai piedi, parastinchi e scarpini abbandonati. Quando si strinsero la mano, l'effetto fu del tutto diverso rispetto alle altre. La stretta di Ash aveva peso. Storia. Promessa.

"Ben fatto". Non era quello che avrebbe voluto dirle, ma davanti alla squadra pensò fosse la scelta migliore. Poi abbassò la voce. "È bello vedere che gli esercizi sui calci d'angolo hanno dato i loro frutti, nonostante tu li abbia odiati nelle ultime due settimane".

Ash le rivolse un sorriso pieno. "In allenamento sono stati un po' discontinui, ma è stato bello che uno sia andato a segno". Abbassò la voce, anche se il resto della squadra si era ormai ripreso dal bagno di birra e chiacchierava. "Non sapevo che saresti venuta", sussurrò Ash.

"Nemmeno io, ma l'ha organizzato il mio ufficio stampa. Un fotografo arriverà a momenti".

Proprio in quel momento bussarono alla porta ed entrò un fotografo con la macchina fotografica al collo. La squadra posò per qualche scatto, poi arrivò il momento per Victoria di andarsene. "Grande partita oggi. Persistenza, tenacia, un sacco di abilità e talento. Grazie a tutte per la bella serata".

Fece per andarsene, poi tornò da Ash. "Ci sei questo fine settimana?" Lo sguardo le cadde sulle labbra di Ash prima che potesse evitarlo.

Ash trasalì, poi scosse la testa. "Ho delle cose da fare per la sponsorizzazione FA sabato e domenica, e sabato sera sono alla prima del nuovo film di James Bond".

Un brivido di trionfo attraversò Victoria. "Ci sono anch'io", disse. "Ci incontreremo in qualche modo sabato sera".

"Non vedo l'ora", rispose Ash a voce bassa.

Victoria sostenne il suo sguardo, poi sgattaiolò fuori dallo spogliatoio, sperando che nessuno là dentro sapesse leggere il linguaggio del corpo.

Se qualcuno lo sapeva fare, sarebbe stata fregata.

Capitolo 15

Il caldo di agosto indugiava su Leicester Square, il sole ancora alto nel cielo quando Ash scese dal Range Rover nero sul tappeto rosso. Il boato della folla fu la prima cosa che la colpì. Centinaia di fan si stringevano contro le transenne, con i telefoni alzati in alto, e le loro voci si fondevano in un'unica onda sonora continua. Marianne le aveva dato una rapida occhiata prima di uscire, tamponando una goccia di sudore che minacciava di disturbare il trucco perfettamente applicato di Ash.

"Ricorda, dritta in mezzo, fermati ai segnalini per le foto", le disse Marianne. "E questa volta sorridi in modo naturale. Come se avessi appena fatto un tunnel a Sloane Patterson per segnare il gol vincente del Mondiale".

Ash alzò gli occhi al cielo, ma riusciva benissimo a immaginare quanto sarebbe stato largo il suo sorriso se una cosa del genere fosse davvero accaduta l'estate successiva a Londra. Ma per ora, c'era un pubblico da accontentare.

Aveva già fatto quel balletto in passato. Forse non per una prima di James Bond, ma sapeva come muoversi su un tappeto rosso. Il fatto che il cuore le martellasse contro le costole non aveva nulla a che fare con le telecamere o la folla. Aveva tutto a che vedere con chi avrebbe camminato su quel tappeto poco dopo di lei. Le loro auto sarebbero arrivate a cinque minuti di distanza l'una dall'altra, quindi forse Victoria sarebbe stata direttamente dietro di lei.

I primi flash delle macchine fotografiche partirono mentre lei avanzava, ogni passo misurato sui suoi tacchi neri, con i quali era sorprendentemente brava a camminare anche se li odiava. La fossa dei fotografi esplose in una cascata di scatti e di chiamate "Ash! Da questa parte! Guarda qui!"

La giravolta era diventata memoria muscolare: la mano nella tasca, le labbra che si incurvano in quel sorriso pronto per le foto. Tutti volevano un pezzetto della capitana, della ragazza d'oro, del volto che aveva definito l'estate di gloria del calcio inglese. Ma stasera, dietro il sorriso che l'aveva portata a essere Personalità Sportiva dell'Anno, i suoi pensieri erano ben lontani da quella performance studiata.

"Sei bellissima, Ash!", esclamò qualcuno. "Cosa indossi?"

"Alexander McQueen", rispose automaticamente, lisciando la seta del suo smoking estivo color avorio. Non indossava una camicia sotto la giacca, solo un gilet scollato e un bel po' di nastro adesivo per il seno. A un occhio inesperto sembrava che indossasse solo seta e scollatura. Luke aveva impiegato una settimana a convincerla che fosse la scelta giusta. Sperava solo che non le saltasse un bottone prima di entrare in sala. Il suo look avrebbe comunque fatto impazzire il mondo saffico del calcio, come accadeva ogni volta che appariva senza divisa da calcio.

Si fermò davanti a un microfono della BBC e rispose alle loro domande su quanto fosse stato bello battere gli Stati Uniti quella settimana. "È stata una prova generale? Vincerete la Coppa del Mondo l'anno prossimo a Wembley?", chiese il presentatore.

"Se dipende da me, sì", rispose Ash, audace e impertinente.

Alcuni dei fotografi alle sue spalle fischiarono e applaudirono a quella risposta.

L'influencer Loella si avvicinò a lei. Ash la stimava molto, perché le sue passioni erano il calcio e la moda.

"Sei bellissima stasera". Loella si sventolò per farle capire quanto fosse accaldata.

Sorrise all'obiettivo della fotocamera di Loella: "Cerco di piacere, e di rappresentare".

"Dimmi: non è forse ora che ci sia una James Bond donna, Ash? C'è qualche possibilità che tu ti dia alla recitazione, quando smetterai col calcio?"

Quella domanda la fece ridere di gusto. "Ho ancora tanto da giocare", disse. "Ma sì, perché il prossimo James Bond non dovrebbe essere una donna?" Riusciva già a immaginare i titoli dei giornali a partire da quella frase. "Però non credo che dovrei essere io. Ci sono tante attrici talentuose che sarebbero perfette per il ruolo. Mi dedicherò al calcio, e alle passerelle occasionali".

Loella rise, poi si voltò a guardare alla destra di Ash.

Un barlume di trepidazione attraversò l'aria. Ash non ebbe bisogno di voltarsi per capire cosa significasse. Era arrivata Victoria e il tempo di Ash sotto i riflettori era finito. Victoria le aveva mandato un messaggio prima, dicendole che avrebbe cercato di non rubarle troppo la scena.

Ash ringraziò Loella per il suo tempo, poi si impose di continuare ad avanzare, di non interrompere il passo e di non dare alcun segno che il suo battito fosse appena impazzito. Però non poté fare a meno di gettare un'occhiata alle sue spalle, facendo credere che stava semplicemente salutando i fan da entrambi i lati del tappeto.

Victoria era un'apparizione in chiffon dorato che ondeggiava con ogni suo movimento, catturando la luce calante del sole. La sua scorta restava a rispettosa distanza, quasi invisibile per chi non sapeva esattamente dove guardare. Gli occhi di Victoria e Ash si incrociarono per un istante fugace attraverso il mare di macchine fotografiche, e quella scossa elettrica familiare attraversò la schiena di Ash.

Due mesi di incontri lampo e messaggi interminabili. Non avrebbe mai dimenticato il balcone di Marbella, e Victoria con una birra in mano, come una persona normale. Cosa che, stranamente, si stava rivelando.

Victoria che arrossiva quando Ash usciva dal bagno in bikini. Le loro cosce che si toccavano nella vasca idromassaggio di Astrid. Il momento in cui Ash le aveva pulito la schiuma dal naso nel parcheggio della FA. Ogni incontro carico di tensione, ogni addio pesante di parole non dette.

Quella sera, però, era diverso: avevano deciso che avrebbero trovato un momento tutto per loro, in qualunque modo possibile. Victoria le aveva scritto dicendo che aveva un piano.

Ash raggiunse il punto successivo, girandosi per lasciare ai fotografi i loro scatti. Attraverso le luci stroboscopiche vide Victoria fare lo stesso, due tappe più indietro. La principessa rise a qualcosa, la testa gettata all'indietro, la gola esposta. Ash distolse lo sguardo prima che qualcuno se ne accorgesse.

"Ultimo tratto". L'assistente di Victoria, Tanya, si affacciò al lato di Ash e la guidò verso l'ingresso del cinema. "Inizialmente eri seduta nella fila Q. Victoria è nella fila F, con me accanto", aggiunse, senza che la sua espressione cambiasse di una virgola. "Mi ha chiesto se vuoi sederti con lei".

"Nel cinema?" La domanda più stupida del mondo.

Tanya aggrottò la fronte. "Sì".

Stava per sedersi accanto alla principessa Victoria a una prima cinematografica. La prima volta che si sedevano vicine in pubblico, anche se al buio. La sua vita stava per prendere una piega vertiginosa, vero? Mille scenari e possibilità le affollarono la mente, ma li zittì.

"Sarebbe fantastico".

Tanya annuì e la guidò verso l'ingresso VIP. "Continua a camminare, aspetta sulla destra quando entri e cerca di non sembrare una che sta per rapinare una banca. Ti porto Victoria, poi avete quindici minuti nella saletta privata. Io resto fuori, e poi vi farò entrare separatamente".

Prima che Ash potesse rispondere Tanya si dileguò tra la folla, lasciandola a percorrere da sola gli ultimi metri di tappeto rosso.

* * *

La porta si chiuse con un clic, e all'improvviso il mondo si ridusse a quella stanza. Solo loro due, il ronzio sommesso dell'aria condizionata e i suoni ovattati della folla. Il profumo di Victoria, qualcosa di caldo e muschiato, riempì i sensi di Ash mentre la principessa attraversava la stanza e si appollaiava sul braccio di un divano di pelle. Su un tavolino c'erano una bottiglia di champagne immersa in un secchiello d'argento, tubi di Pringles alla panna acida e una busta di caramelle Percy Pigs.

"Bene", disse Victoria, lisciandosi il vestito dorato sulle ginocchia, "eccoci qui. Un giorno o l'altro riusciremo a incontrarci senza che i media mondiali ci aspettino con le macchine fotografiche puntate addosso". La sua voce aveva quella nota ironica che faceva sempre sussultare lo stomaco di Ash, ma c'era anche dell'altro. Un lieve tremito che tradiva il suo stesso nervosismo.

Ash rimase accanto alla porta, con la mano ancora sulla maniglia, come se fosse un'ancora. Le serviva qualcosa che la tenesse ferma, per impedirle di attraversare la stanza in due passi e fare ciò che sognava da mesi. "Tanya lo sa?"

Era un'affermazione più che una domanda.

"Tanya lo sa". Victoria si infilò una ciocca di capelli dietro l'orecchio, un gesto che Ash aveva capito che faceva quando cercava di apparire disinvolta. "Cioè, sa che ci stiamo sentendo. Che mi piaci. Non gliel'ho detto chiaramente, ma non è stupida. Mi ha beccata a guardare il telefono con un sorriso ebete più volte di quante riesca a ricordare". Victoria le fece un piccolo sorriso. "Non preoccuparti, è affidabile. Sta con me da anni e ci sono cose che non posso nascondere, per quanto ci provi. E ci ho provato per anni, ma diventa estenuante. Non voglio che nulla sia estenuante con te".

"Menomale".

"In realtà è stata Tanya a suggerirmi che avevo bisogno di un momento di tranquillità prima del film. Ha detto che non sarei riuscita a concentrarmi se non ti avessi vista da sola almeno per un minuto, e aveva ragione. Avrei passato tutta la serata a cercarti con lo sguardo".

"Sono felice che tu l'abbia ascoltata e abbia accolto il suo suggerimento".

"Anch'io". Victoria fece una pausa, gli occhi le caddero sul petto di Ash. "Soprattutto considerando che, sotto quella giacca, sembri completamente nuda".

Ash abbassò lo sguardo sulla sua scollatura, lasciò la maniglia e fece un passo avanti. L'aria condizionata le accarezzava la pelle, ma il calore le saliva comunque dal colletto lungo il collo. Ogni piccolo movimento di Victoria – lo spostarsi del vestito, il tremolio delle dita sul ginocchio, le labbra appena dischiuse – mandava scintille sulla pelle di Ash. Fece uno sforzo per mantenere il respiro regolare.

Si fissarono.

"Vuoi dello champagne?"

"Volentieri". Victoria si alzò e si lisciò il vestito.

Ad Ash si seccò la bocca. Si avvicinò, tolse la stagnola e fece saltare il tappo. Versò due bicchieri e ne porse uno a Victoria. Le mani le tremavano.

"Grazie. Sei molto brava. Io ho il terrore di aprire lo spumante, una volta un tappo mi ha quasi presa in un occhio".

"Ho molte abilità".

Da dove le era uscita quella?

Victoria sorrise al di sopra del bordo del suo bicchiere. "Non ne dubito". Fece una pausa. "Abilità che muoio dalla voglia di scoprire. Ma non in questa saletta così deprimente".

Il sorriso di Victoria fece accelerare il battito di Ash. "Sappi solo che, quando James Bond correrà in giro inseguendo il cattivo con una pistola grossa quanto la sua testa, io non sarò concentrata su quello". Fece un passo avanti. Nella luce intensa della stanza, un leggero rossore salì sul collo di Victoria e il suo petto si alzò e si abbassò con respiri accelerati.

"E su cosa ti concentrerai?" In quello che le parve il gesto più audace del mondo, Ash fece a sua volta un passo avanti.

"Oh, non lo so. Forse sulla donna che ha catturato tutta

la mia attenzione ultimamente e che sarà seduta accanto a me, con il mondo intero alle spalle. E io non potrò toccarla, cosa che mi farà impazzire". Un altro passo. "Ma allo stesso tempo mi renderà più determinata che mai a farlo accadere. E questa tensione... è anche piuttosto eccitante".

Il modo in cui Victoria aveva detto "eccitante"? Ash avrebbe potuto ascoltarlo per tutta la notte. Quella saletta poteva anche essere squallida, ma c'era qualcosa che...

"Tanya ha detto che sembravo un'adolescente con una cotta, e probabilmente non aveva tutti i torti".

Quelle parole le si infilarono dentro come una lama calda, spingendo tutto il sangue di Ash verso sud.

Si mosse fino a trovarsi abbastanza vicina da vedere le pagliuzze argentate negli occhi di Victoria. Avrebbe potuto contare le sue ciglia, se avesse voluto. Visto che aveva i tacchi, Victoria era leggermente più bassa. L'altezza perfetta se Ash si fosse piegata appena...

"Voglio baciarti, ma non qui. In un posto più degno. Verrai con me alla festa dopo?"

Ash tossì. "Per baciarci lì, davanti a tutti?" Non riusciva proprio a immaginarlo.

Victoria scosse la testa. "No. Ce ne andremmo subito dopo. Che ne pensi?"

Nonostante ogni fibra del suo corpo stesse urlando "sì", Ash scosse la testa, con un'espressione dispiaciuta. "Domani ho una chiamata alle quattro del mattino con la Pepsi Max per un servizio a Parigi. In elicottero, andata e ritorno in giornata. Non posso fare tardi stanotte".

Victoria le rivolse un sorriso frustrato e scosse la testa. "Capisco".

Ash le prese la mano, la portò alle labbra e ne baciò le nocche una ad una. Una pioggia di cristalli magici le attraversò il corpo. Victoria era un bene prezioso. Ogni cellula di Ash glielo stava dicendo.

"E se invece ti dessi un passaggio a casa dopo?" Disse Victoria.

"Vivo a St Albans. Ti perderai la tua festa".

La principessa la guardò dritta negli occhi, e per poco Ash non cedette sotto quel peso. "Non mi interessa la festa".

Un leggero bussare alla porta le fece saltare entrambe. "Cinque minuti di preavviso, Altezza", disse la voce di Tanya, più dolce del necessario.

"Grazie, Tanya", ribatté Victoria, con un tono teso. Poi tornò a guardare Ash. Le pupille così dilatate da ridurre l'azzurro degli occhi a un sottilissimo anello, scuro e pericoloso. Ash si sentì tradita dai propri muscoli, mentre la stanza sembrava inclinarsi leggermente sotto i suoi piedi. Spostò il peso, cercando di ricordare come funzionavano di solito le sue gambe.

"Non mi hai risposto. Posso darti un passaggio dopo?"

"Mi farebbe molto piacere".

"Ottimo".

Ash teneva ancora la mano di Victoria.

Victoria la lasciò andare, poi fece un cenno deciso con il capo. "Vado io per prima. Ci vediamo dentro". Fece un passo verso la porta, ma si fermò con la mano sulla maniglia. "Ma poi... a te piace James Bond?"

"Non lo sopporto", rispose Ash.

Victoria rise con quella sua risata bassa e roca che Ash stava imparando ad amare. "Neanche io".

Quando Victoria aprì la porta, Ash colse il sorriso complice di Tanya prima che intervenisse senza problemi per riaccompagnare la principessa ai suoi doveri pubblici.

Quando la porta si richiuse, Ash chiuse gli occhi.

Quelle stavano per essere le ore più lunghe della sua vita.

* * *

Il vetro divisorio scivolò silenziosamente verso l'alto, lasciando Ash e Victoria da sole nel retro della Rolls-Royce. Il film era stato una lunga sequenza di sospiri e sguardi, ma ora che erano finalmente da sole, Ash non si sentiva più rilassata. I sedili in pelle sembravano troppo perfetti per essere toccati, l'aria troppo raffinata per essere respirata. Se ne stava con le mani intrecciate in grembo, iperconsapevole del simbolo della corona inciso su ogni superficie, che rifletteva le luci ambrate dei lampioni mentre attraversavano Londra.

I palmi delle mani di Ash erano sudati contro la seta dei pantaloni. Lanciò un'occhiata furtiva a Victoria, catalogando i dettagli che aveva già memorizzato: l'elegante curva del suo collo, il modo in cui le sue ciglia proiettavano le ombre sulle guance, la leggera sbavatura del rossetto, altrimenti perfetto, dovuta al rapido sorso di champagne bevuto all'uscita.

Accanto a lei, la pelle scricchiolò dolcemente quando Victoria si sistemò. Fuori, Londra scivolava via in una sfocatura di crepuscolo estivo.

"Allora". Le dita di Victoria tracciavano piccoli disegni sulla pelle tra loro, poi si avvicinarono lentamente a dove Ash teneva la mano. "Cosa ne pensi del film?"

Ash deglutì a fatica, guardando quelle dita delicate muoversi. "Non ho la minima idea di cosa sia successo".

"Non stavi prestando attenzione?" La voce di Victoria era bassa, giocosa.

"Stranamente no". Ash girò la testa per scoprire che Victoria la stava già guardando. "Avevo una visuale decisamente migliore lì accanto a me. Prima fila per vedere una principessa, nientemeno". Ash sporse leggermente. "E poi facevi quella cosa con i capelli".

"Quale cosa?" La lingua di Victoria guizzò fuori per bagnarsi il labbro inferiore.

"Quella cosa in cui…". Le parole si dissolsero quando il mignolo di Victoria toccò finalmente il suo, un leggerissimo sfioramento di pelle. "In cui li scuoti e poi te li sistemi dietro l'orecchio". Ogni volta che lo faceva, Ash rimaneva incantata.

"Non sapevo che mi stessi guardando". Ma il sorriso di Victoria diceva il contrario, mentre la sua mano copriva quella di Ash. "Cioè, speravo che lo facessi". Fece una pausa. "A dire la verità, quando ci sei tu non so mai cosa sto facendo. Non lo facevo per flirtare. Lo facevo per occupare le mani. Per spostare l'attenzione. Per non pensare al fatto che le mie mani… vorrebbero toccarti".

L'auto rallentò a un semaforo rosso, e le ombre mobili di fuori disegnarono motivi sulle guance di Victoria. Ash alzò la mano destra e finalmente si concesse di toccarla, passandole il pollice sul viso lungo quella trama di luce e ombra. Victoria trattenne il fiato e chiuse per un attimo gli occhi. Lo spazio tra loro crepitava di possibilità.

"Ti guardo da settimane". La voce di Ash era appena più di un sussurro. "Ogni volta che entri in una stanza, ogni volta che ti vedo in televisione, ogni volta che il mio telefono si accende con un messaggio".

Le accarezzò lo zigomo con la punta del dito.

Qualcosa le vibrava nel petto.

Un calore estivo le attraversò il corpo.

Victoria girò il viso verso il palmo di Ash, premendo le labbra sulla pelle sensibile del polso. Il bacio era leggero come una piuma, ma arrivò dritto al cuore di Ash. Scosse la testa. "Cercare di stare insieme a te è una deliziosa tortura, lo sai?"

Ash espirò. "Lo so bene". Il suo sguardo cadde sulle labbra di Victoria. Erano a pochi centimetri di distanza.

"Hai detto che parti lunedì? Per gli Stati Uniti?"

Una tournée pre-stagionale, nel peggior momento possibile. "Per due settimane". Ma non voleva parlarne adesso. Voleva godersi quei minuti con Victoria così vicina. Con le sue labbra *proprio lì*.

"Non ci vedremo fino alla fine di agosto".

Victoria si avvicinò, e il tessuto del suo abito dorato sussurrò contro la coscia di Ash. L'effetto fu come un fiammifero acceso in una stanza buia: un calore improvviso, il fiato che si mozzava, e la consapevolezza che tutto stava per cambiare.

"Ma se il traffico continua così, abbiamo almeno un'ora. So che forse non è l'ambientazione romantica che volevamo, ma onestamente non mi interessa. Se non ti bacio subito, potrei letteralmente morire". Ash si sporse in avanti e le prese il viso tra le mani. "E tu non vuoi avere la mia morte sulla coscienza, vero?"

Victoria scosse la testa, senza parole, e si sporse verso Ash. L'auto svoltò un angolo e Victoria sfruttò lo slancio per colmare l'ultima distanza tra loro. Le sue labbra trovarono quelle di Ash con una precisione devastante.

Per un attimo il bacio fu delicato, incerto: una domanda. Poi le dita di Victoria scivolarono tra i capelli di Ash, le unghie le sfiorarono il cuoio capelluto, e la domanda divenne una risposta. Ash sussultò contro la bocca di Victoria e la principessa colse l'occasione per approfondire il bacio, facendo scorrere la sua lingua contro quella di Ash con un'urgenza che le fece girare la testa.

Il mondo si ridusse a punti di contatto: la mano di Victoria che le stringeva i capelli, le loro ginocchia premute insieme, il calore morbido della spalla nuda di Victoria sotto il palmo di Ash. Quando Victoria si ritrasse leggermente per prendere fiato con un tremito, Ash rincorse le sue labbra, rifiutando di lasciare anche solo un centimetro tra loro.

Victoria emise un suono – mezzo mugolio, mezzo sospiro – che fece tremare Ash. Sapeva di champagne e di possibilità, di ogni messaggio scambiato alle tre di notte, di ogni tocco trattenuto in pubblico.

Quando Ash le passò il pollice sul labbro inferiore, Victoria tremò sotto il suo tocco. Il cuore di Ash martellava contro le costole proprio dove ora premeva la mano di Victoria, che la bruciava attraverso la seta.

La baciò di nuovo, più lentamente, più a fondo, annegando nella realtà della bocca di Victoria sulla sua, delle sue dita aperte, possessive e desiderose sulla sua pelle. Ogni fantasia impallidiva al confronto: il gusto di lei, i piccoli suoni che emetteva, il modo in cui la toccava come se anche lei avesse sofferto per quel desiderio.

Un dosso fece sobbalzare l'auto, separandole quanto bastava a ricordare dove si trovavano. Il rossetto di Victoria era ormai completamente sbavato, il petto si sollevava e abbassava rapidamente, le pupille dilatate. Ash non sembrava certo più composta.

Le sfiorò di nuovo le labbra con un bacio, prima di allontanarsi. Ogni suo senso era a pezzi. Voleva strapparsi di dosso tutti i vestiti e fare l'amore proprio lì, sul sedile in pelle. Ma quello non doveva essere previsto nel protocollo reale, giusto? Anche se, con il modo in cui Victoria la baciava, con tale profondità e sicurezza... Ash stava iniziando a riconsiderare tutto ciò che sapeva sulla monarchia.

"Sei proprio sicura che non posso convincerti a far girare l'auto e venire a casa con me?" Le lanciò uno sguardo carico di desiderio. "Te l'avevo detto che, una volta iniziato, avrei voluto solo di più". Ma le parole di Victoria erano velate di rassegnazione.

Ash sorrise. "Dopo questo bacio, non c'è niente che mi piacerebbe di più". Controllò l'orologio. Erano già le undici. "Ma devo svegliarmi tra poche ore e sembrare carina davanti alle telecamere".

Victoria si avvicinò e la baciò con forza, mandando in cortocircuito il cervello di Ash.

"Non esiste un universo in cui tu non possa essere splendida a qualsiasi ora del giorno", aggiunse Victoria pochi minuti dopo, riprendendo fiato.

Il calore le sbocciò nel petto. "Potrei abituarmi alle tue frasi sdolcinate".

"Ti trasformi in una zucca se non arrivi a casa entro mezzanotte?"

Ash annuì.

"Dovrò metterti alla prova, un giorno". Victoria fece scorrere un polpastrello sulla guancia di Ash. "Non sono mai uscita con qualcuno che avesse un'agenda più fitta della mia. Sarà interessante, vero?"

"Diciamo così".

"Ma quando torni, fammelo sapere e vieni a trovarmi. Cucinerò io. Manderò via Michael da casa. Affare fatto?"

Ash deglutì. "Affare fatto".

Capitolo 16

Erano passati quattro giorni e Victoria non riusciva a togliersi dalla testa quel bacio. Il suo peso. Il leggero tremolio delle mani di Ash quando le avevano toccato il viso. Il modo in cui era iniziato dolcemente, ma presto era diventato affamato, disperato.

Il problema è che voleva potersi concentrare anche su altre cose della sua vita, senza essere costantemente distratta. Tagliare un avocado senza rischiare di affettarsi un dito. Uscire dalla doccia senza quasi cadere. Mettere il reggiseno nel verso giusto, senza finire per perdersi nel ricordo di quando le dita di Ash le avevano sfiorato un capezzolo, e la sua mente era andata in tilt come se avesse appena ricevuto un colpo.

Essere in grado di funzionare era il requisito minimo per Victoria, ma dopo quei baci sul sedile posteriore da parte della capitana dell'Inghilterra era un disastro totale.

Dormiva male anche per via delle chat notturne con Ash, che era cinque ore indietro sulla costa orientale degli USA. La squadra avrebbe giocato la prima partita il giorno dopo, quindi si allenavano ogni mattina e facevano attività di gruppo nel pomeriggio. Il giorno prima, le Ravens erano uscite in barca sull'Hudson River. Oggi qualcuno aveva prenotato un tour in monopattino della città, ma la loro manager aveva subito annullato, affermando che era troppo pericoloso per delle calciatrici professioniste.

Victoria le aveva scritto poco prima dicendo che era successa la stessa cosa anche a lei.

> Avevano deciso che i monopattini erano troppo pericolosi per i reali. Lo sapevi che l'uomo che li ha inventati è morto su uno di essi un anno dopo aver venduto l'azienda?

> Siamo entrambe troppo preziose per un monopattino.

> Tieni le gambe al sicuro per il tuo lavoro e le mani e la bocca al sicuro per me, per favore.

> Oggettificazione!

> Sta diventando un'abitudine terribile.

Non aveva mai capito il bisogno di mandare foto di tette a un partner, ma ora sì. Voleva portare il rapporto con Ash al livello successivo, e la tentazione era irrefrenabile. Ma anche se si fidava di Ash, cosa sarebbe successo se il suo telefono fosse caduto nelle mani di una delle sue compagne di squadra più esuberanti? Victoria riusciva già a immaginare il briefing con il suo team di PR. Meglio non pensarci.

La sua distrazione non era sfuggita nemmeno a Michael.

"Che ti succede, Vix?", le aveva chiesto quella mattina, dopo che lei aveva appeso la muta della nuotata mattutina. Lui aveva appena preparato il caffè più forte del mondo – per cui lei lo adorava – e gliene aveva offerto una tazza. "Ogni volta che ti vedo sembri persa nei tuoi pensieri. E ogni volta che prendi un coltello, ultimamente, sento il bisogno di schivare". Mentre parlava, spalmava a zig-zag il tabasco sulle uova strapazzate.

Scacciò via le sue preoccupazioni con un gesto della mano. "Sto bene. Sono solo un po' presa da questioni di lavoro. L'associazione per i senzatetto ha quasi finito il suo primo centro, quindi questa settimana andrò a visitarlo. È emozionante che siamo riusciti a rendere LGBT+ la metà dei dieci centri, cosa di cui sono entusiasta. Poi l'Emiro del Qatar e sua moglie sono in città questa settimana, e io e Dexter li abbiamo incontrati a cena l'ultima volta. Questa volta andrò da sola, è una sensazione un po' strana".

Cosa avrebbe provato ad avere Ash accanto a sé come partner?

Strano anche questo. Non riusciva a immaginarlo. Non era mai andata a un evento del genere con al fianco un partner con cui voleva stare. Aveva avuto Dexter, e aveva avuto Michael. Tutto lì. Ma all'orizzonte, forse le cose sarebbero potute cambiare. Entrare con Ash sarebbe stato un sogno.

Michael morse un pezzo del suo toast con uovo sopra, poi deglutì prima di parlare. "Un ente per i senzatetto con un'impronta queer e l'emiro del Qatar sono agli estremi opposti dello spettro".

"Mi piace vivere la mia vita con equilibrio", gli disse Victoria. "E poi, incontrandomi, quando alla fine farò coming out, vedranno che le persone queer sono proprio come loro".

Sgranò gli occhi. "Da quando hai intenzione di fare coming out?"

Fece un gesto vago con la mano. "È solo un modo di dire". Non proprio.

La studiò. "Vuoi che venga a cena con te?"

Alzò un sopracciglio. "Ti stai offrendo? Tutto bene?"

Serrò gli occhi. "Avresti bisogno di un po' di sostegno, tutto qui. Questa storia di Dexter continua a rimbalzare sui giornali. Hai visto che l'hanno fotografato con Sid l'altro giorno, a quella partita di polo?"

"Sì, mi ha scritto un messaggio per scusarsi, ma stavano solo in piedi l'uno accanto all'altro. Sid aveva una mano sul suo braccio, ma non è che stessero scopando in pubblico".

"Quella sì che sarebbe una foto che farebbe parlare il mondo". Fece una pausa. "E adesso hai anche una certa calciatrice nel mirino, eh. Ho sentito che giovedì scorso al red carpet di James Bond vi stavate facendo piedino".

Le sue parole furono come un secchio di ghiaccio sulla testa. "Cosa?" Tutto il suo sangue defluì verso sud, e non per le ragioni giuste. "Chi te l'ha detto?"

Posò le posate e si acciglio. "Dovrai esercitarti a reagire meglio quando si fa il suo nome, se questa cosa vuole andare avanti, perché onestamente... è stata una reazione orribile".

"Che cosa hai sentito?" Se c'erano voci in giro, voleva sapere.

"Nessuno ha detto niente. Tanya si è lasciata sfuggire, mentre chiacchieravamo l'altro giorno, che vi eravate sedute vicine. Ho messo insieme i pezzi dopo aver saputo di voi a Marbella, e poi ancora alla FA l'altro giorno. Una volta non è niente. Due è una coincidenza. Tre, so che c'è qualcosa sotto".

Mangiò ancora del cibo mentre Victoria si dimenava, a disagio.

"Ci ho azzeccato?"

Si staccò dal piano della cucina, poi si mise di fronte a lui in cucina mentre entrava Albert, il loro maggiordomo.

"Buongiorno, Vostre Altezze", disse lui, inchinandosi. Non importava quante volte lei e Michael gli avessero detto di chiamarli per nome, lui si rifiutava. Era un maggiordomo di formazione classica e nulla l'avrebbe smosso dai suoi principi all'antica. "Devo solo prendere una cosa dalla dispensa. Non fate caso a me, sparisco in un attimo".

Aspettarono che se ne andasse prima di continuare.

"Allora?"

Lei annuì, senza voler dire nulla ad alta voce. La casa aveva orecchie.

"Ci hai azzeccato. Ma ti prego, tienilo per te. È ancora tutto agli inizi e non siamo riuscite a vederci perché o sono io all'estero, o lo è lei".

"Dov'è?"

"In America. Tour pre-stagionale".

Annuì, poi bevve un sorso di caffè. "E questa cosa cos'è per te? Una scappatella? Una ribellione? Sono sicuro che sia molto carina, ma non è proprio il tuo stile". Fece un gesto circolare davanti al viso di lei con il dito. "Non mi stai dando l'impressione che sia una cosa casuale. La tua faccia mi spaventa. L'ultima volta che ho visto un'espressione simile era con Hermione".

Lei incrociò le braccia sul petto. Voleva disperatamente parlare con qualcuno di Ash, ma farlo prima che fosse successo davvero qualcosa non le sembrava giusto.

Tuttavia, suo fratello aveva appena messo in luce l'elefante nella stanza. Ash non faceva parte del loro mondo, non conosceva il protocollo reale. Victoria si era lasciata prendere troppo dal momento, dimenticandolo?

No. Se Ash non rientrava nel protocollo reale, forse il protocollo reale doveva cambiare.

Victoria scosse la testa. "So solo che mi sembra molto diverso da Hermione. In senso positivo".

Lui alzò un sopracciglio. "Fai attenzione, Vic. Sono dalla tua parte, ma voglio anche proteggere il tuo cuore. Sai che non puoi innamorarti di chiunque. Dexter te lo diceva sempre. Forse, senza di lui nella tua vita, te lo sei dimenticato".

"Non posso farci niente se mi piace qualcuna, Michael!". La sua testa ronzava per il conflitto. "Se non puoi dire niente di carino, non dire proprio niente".

Fece un sospiro triste. "Questo è il mio modo di essere carino". Si avvicinò a lei. "La nostra famiglia ha la terribile abitudine di distruggere tutto ciò che non è ritenuto appropriato. Lo sai". Il suo sguardo si fermò su di lei, sfidandola a contraddirlo.

Doveva provarci. "Non abbiamo avuto modo di capire come potremmo incastrarci reciprocamente nelle nostre vite. Siamo entrambe persone impegnate. Una volta che lo faremo, immagino lo sapremo con certezza".

Michael annuì, poi mise la tazza da parte. "Il mio consiglio è di andarci piano. È una cosa importante. *Tu* sei importante. E poi, la questione Dexter si è appena placata. L'opinione pubblica è dalla tua parte. Devi mantenere un profilo basso per un po', comportarti bene. Ricorda che tu e Ash siete state viste insieme alla première da chi era dentro, che l'ha detto ai suoi amici, che l'hanno detto ai loro. Questo è il primo colpo. Tre colpi e sei fuori".

Avrebbe voluto che non fosse vero, ma sapeva che lo era.

"Voglio iniziare a preparare il terreno con mamma, perché quello che so è che non posso continuare a vivere questa mezza vita. Posso contare sul tuo supporto?"

Lo sguardo che le rivolse era così colmo di tenerezza da spezzarla quasi. "Puoi sempre contare su di me. Da sempre. Siamo noi contro il mondo, ricordi?"

* * *

Victoria passò la mattinata successiva in riunione con il nuovo direttore della sua associazione per i senzatetto. David emanava un'energia positiva, e l'incontro la convinse che fosse la persona giusta per portare il progetto al successo. Nei sei mesi successivi sarebbero stati aperti dieci centri in tutto il Paese e lei non vedeva l'ora che il primo venisse realizzato. I media ci erano andati piano con lei, senza interrogarsi troppo sull'impronta queer della sua associazione. Gliene era grata, anche se sapeva che, se avesse fatto coming out, le cose sarebbero potute cambiare.

In macchina, dopo, era finita in un buco nero social tutto saffico, dove i fan stavano attualmente speculando sul fatto che Ash e Cam stessero insieme. Anche il Manchester United era negli Stati Uniti, insieme alle Ravens, e aveva iniziato a circolare una foto in cui Ash teneva con naturalezza un braccio sulla spalla di Cam mentre passeggiavano sulla spiaggia. Anche se Victoria sapeva che non era vero, e che erano migliori amiche, quelle voci le davano comunque fastidio.

Ash era sua.

Quasi.

Ora era l'ora di pranzo, ed era seduta sul sedile posteriore dove lei e Ash si erano baciate per la prima volta. Le parole di Michael del giorno prima le ronzavano ancora nella mente, com'era successo nelle ultime ventiquattr'ore. Tuttavia, essere di nuovo su quei sedili in pelle bianca faceva sparire tutti i dubbi. Sapeva cos'era successo con Ash, sapeva come l'aveva fatta sentire. Forse avrebbe dovuto dirlo ai suoi genitori, se voleva davvero che le cose cambiassero.

L'auto fece il giro di Piccadilly Circus, diretta verso Windsor, dove avrebbe incontrato sua madre per la loro cavalcata mensile. Si fermarono al semaforo, e il centro città era pieno di turisti intenti a godersi l'estate. Alla sua destra, un venditore ambulante vendeva hot dog da un carretto di metallo. Victoria li aveva sempre desiderati da bambina, ma sua madre non glielo aveva mai permesso. *Un giorno*. La statua di Eros si ergeva luminosa sotto il sole di mezzogiorno.

Victoria volse lo sguardo verso i giganteschi cartelloni pubblicitari curvi e luminosi, famosi in tutto il mondo. Quello che vide però le mozzò il fiato.

Era Ash, nella pubblicità della Tiffany.

Victoria premette il pulsante e abbassò leggermente il finestrino. Tirò giù gli occhiali da sole e inspirò. Accidenti, Ash era bellissima. Ed era anche sicura di sé, diretta, in primo piano.

Ash la fissava dall'obiettivo, come a sfidare anche lei a essere audace. Stava cambiando le cose con la sua associazione queer, non avrebbe dovuto cambiare anche la sua vita?

Victoria si portò una mano al petto, mentre il cuore le martellava nel torace. Poi chiuse il finestrino e si lasciò ricadere contro lo schienale.

Sembrava un segno.

Forse lo era.

* * *

Victoria arrivò alle Scuderie Reali prima del necessario, come faceva sempre quando doveva cavalcare con sua madre.

Trovava conforto nella routine: controllare la cinghia della sella, far scorrere le mani lungo i fianchi di Artemis, ascoltare i dolci sbuffi del respiro del cavallo nell'aria calda del pomeriggio. La sua giumenta le frugava nelle tasche, sapendo che lì si nascondevano dei premi.

"Sa già che li hai". La voce della Regina proveniva dall'ingresso, più madre che monarca quel pomeriggio. Era vestita con pantaloni alla cavallerizza e una giacca Barbour invecchiata dalle intemperie, più vecchia di Victoria. "La vizi".

Victoria diede una mentina ad Artemis. "Se lo merita".

La cavalla di sua madre, Venus, era già sellata: il personale non avrebbe mai lasciato che la regina lo facesse da sola, anche se era perfettamente in grado di farlo. Condussero i cavalli fuori, in un silenzio confortevole, gli zoccoli che ticchettavano sui ciottoli. Il pomeriggio era perfetto, sfumature di burro bruciato e arancio punteggiavano l'erba del Windsor Great Park, il castello si ergeva alle loro spalle come un dipinto.

Fu solo quando furono ben lontane dalle stalle, già a cavallo, che sua madre parlò di nuovo. "Come stai affrontando la rottura e tutto quello che ne è seguito?" Non aspettò una risposta. "Vedo che Dexter non sta perdendo tempo. Sa che non può farsi vedere in giro con Sidney così presto?"

Victoria strinse forte le redini. "Lo sa. Mi ha mandato le sue scuse. Ma giocano nella stessa squadra di polo, non è stato nulla di importante".

"Le piccole cose portano a cose più grandi, Victoria. Lo sai. Cosa ti ho sempre detto? Non lasciare tracce. Quando ero giovane, avevamo più controllo sui media e su ciò che veniva riportato. Ma al giorno d'oggi, chiunque è un reporter. È il Far West".

Rimase in silenzio per mettere a tacere la questione (per il momento) e proseguirono al passo regolare, il caldo d'agosto troppo opprimente per ambizioni maggiori. Anche sotto il tetto di alberi secolari, l'aria era spessa e immobile, intrisa del profumo dell'erba cotta dal sole e delle rose di fine estate. Venus scacciava le mosche con la coda, mentre Artemis scuoteva di tanto in tanto la testa, il sudore le scuriva il collo. Una famiglia di fagiani attraversò il sentiero con passo tranquillo, troppo intontita dal caldo per spaventarsi alla vista dei cavalli.

Victoria raccolse il suo coraggio come uno scudo davanti a sé, poi fece un respiro profondo.

"Sto superando la questione di Dexter. Lo devo fare. Non ci siamo mai amati, non siamo mai stati davvero una coppia, come ben sai. Ho trentatré anni, mamma".

"Non me lo dire. Ho letto tutte le rubriche sulla tua età e sull'esito infelice della vostra relazione".

Grande. "Pensavo che ci avessi detto di non leggere i tabloid. O vale solo per noi e non per te?"

La Regina non rispose e non si voltò.

Chiaro. Valeva solo per gli altri.

"Voglio una relazione vera, qualcosa che mi renda felice. Ora che con Dexter è finita, devo pensare a cosa succederebbe se incontrassi qualcuno". Le tornò in mente il volto di Ash nella pubblicità di Tiffany. Forte. Bellissima. Irriducibile. Tutto quello che desiderava in una donna.

"Sai cosa penso, Victoria. Ne abbiamo parlato".

"È successo quattro anni fa. Le cose cambiano".

"Il mondo no".

"Io sì". Victoria tirò leggermente le redini, e Artemis si fermò, sbuffando. Le mani le tremavano, ma doveva dirlo.

"Non è una questione da affrontare una volta sola e poi dimenticare per sempre". La voce le vacillava. Si raddrizzò, lottando contro tutto ciò che aveva imparato: che una futura regina non deve mai mostrare emozioni.

"Potrei anche abdicare, dirti che non voglio ascendere al trono se non posso essere me stessa, ma non lo farò, perché non è così che sono fatta. Però voglio diventare la versione migliore di me, e per riuscirci devo vivere in modo autentico".

Con ogni frase si liberava di un pezzo di corazza che portava addosso da troppo tempo, frammenti di sé che cadevano a terra tra loro.

Accanto a lei, le orecchie di Venus si mossero avanti e indietro. La cavalla fece un passo laterale, e la Regina la calmò con un gesto sicuro.

"Hai sempre detto che volevi che i tuoi figli fossero felici". Le parole avevano un sapore amaro ora, i ricordi dell'infanzia assumevano nuove forme nella dura luce dell'età adulta. "Ma oggi mi sembra che fosse solo una frase di circostanza, più che qualcosa in cui credevi davvero".

Victoria fissò sua madre negli occhi, rifiutandosi di abbassare lo sguardo anche se le lacrime le offuscavano la vista. "Ho bisogno che tu ricordi che quando tu e papà vi siete messi insieme, è stato un evento innovativo. Lui non era la norma, non veniva dal tuo stesso mondo. E nemmeno io mi innamorerò della norma. Ho bisogno che tu mi stia accanto. Non mi nasconderò più. Non *posso*".

Le mani della madre si strinsero quasi impercettibilmente sulle redini. Rimase in silenzio per un lungo momento, con gli occhi fissi su un punto oltre la spalla di Victoria. Quando finalmente parlò, la sua voce era bassa, attenta.

"La monarchia è sopravvissuta all'abdicazione, Victoria. Ha superato morti premature e una lunga serie di scandali. Ma questo... sarebbe diverso. I tabloid non ti darebbero tregua. I conservatori in parlamento avrebbero una giornata campale. Ogni cosa che farai, ogni parola, ogni gesto, verrebbe interpretato solo alla luce di questo. È davvero quello che vuoi?"

"Ovviamente non è quello che voglio". *Chi lo vorrebbe?* "Ma non ho scelta. Posso essere me stessa o vivere una vita che mi distruggerà. Preferisco provare e fallire piuttosto che non provarci mai".

Sua madre la guardò. Era sempre stata dalla sua parte. Tranne che in questo, l'ostacolo più grande della sua vita.

"Cosa ti spinge a parlarne adesso? Hai conosciuto una donna?"

Victoria non era pronta per le rivelazioni. Non sapeva ancora cosa fosse quella storia con Ash.

"Non c'è nessuna in particolare, ma potrebbe esserci. Astrid e Sofia me lo hanno fatto capire. E anche Dexter".

La regina sollevò un sopracciglio. "I suoi genitori lo sanno?"

Victoria sgranò gli occhi. "Si rifiutano di crederci più della maggior parte delle persone che conosco. Questa però è la tua occasione per dare il buon esempio, per sostenere davvero i tuoi figli. E farebbe un'enorme differenza per tutti i ragazzi queer là fuori. Pensa a quanto potrebbe significare per tante famiglie, in tutto il mondo, se tu dicessi: 'Sostengo mia figlia lesbica e voglio che sia felice'".

Sua madre prese un lungo respiro. "Mi preoccupo per la discendenza. Per la continuità della corona".

"Posso ancora avere figli, mamma".

A volte Victoria si dimenticava che sua madre apparteneva a un'altra epoca.

Quando la regina riprese a parlare, la sua voce era più pacata, priva della sua solita autorità. "Quando incontrerai qualcuno, vieni da me. Ne riparleremo. Fino ad allora, lasciami riflettere. Per favore". Alzò lo sguardo. "C'è anche tua nonna da considerare. Non oso immaginare cosa dirà".

Victoria aveva già assistito a quella trasformazione: sua madre, di solito sempre impeccabile, tornava a essere una versione più giovane e insicura di sé ogni volta che la disapprovazione della nonna incombeva. E all'improvviso, Victoria capì quanto fosse complessa la situazione. Non si trattava più solo del suo futuro. Sua madre era intrappolata tra due generazioni: da una parte la presa ferrea della nonna sulla tradizione, dall'altra la richiesta di cambiamento di una figlia.

Victoria non aveva idea di come sarebbe andata a finire, ma almeno la macchina si era messa in moto. Era tutto ciò che poteva fare.

Capitolo 17

L'auto reale che venne a prendere Ash dal suo appartamento si fece strada tra le trafficate strade di Kensington in quel torrido agosto. Era l'ultimo weekend festivo dell'estate, e a ogni svolta si avvicinava di più a Victoria. Durante il tragitto, lei le aveva mandato un altro messaggio:

> Sto provando a fare il risotto. Non garantisco che sarà commestibile.

Come se ad Ash importasse. Una bottiglia di vino costosa in modo ridicolo premeva contro la sua coscia. Nel frattempo, il ricordo delle labbra calde di Victoria contro il suo collo premeva sul suo cervello.

Diciotto giorni di soli messaggi e due videochiamate accuratamente criptate. Diciotto notti in cui si addormentava con il telefono in mano, leggendo i messaggi di Victoria fino a farsi bruciare gli occhi. Il tour pre-stagionale era sembrato eterno. Di solito Ash amava vedere altri paesi, misurarsi con rivali diverse. Non questa volta. Sasha aveva scosso la testa in numerose occasioni quando le aveva detto di mettere giù il telefono e andare a dormire. A differenza del solito, l'unico obiettivo che Ash aveva in mente era quella sera.

L'auto superò i grandi cancelli di ferro e risalì il breve vialetto di ghiaia prima di fermarsi davanti a un'imponente residenza nascosta dagli sguardi. Victoria l'aveva descritta come un cottage, ma Ash non sapeva in quale mondo un cottage potesse avere sei camere da letto e una facciata così estesa. Scese, ringraziò l'autista e si sentì lo stomaco stringersi. Dietro quella porta d'ingresso nera dall'aspetto ordinario, Victoria era in cucina a mescolare incessantemente il suo risotto. Forse indossava un grembiule ridicolo che il principe Michael le aveva regalato per Natale?

Ash fece un passo avanti e premette il campanello. Per un attimo si era immaginata un suono tipo gong, ma solo perché i suoi genitori le avevano fatto guardare fin troppo *Downton Abbey*. Sua madre le aveva chiesto di andare a cena quella sera, visto che era il suo primo weekend di ritorno a casa. Lei aveva mentito, dicendo che doveva uscire con delle amiche. Non aveva rimpianti, ma si sentiva un po' in colpa.

Si tirò indietro, il peso di ciò che stava per accadere – la cena, sì, ma anche il *dopocena* – le premeva sul petto, rendendo difficile respirare. Entrambe sapevano cosa significava quella serata, cosa avrebbe cambiato.

L'ultimo messaggio di Victoria, inviato pochi minuti prima, diceva:

> Non vedo l'ora di vederti. Di averti qui con me.

Non c'era ambiguità. Ash non sapeva cosa si aspettasse da una principessa, ma di certo non una donna così diretta, travolgente, carica di promesse. Nessuna delle sue ex l'aveva mai fatta sentire così vulnerabile prima ancora di varcare la soglia. Il pensiero di Victoria che la aspettava, che la desiderava, le faceva salire un'ondata di calore al basso ventre. Cristo.

La porta si aprì, e ad accoglierla c'era il principe Michael. Elegante e pronto a uscire, profumava di dopobarba costoso. Fece un passo indietro, si inchinò e poi la invitò a entrare con un gesto.

Ash entrò. "Non dovrebbe essere il contrario, con gli inchini?" Le era piaciuto quando si erano conosciuti alla partita dell'Inghilterra. Non era cambiato niente, a parte il fatto che si era chiaramente tagliato da poco i capelli rossi.

Lui alzò le spalle con indifferenza. "Mi piace variare. A proposito, stai bene". Le fece un cenno col dito su e giù, indicando il suo abbigliamento. "Poco da calciatrice".

"Non ho addosso la divisa".

Schioccò le dita. "Dev'essere per quello". Indicò in fondo al corridoio elegante. "È in cucina. Sempre dritto, terza porta sulla destra. Segui il naso e le orecchie. Divertiti, e non fare nulla che non farei io". Le fece l'occhiolino, afferrò le chiavi della macchina da un gancio accanto alla porta e se ne andò, sbattendola dietro di sé.

A differenza dell'esterno, piuttosto tradizionale, l'interno era molto più moderno. I pavimenti in legno scuro si contrapponevano a pareti grigio scuro con un'illuminazione elegante, creando un ingresso dall'atmosfera seducente. O forse era solo un'impressione di Ash? Opere d'arte costose ornavano le pareti del corridoio e un vaso di girasoli dava un tocco di colore. In un'altra stanza, qualcuno cantava "Living On A Prayer" dei Bon Jovi. Era la principessa? Se era lei, sapeva tenere le note. Ash ricordava un messaggio in cui Victoria le aveva detto che amava il karaoke. Lei, al contrario, lo sopportava a fatica, cosa che in tour non faceva esattamente colpo sul pubblico.

Il petto le si strinse mentre camminava lungo il corridoio, con il vino in mano. Quando raggiunse la terza porta, fece un respiro profondo, bussò allo stipite ed entrò.

La cucina reale era più grande dell'intero appartamento di Ash a St Albans, con pentole di rame scintillanti e banconi di marmo. Tuttavia, non era questo ad attirare la sua attenzione. L'onore spettava alla principessa stessa, con i capelli legati in uno chignon disordinato e una semplice camicia a maniche corte e pantaloncini. Mentre Jon Bon Jovi intonava il ritornello, alzò il pugno in aria e cantò a squarciagola. Non si era accorta che Ash fosse arrivata. Ash rimase in silenzio, non volendo rovinare la festa.

Ma poi Victoria ruotò sul tallone, con un cucchiaio di legno in mano. Quando vide Ash, lasciò prontamente cadere il cucchiaio e urlò.

"Vuoi farmi venire un infarto, comparendo così all'improvviso?" Victoria si portò una mano al petto, le guance arrossate. "Porca puttana!"

Era la prima volta che sentiva Victoria imprecare. Era anche la prima volta che la vedeva con lo chignon. Sembrava rilassata, il che aveva senso. Ash non l'aveva mai vista in privato, senza nessun altro intorno.

Quella era la vera Victoria.

Avrebbe voluto incorniciarla.

Ash posò il vino sul bancone mentre l'aroma di zafferano e vino bianco riempiva l'aria, facendole venire l'acquolina in bocca. "Scusa. Non volevo interrompere la tua performance. Non mi avevi mai detto che avresti potuto fare la popstar".

Victoria raccolse il cucchiaio di legno e lo sciacquò sotto il rubinetto di metallo stile industriale. "Non credo che Taylor Swift abbia di che preoccuparsi", disse alzando le spalle. "Ma se questo lavoro da principessa non dovesse funzionare, mi aiuta sapere che ho delle alternative".

"È sempre utile avere un piano B".

Si scambiarono uno sguardo, e l'ironia si dissolse. A quel punto Ash non sapeva più cosa aspettarsi dalla serata. Si erano baciate solo una volta, ed era stato un bacio carico, rubato. Questa era tutt'altra atmosfera. Ci si presentava e si baciava una principessa, così, semplicemente? Non credeva. Anche se Victoria la guardava con un desiderio limpido. Ash prese il vino e le si avvicinò. Anche lei si sentiva esposta.

"Ho portato uno Chablis per accompagnare il risotto". Lo tenne in mano, ignorando il modo in cui il cuore le batteva contro le costole. "Lo metto in frigo?"

Victoria annuì. "Laggiù, l'anta a sinistra". Indicò. "Il risotto va bene, vero? Mi avevi detto di sì, ma non sapevo se devi evitare i carboidrati o cose del genere. Ho pensato a un piatto più proteico, ma Michael mi ha assicurato che gli atleti mangiano i carboidrati".

"Tutti i giorni", la rassicurò Ash, commossa dalla sua preoccupazione. "Posso fare qualcosa per aiutarti?"

Victoria scosse la testa. "È quasi pronto. Beviamo qualcosa prima di mangiare? Vino o birra?"

"Quello che prendi tu".

Victoria le versò un bicchiere di bianco e lo mise sull'isola della cucina. "Accomodati, prego". Indicò uno dei tre sgabelli bianchi in fila. "Stiamo bevendo un Viognier. Pare che si abbini bene sia con il risotto che con le cuoche agitate".

Ash sorrise sedendosi. "Sono colpita dal fatto che tu cucini davvero. Hai più talenti del previsto".

"Non essere così stupita. Ho fatto un trimestre al Cordon Bleu. Parte del famoso *percorso educativo completo* da reali".

"Ha funzionato?"

"Me lo dirai tu". Fece un sorriso nervoso. "Se ti consola, sei la prima donna per cui cucino in questa casa".

Ash si sciolse. "Sono onorata. A parti invertite, sarei nel panico più totale".

"Ne dubito. Sei abituata a esibirti sotto pressione".

Ash scosse la testa. "Quello è solo calcio. È molto più facile di questo". Fece un gesto tra loro.

"Cos'è *questo*, esattamente?" Victoria bevve un sorso di vino e si appoggiò all'altro lato dell'isola, senza mai lasciare gli occhi di Ash. In cucina regnava il silenzio, interrotto solo dal borbottio del risotto e dai rumori lontani di Londra oltre le mura del cottage.

"Un appuntamento ufficiale atteso da tempo?" Ash azzardò.

Un lento sorriso si diffuse sul volto di Victoria. "Mi piace molto questa descrizione. Un appuntamento con una calciatrice. Chi l'avrebbe mai detto? Sono diventata proprio alla moda". Le rivolse un sorriso irresistibile.

"Chi l'avrebbe mai detto che ho un debole per le principesse?"

Victoria sollevò un sopracciglio. "Al plurale? Devo preoccuparmi?"

Ash scoppiò a ridere, ma il sorriso che le rimase sulle labbra era caldo, carico d'intenzione. "Singolare. Decisamente singolare". Il suo sguardo si soffermò sul viso di Victoria, chiarendo che nessun'altra donna reggeva il confronto. Sorseggiò il vino. "È buono", disse a Victoria. "Di vino non ne capisco quasi nulla, potrei scrivere quello che so sul retro di un francobollo. Ma questo mi piace".

"Sono contenta". Victoria si raddrizzò. "Me ne hai parlato un po' nei messaggi. Ah, ho visto la vostra partita finale".

"Davvero?"

Victoria annuì. "Ho convinto Tanya a sottoscrivere l'abbonamento delle Ravens. Ho speso 45 sterline per vederti giocare. Spero tu sia colpita".

"Lo sono". Un'ondata di calore si diffuse nel corpo di Ash, dolce come miele. Come diceva sempre la sua manager Jo: non sai mai chi ti sta guardando.

"Il tour è andato bene. Siamo ancora un po' arrugginite, ma è servito a quello che serve un precampionato. Ci ha fatto riflettere di più, lavorare sulle dinamiche di squadra, e mi ha rimessa in movimento. Dopo la scorsa stagione, è tutto ciò che potevo chiedere. Ho ancora qualche livido, ma sono lividi buoni, capisci? I segni che hai lavorato sul serio. Che sei una calciatrice".

Victoria sorseggiò il suo vino, ascoltando con attenzione. "Mi piace sentirti parlare di calcio. Hai una passione e una dedizione incredibili. È affascinante". Fece una pausa. "Un po' come te".

Il timer del telefono di Victoria trillò, facendole sobbalzare entrambe.

"Bene". Victoria tornò al lavoro. "Vediamo se mi ricordo cosa ho imparato in quell'unica estate a Parigi, che ne dici?"

* * *

Cenarono sedute all'isola della cucina, cosa che rilassò Ash. Aveva avuto la visione di mangiare a una tavola imbandita per venti persone, con candelabri sfarzosi al centro e il bisogno di gridare per farsi sentire. Invece, le uniche due persone che aveva visto erano Victoria e Michael, e Victoria era seduta a pochi passi di distanza.

"Mi sa che a Parigi hai seguito bene le lezioni". Il risotto cremoso si scioglieva sulle papille gustative di Ash. "È delizioso. Complimenti alla chef".

Victoria arrossì in modo adorabile. "Grazie".

"Come ti trovi a vivere con tuo fratello? Io sono figlia unica, quindi mi piace avere i miei spazi".

Victoria scrollò le spalle. "Non ci stiamo addosso, quindi non è male. A volte mi fa arrabbiare e viceversa, ma in generale andiamo d'accordo. Abbiamo uno chef che viene qui tre giorni alla settimana. Cucina le cene e le congela per noi se ne abbiamo bisogno. Abbiamo anche un maggiordomo a tempo pieno, Albert, che i miei genitori mantengono perché fa parte della famiglia da anni. Io e Michael non lo usiamo come facevano i nostri nonni, ma lui sembra contento di restare.

"E tu?" Victoria bevve un sorso di vino. "Nessun familiare fastidioso con cui avere a che fare?"

Ash scosse la testa. "Solo io, a reclamare tutta l'attenzione dei miei. Ho qualche cugino con cui sono cresciuta e che vedo spesso, ma il calcio si prende quasi tutto il mio tempo. Immagino sia un po' come essere reali: il calcio è fatto di routine, disciplina e costanza. Cam dice sempre che è come un esercito glorificato, solo che le battaglie si combattono sul campo, non nella vita vera. E forse ha ragione".

"I tuoi genitori ti hanno sempre sostenuta nel gioco? So

che per molte ragazze non è stato facile trovare una squadra femminile, e a volte è ancora così. Per me non era nemmeno un'opzione. Lacrosse, tennis, o niente".

Ash mise in bocca l'ultimo boccone di risotto. Era davvero spettacolare. "Sì, mi hanno sempre supportata. Hanno passato l'infanzia a portarmi in giro per le partite, a guardarmi giocare sotto la pioggia, a venirmi a prendere agli allenamenti. Io ero sempre concentratissima. Quando voglio qualcosa, vado a prendermela".

Lanciò a Victoria quello che sperava fosse uno sguardo sensuale, con il cuore che batteva all'impazzata per la sua audacia. Il vino l'aveva resa più coraggiosa, ma Victoria era inebriante di per sé. "Anche se trovarmi a un appuntamento con una principessa che sa cucinare un risotto così non rientrava nei piani per quest'anno. Ma sono contenta sia successo".

"Anch'io sono contenta". La voce di Victoria era morbida, vulnerabile, in un modo che fece stringere il petto ad Ash.

"E tu? I tuoi genitori ti accompagnavano alle lezioni da principessa da piccola? Ti hanno sempre sostenuta nella tua "carriera"?"

Victoria rise, quel tipo di risata roca che faceva venire voglia ad Ash di sentirne di più. "So fin da bambina che il mio destino è diventare regina. È la mia realtà". Fece una pausa, e un velo d'incertezza le passò sul volto. "Spero che non suoni strano".

Ash scosse la testa, non voleva vederla mettersi in discussione. "È la verità, non c'è bisogno di scusarsi".

Lo sguardo di Victoria si posò su di lei, silenzioso e indagatore. "Mi sembra di passare metà del mio tempo a chiedere scusa. Al mondo, per i miei privilegi. Ai miei genitori,

per voler vivere una vita autentica. È difficile smettere".
Abbassò lo sguardo e sospirò, le spalle si piegarono sotto un
peso invisibile.

"Le mie ex – e uso il plurale con molta generosità, perché la
maggior parte delle donne spariva appena realizzava com'era
davvero la mia vita – non sono mai riuscite ad accettare fino
in fondo chi sono e cosa devo fare". Fece un gesto vago, come
a scacciare quel dolore dalla voce. "Ma non voglio passare il
primo appuntamento ufficiale a parlare delle mie ex. Ce n'è
stata solo una di rilievo".

Ash tamburellò con le dita sull'isola, lo stomaco che si
contraeva per empatia. Ripensò a quanto la sua vita fosse
uscita dai binari quando lei e Danielle si erano lasciate. "La
tua ex era dichiarata?"

La mascella di Victoria si irrigidì prima di rispondere. "Sì.
Era danese, e tutto succedeva lì o a casa sua, a Londra. Una
sera, volle restare da me. Voleva provare cosa significasse far
parte della mia vita. Era quattro anni fa, e io non ero ancora
pronta. Avevo troppa paura di cosa significasse essere queer".
Fissò Ash, un misto di speranza e timore nello sguardo. "Ora
sono più grande. Decisamente più matura. So che le cose
devono cambiare. Per me, e per la persona con cui starò".

Ash capiva perfettamente. "Anche la mia ex, Danielle,
è una calciatrice professionista. Conosce il calcio e tutto
quello che comporta. Ma le cose hanno iniziato a incrinarsi
quando mi hanno dato la fascia da capitana dell'Inghilterra
e lei è stata esclusa dalla prima squadra delle Ravens". Il
ricordo pungeva ancora, come toccare un livido non guarito.
"Ho iniziato a ricevere inviti a eventi, e Danielle a volte
non poteva venire, o non voleva. La sua carriera andava in

declino mentre la mia decollava. Le nostre differenze si sono amplificate".

"Quello che voglio dire è che capisco cosa significhi avere un ruolo nella vita che gli altri non riescono a comprendere. Avevo sponsor da accontentare che non volevano che mi presentassi con una fidanzata, e l'ho permesso. Avevo interviste, apparizioni da fare. Qualcosa doveva cedere, e quella cosa è stata la mia relazione. Anche se il fatto che Danielle mi abbia tradita è stata comunque una sorpresa".

Victoria fece una smorfia, il volto addolcito dalla compassione. "Mi dispiace che tu abbia dovuto affrontarlo".

"È stato il suo modo per fuggire dalla situazione". Faceva ancora male, ma col tempo si era rivelata la scelta giusta. "È stata una rottura. Non pulita, ma necessaria".

"Quanto tempo fa vi siete lasciate?" La domanda di Victoria era gentile, attenta.

"Più di un anno fa".

"E da allora non hai più conosciuto nessuno?"

Ash scosse la testa. "Tante ci hanno provato, ma non è il mio stile. Dopo tre anni con Danielle, e dopo aver immaginato un futuro insieme, avevo bisogno di tempo solo per me. Non ero pronta a ricominciare subito".

Victoria si schiarì la gola, poi prese il piatto di Ash. Li portò entrambi al lavandino, poi si voltò, con le mani ancora aggrappate al bancone dietro di lei. I bottoni della camicia le tiravano deliziosamente intorno ai seni.

"E adesso?" Chiese Victoria.

Non era una domanda a cui Ash voleva rispondere a parole. Non si erano nemmeno più baciate, eppure Ash era in casa sua da più di un'ora.

Si raddrizzò, si alzò dallo sgabello e si avvicinò a Victoria, il cuore che le martellava nel petto. Senza tacchi erano più o meno della stessa altezza. Quando si erano baciate la prima volta erano sedute, e Ash non ci aveva fatto caso. Ora, però, notava tutto. Il respiro leggero che sfiorava le labbra di Victoria. L'arrossire del suo collo, quel rosa che si allargava oltre il colletto della camicia, e che faceva venire l'acquolina in bocca.

Si schiarì la gola. "E adesso… adesso sono pronta per qualcosa di diverso. Qualcosa di vero. Conosci qualcuno che potrebbe fare al caso mio?"

"Qualcosa di vero?" Gli occhi di Victoria brillavano. "La realtà può far paura, ma sono pronta alla sfida".

Quando Ash abbassò lo sguardo, notò le nocche di Victoria farsi bianche.

Era nervosa.

Una delle donne più potenti della Gran Bretagna era nervosa, *a causa sua*.

Che cosa poteva fare per mettere Victoria a suo agio? Fece un piccolo passo avanti, poi posò il bacio più delicato della sua vita sul collo di Victoria. Il calore della sua pelle accese qualcosa di primordiale in Ash, una corrente che dalle labbra le corse giù al basso ventre.

Anche Victoria trasalì.

Ash portò le labbra all'altezza del volto di Victoria e la fissò negli occhi, sfidandola a distogliere lo sguardo. Era piuttosto certa che nessuna delle due avesse intenzione di farlo.

"Continuo a pensare a quel bacio in macchina", mormorò Victoria, la voce più bassa di prima, lo sguardo velato. "Non penso quasi a nient'altro. Continuo a inciampare, a far cadere le cose". Allungò una mano sulla guancia di Ash e fece scorrere un polpastrello solitario sulla sua pelle.

L'intero corpo di Ash si tese per il desiderio, il respiro le si mozzò mentre premeva il viso sul palmo di Victoria, desiderando di più.

"Un altro bacio ti aiuterebbe a smettere di far cadere le cose?"

"Vale la pena provare".

Ash le accarezzò la linea della mascella con la punta delle dita, percependo un lieve tremito. "Sono qui per servire", disse con un sorriso dolce. "E, se può consolarti, nemmeno io ho pensato ad altro".

Il respiro di Victoria si fermò quando Ash colmò quell'ultimo centimetro tra loro, bloccando Victoria contro il bancone e premendo le labbra su di lei.

Il tempo sembrava essersi fermato: solo il contatto delle labbra, il battito del cuore di Ash forte nelle sue orecchie. Quel bacio era diverso dal primo: più lento, più profondo, con un'intenzione che riscriveva tutto ciò che Ash sapeva sui baci. Ogni terminazione nervosa era viva, ipersensibile. Le labbra di Victoria erano incredibilmente morbide, con un leggero sapore di vino.

Victoria le afferrò i fianchi, premendo i loro corpi l'uno contro l'altro, e la mente di Ash si svuotò. Il calore di Victoria così vicina era stordente. Il suo autocontrollo, già appeso a un filo, svanì del tutto quando la lingua di Victoria entrò nella sua bocca.

Un piccolo gemito le sfuggì dalla gola: metà sorpresa, metà bisogno disperato. Baciata alla francese da una principessa, e Dio, la realtà era meglio di qualunque fantasia. Victoria baciava come se volesse dimostrare qualcosa, come se volesse divorarla. Ogni movimento della sua lingua era un fulmine lungo la schiena di Ash.

Quando Victoria si staccò, gli occhi le brillavano di desiderio, le pupille scure. Ash faticava a riprendere fiato, tutto il corpo vibrava di voglia. Era già stata baciata, ma mai fino al punto da sentirsi bruciare da dentro. Come se la pelle fosse troppo stretta. Come se fosse potuta morire se non l'avesse assaggiata di nuovo.

"Non posso scoparti in cucina. Se Albert entra, non si riprenderà mai". Victoria la fissò con intensità. "Camera da letto?"

Non c'era manuale del protocollo che coprisse questo caso: come comportarsi con una principessa che ti guardava come se volesse farlo fino allo sfinimento.

Capitolo 18

La porta della camera da letto di Victoria si chiuse alle loro spalle con un clic, lasciando il mondo fuori. Victoria incrociò lo sguardo di Ash nella penombra e sorrise. Sì, era nervosa, e non aveva idea se tutto questo le si sarebbe ritorto contro, ma doveva fidarsi del suo istinto. Di solito aveva ragione.

In quel momento, Ash le sembrava giusta in ogni senso.

"Non sei affatto come mi aspettavo, lo sai?"

Il petto di Victoria si riempì di calore. "In senso positivo?"

Ash colmò la distanza tra loro, poi prese Victoria tra le braccia. Un gesto che Victoria avrebbe potuto rivivere per tutta la notte. "Sei la principessa più impunita che esista".

Victoria sollevò un angolo della bocca. "Potrei essere una *principessa da cuscino*".

La risata che uscì dalla bocca di Ash fu deliziosa, e fece sciogliere ogni fibra del corpo di Victoria. "C'è solo un modo per scoprirlo".

Poi le labbra di Ash trovarono di nuovo il collo di Victoria, i suoi denti sfiorarono il punto sensibile sotto l'orecchio.

Victoria si dimenticò di respirare.

"Sono settimane che sogno questo momento", disse Ash,

con dita agili che facevano saltare i bottoni della camicia di Victoria. "Non mi ha aiutato nemmeno il fatto che tu continuassi a guardarmi dall'altra parte del tavolo come se volessi mangiarmi". Le sue dita allentarono la stoffa, slacciarono il reggiseno di Victoria, poi Ash tracciò con le labbra la linea della clavicola di Victoria.

La risposta le morì in gola quando la coscia di Ash si infilò tra le sue gambe e il pollice le sfiorò la parte inferiore del seno.

"Sai", sussurrò Ash contro il suo orecchio, "quante volte ho immaginato di spogliarti?" L'altra mano afferrò il fianco di Victoria, tenendola ferma mentre faceva scivolare il bacino in avanti. "Toglierti tutti i vestiti, a uno a uno. Affondare dentro di te…".

Victoria lasciò cadere la testa all'indietro quando la bocca di Ash trovò la sua gola, succhiando delicatamente il punto in cui le pulsava il sangue. Era già bagnata, desiderava disperatamente più frizione dove la coscia di Ash premeva, ma voleva anche che tutto questo non finisse mai.

"Mi sembra un'ottima idea". Victoria afferrò il polso di Ash, guidando la sua mano più in alto. "Per ora, toccami e basta".

Ash la zittì con un bacio ardente, finalmente le prese il seno nel palmo mentre le loro lingue si incontravano. Victoria gemette nella sua bocca, le dita intrecciate nei capelli di Ash mentre si muoveva contro la sua coscia. La sensazione doppia – le dita esperte di Ash che le stuzzicavano il capezzolo, insieme alla solida pressione dei muscoli tra le sue gambe – la rendeva ebbra di desiderio.

Pochi istanti dopo, Ash si tolse top e reggiseno, e fece

lo stesso con Victoria. Si fermarono a guardarsi. Stava succedendo davvero.

"Sei bellissima". Le parole di Ash erano piene di sincerità, proprio come il suo viso. Fece scorrere i palmi delle mani sulle curve perfette di Victoria, beandosi della sua vista. "Pensavo che fossi stupenda con i vestiti addosso, ma senza, sei spettacolare".

La voce di Ash divenne roca mentre tracciava la costellazione di piccole lentiggini sulla clavicola di Victoria, come se volesse memorizzarle tutte. Poi la fece arretrare sul letto e la spinse giù. Ash le sfilò i pantaloncini, mentre Victoria sollevava i fianchi e si toglieva anche le mutandine. Nel farlo, non distolse mai lo sguardo da Ash, gli occhi spalancati, le guance arrossate. Poi Ash si spogliò a sua volta, e toccò a Victoria restare senza fiato.

Ma non parlò. Non poteva. Non voleva spezzare la magia del momento.

Ash scivolò su Victoria come una marea che reclama la riva, e il cuore di Victoria si strinse sotto quel tocco. Sentire la pelle di Ash contro la sua era un sovraccarico di emozioni, non solo desiderio, ma anche la consapevolezza vertiginosa che era tutto reale, che Ash la voleva con la stessa intensità. Quando Ash le fu di nuovo vicina, il bacio che le diede era in parti uguali tenerezza e fame, e Victoria si abbandonò completamente alla sensazione di essere finalmente esattamente dove doveva essere.

Le mani di Ash scesero lungo il corpo di Victoria, le dita che le danzavano sulla pelle come aveva visto fare in campo quando superava gli avversari: con intenzione, abilità, e un fascino ipnotico. Ogni tocco era una scarica elettrica lungo la spina dorsale. L'aria era densa di attesa, ogni gesto misurato.

La domanda era solo quanto Ash avrebbe resistito prima di farla implorare. Quando le afferrò il sedere, Victoria affondò la testa nel cuscino e gemette.

Victoria era bagnata, pronta. Il suo cuore batteva all'impazzata.

Le dita esperte di Ash scivolarono più in basso, percorrendo l'interno delle cosce di Victoria, tracciando cerchi da impazzire.

Victoria le afferrò la nuca e la tirò a sé, baciandola con passione grezza. Quando si staccò, gli occhi di Ash erano scuri, curiosi.

Ansimavano l'una contro l'altra, senza mai smettere di guardarsi.

Le dita di Ash sfiorarono il centro di Victoria. Una promessa fugace.

Il cuore le tuonava nel petto.

"Ti prego, Ash".

"Ti prego, cosa?", sussurrò, il fiato caldo investì Victoria con la stessa delicatezza di un tappo di champagne a mezzanotte.

"Toccami".

Ash accostò le labbra all'orecchio di Victoria. "Cos'è che ha detto, signora?"

Quella parola.

Il desiderio la inondò.

"Ti prego, ti supplico".

Ash le passò la lingua lungo il collo, e poi non ci furono più parole, perché Ash le coprì la bocca con la propria.

Victoria allargò le gambe, poi incrociò lo sguardo con quello di Ash: ambra che collideva con acciaio. Niente titoli, niente buone maniere. Uno sguardo che, in un altro secolo, le avrebbe fatte esiliare entrambe.

Le dita di Ash sfiorarono il clitoride di Victoria. Poi, con un movimento fluido, scivolò dentro di lei.

Victoria si irrigidì. Sussultò, poi allungò la mano, tirando Ash verso di sé. Tutta la tensione repressa delle ultime settimane la attraversò al tocco sicuro di lei. Victoria voleva che non finisse mai, ma avevano tutta la notte. Non l'avrebbe lasciata andare. Non dopo aver sentito sulla pelle il calore della sua pelle, la forza dei suoi muscoli mentre le affondava dentro un altro dito, lento, deliberato. L'effetto era stordente, intenso.

"Va bene così?" Ash sussurrò, il suo respiro caldo e incalzante.

Victoria riuscì solo ad annuire. Altro che bene. Era oltre ogni scala di misura. La faceva a pezzi, la cancellava.

Il mondo si ridusse al punto del loro contatto, ai movimenti ritmici di Ash, con una qualità ovattata, da sogno. Le sue dita entravano, uscivano, tornavano esattamente dove Victoria le voleva, portandola al limite, poi tenendola lì, con una precisione così totale da consumarla. Victoria spostò i fianchi, poi avvolse le gambe intorno ad Ash, tirandola dentro di sé, volendo di più, bramando di più. La fermezza di Ash la fece fremere mentre la stanza si riempiva del suono dei loro corpi che finalmente si fondevano.

Quando l'orgasmo arrivò, arrivò forte. La schiena di Victoria si sollevò dal letto, una mano afferrò la spalla di Ash, l'altra strinse le lenzuola. Si morse il labbro per soffocare il suo grido, il suo corpo sussultò mentre ondate di piacere la attraversavano.

Victoria chiuse gli occhi stretti, assaporando il profumo di Ash: tutto spezie e promesse scure. Dopo mesi di desiderio, la realtà di quel momento era quasi troppo da afferrare. Quando Ash si mosse dentro di lei, ogni tocco mandava nuovi sussulti in tutto il corpo. Quando le afferrò la bocca in un bacio violento, spingendo Victoria ancora una volta oltre il limite, Victoria non poté più negarlo.

Era la cosa più reale che avesse mai provato.

Cercò di seppellire quel pensiero dove non potesse distruggere i muri che aveva costruito con tanta cura. Ma con Ash, quei muri stavano già crollando. La verità le sorse dentro, innegabile: non poteva allontanarsi da quella sensazione. E più ancora, non poteva allontanarsi da quella donna.

Quando finalmente Ash ritirò le dita e rotolò su un fianco, tracciò pigri disegni sulla pelle arrossata di Victoria.

Victoria si voltò verso di lei con un sorriso stralunato, mentre il suo mondo tornava lentamente a posto.

"È stato…" iniziò, incerta su come trasmettere i suoi sentimenti.

Ma Ash sembrò capire. Almeno, così disse il suo sorriso, subito seguito dalle parole.

"Lo so". Le scostò una ciocca dalla fronte con la punta delle dita. "È stato bellissimo. Intenso". Inspirò. "Perfetto". Poi qualcosa cambiò nel suo sguardo. "Ma voglio che tu sappia che, se vuoi che vada via prima del mattino, lo farò. Mi distruggerà un po', non mento. Ma voglio che sia tutto a posto per te, per entrambe".

Cavolo, doveva proprio essere così perfetta? Nessuna donna le aveva mai detto una cosa del genere.

Per la prima volta nella sua vita, Victoria si sentì *vista*.

Lei, la donna. Non il lavoro, non la vita. Solo una donna che voleva essere amata.

Le si formò un groppo in gola, ma non aveva intenzione di piangere.

Invece, scosse la testa. "L'ultima cosa che voglio è che tu te ne vada". Si avvicinò e baciò le labbra vellutate di Ash, poi si tirò indietro. "Voglio passare le prossime due ore attaccata a te. E anche dentro di te". Fece quello che sperava fosse un sorriso malizioso.

A sua volta, Ash sorrise. "Buon piano".

Energica per il bacio, Victoria rotolò sopra Ash, premendo i loro corpi nudi l'uno contro l'altro.

"Sei così bella". Poi sollevò un sopracciglio e si spostò lentamente lungo tutto il corpo di Ash, leccandole ogni parte. Si sistemò tra le sue gambe, aprendole con le spalle.

Ash sussultò.

Victoria baciò la parte superiore delle cosce forti di Ash, poi guardò in alto. "Per tua informazione, ho sempre ammirato le tue cosce".

Ash incrociò il suo sguardo. "Davvero?"

Victoria annuì. "Ho un debole per le cosce delle calciatrici".

"Al plurale? Devo preoccuparmi?" Lanciò a Victoria un sorriso languido.

In risposta, Victoria leccò la coscia sinistra di Ash e poi la destra, facendola fremere sotto di lei.

"No, tranquilla. Singolare. Queste sono le uniche cosce sode che le mie labbra intendono toccare". Fissò il suo sguardo verso l'alto. "Tanto per essere chiare, dicevo sul serio. Voglio che tu rimanga". Abbassò la testa, poi passò la lingua sul centro caldo di Ash.

Entrambe gemettero all'unisono.
"Per te va bene?"
Ash non poté che fare un cenno di assenso.
Victoria si leccò le labbra e si mise al lavoro.

Capitolo 19

La luce del sole danzava sul corpo addormentato di Victoria, avvolgendola in quel tipo di bagliore etereo riservato ai dipinti rinascimentali che Ash aveva visto alla sua investitura. Le era sembrata da sogno fin dal primo giorno in cui si erano conosciute, ma la notte appena trascorsa le aveva mostrato che era tutto questo, e molto di più.

Ma nella cruda luce del mattino, la realtà si posò sul petto di Ash come una corona di piombo.

Poco più di un anno prima, quando i media e l'ambiente del calcio femminile avevano fatto a pezzi la sua ultima relazione, aveva giurato a se stessa che non si sarebbe mai più legata a un'altra calciatrice. Non sopportava le speculazioni continue, né mentre erano insieme né dopo.

Aveva mantenuto la parola.

Però, se aveva davvero cercato di tenere segreta la relazione successiva, aveva fallito in modo spettacolare innamorandosi letteralmente della donna più fotografata del Paese.

Quando si era svegliata nel buio, la realtà le era piombata addosso come un'onda. Quelle non erano le sue lenzuola. Quello non era il suo soffitto. E il respiro lento e regolare accanto a lei apparteneva a una vera principessa. La consapevolezza le ribolliva nel sangue, un misto di terrore e gioia selvaggia.

Avrebbe potuto scegliere qualcuno che non fosse famoso. La barista della caffetteria locale che le regalava sempre le bevande, l'avvocatessa che le aveva lasciato il biglietto da visita con un contatto visivo fin troppo prolungato dopo aver chiuso un contratto redditizio per gli scarpini.

Ma Ash non era mai stata il tipo da prendere la strada facile. La sua carriera lo dimostrava: era passata per tutte le tappe nelle Ravens, aveva pulito scarpe, fatto prestiti, compiuto ogni singolo passo per arrivare dov'era. Forse doveva fare lo stesso con Victoria: affrontarla un giorno alla volta.

Victoria si mosse, le ciglia che tremavano contro le guance, e il cuore di Ash fece il solito, ormai familiare balzo. La mano di Victoria le si posò addosso, poi le baciò la spalla mentre si avvicinava con un'intimità inconsapevole che già sapeva di fiducia. Quel semplice tocco mandò in frantumi tutta la logica di Ash come foglie al vento in una tempesta d'autunno.

Le cose più importanti raramente sono semplici.

"Buongiorno". La voce di Victoria era roca. "Che ore sono?"

"Le otto".

La urtò con un braccio. "E tu cosa fai sveglia? Hai bisogno del tuo sonno di bellezza per segnare valanghe di gol".

Ash sentì il sorriso di Victoria contro la sua spalla.

Victoria sollevò la testa con un sopracciglio alzato. "Il mondo non si indignerebbe se sapesse che invece hai fatto gol dentro di me?"

"Sarebbero tutti sorpresi. Su questo non ho dubbi".

Victoria le diede un bacio. Era più morbido del calore

disperato della sera prima, ma non per questo meno devastante. "Comunque, stai pensando troppo forte", mormorò, puntellandosi su un gomito.

Il lenzuolo bianco le scivolò giù, e Ash fu costretta a riportare lo sguardo sul viso di Victoria. Impresa non facile, con un seno così perfetto.

"Sento quasi girare gli ingranaggi. 'Che cazzo ho fatto; ora tutti penseranno che ho corrotto l'erede al trono'".

"Non è...". iniziò Ash, ma Victoria le posò un dito sulle labbra.

"Lo è. E comunque sei adorabile quando ti preoccupi. Ma ecco cosa significa essere una principessa nel ventunesimo secolo: non sono un fiore delicato da proteggere dalle sue stesse scelte. Sapevo esattamente cosa stavo facendo quando ti ho chiesto di venire qui". Il suo sorriso divenne perfido. "Lo sapevo la prima volta, la seconda e la terza".

Il rossore che scaldò le guance di Ash non aveva nulla a che fare con l'imbarazzo e tutto a che fare con quei ricordi. "Comunque. Hai delle responsabilità, delle aspettative..."

"Pensi che non lo sappia?" L'espressione di Victoria si addolcì. "Ieri sera non è stata una ribellione o un errore. È stata una scelta. Ho scelto qualcosa che mi rende felice. Qualcuno che mi vede prima come Victoria, poi come Sua Altezza Reale".

"Ma sai com'è. I social media rendono la situazione doppiamente insidiosa. Non dobbiamo preoccuparci solo dei media normali. Quando mi hanno nominata capitana dell'Inghilterra, mi hanno detto di smorzare il mio orientamento sessuale. Di essere un po' più misteriosa. È stato facile finché non ho frequentato nessuno". Lanciò un'occhiata a Victoria.

Aveva detto troppo? "E non so cosa sia, questo, e non ti sto dichiarando amore eterno…".

Aveva detto troppo. L'ansia post-coitale non era proprio una qualità attraente.

"Ash".

Ash aprì la bocca, furiosa con se stessa per aver lasciato che i pensieri prendessero il sopravvento. "Sì?"

"È normale provare quello che stai provando. Questa situazione non è normale, ma in fondo lo è eccome. Solo due persone che cenano, che sono attratte l'una dall'altra, che fanno quello che viene naturale".

Ash annuì. Victoria stava cercando di rassicurarla.

"Credo che quello che intendo dire sia: cosa succede adesso?"

Odiava quanto la domanda la facesse sembrare vulnerabile.

Ma Victoria si limitò a baciare la spalla di Ash. "Adesso? È un weekend lungo. Stavo pensando alla colazione. Poi magari una replica di ieri sera. E poi…". Scrollò le spalle, con un gesto elegante e disinvolto al tempo stesso. "Ce la prendiamo con calma. Passo dopo passo. A meno che tu non abbia intenzione di scappare".

La sfida nella sua voce fece sorridere Ash suo malgrado. "Neanche per sogno, signora".

Victoria chiuse gli occhi e gemette. "Perché trovo così eccitante quando mi chiami così? Quando l'hai fatto in campo alla FA, non riuscivo a guardarti". Con un bacio, incise le labbra di Ash. "Di questo passo non faremo mai colazione. Perché non ho ancora finito con te, neanche lontanamente". Baciò di nuovo Ash. "E poi, quanto può essere difficile tenere segreto che vai a letto con l'erede al trono?"

"Se la metti così, non so di cosa mi preoccupo". Ash allungò la mano e accarezzò il seno di Victoria, poi la attirò a sé e strinse i loro corpi.

Victoria gemette nella sua bocca. "Adoro la sensazione del tuo corpo sul mio".

Ash fece scorrere la lingua sul labbro inferiore di Victoria. "Il sentimento è reciproco, signora".

La risata roca e gutturale che ne seguì accese qualcosa dentro di lei.

All'improvviso, Ash capì che tipo di colazione era in programma. Stava per baciarla di nuovo quando tre colpi bruschi le interruppero.

"Signora? È in piedi? Ho il suo caffè mattutino e i suoi giornali".

Victoria si bloccò tra le braccia di Ash, poi si staccò. Il panico le attraversò il volto. "Merda. Merda, merda, merda! Pensavo di averle detto di non venire oggi. Ma forse non l'ho fatto. Non lo so". Saltò giù dal letto e si infilò una vestaglia di seta bianca. "Merda, merda, merda". Guardò Ash e poi la porta della camera da letto.

"Aspetta un attimo, Tanya!".

Fece una smorfia. "Ti dispiace andare in bagno? Solo per un minuto? So che lei sa di te, e so cosa ho appena detto, ma pensavo di avere un po' di tempo per elaborare cosa fare, dopo il passo che abbiamo fatto". Scosse la testa. "Mi dispiace".

Ma Ash era già uscita dal letto, già raccoglieva i vestiti sparsi della sera prima, cancellando ogni traccia.

"Capisco. Bussa quando hai finito". L'inquietudine le cresceva dentro.

Ash si fermò nel bagno in marmo di Victoria, i piedi nudi

gelati sulle piastrelle nere, ascoltando le voci ovattate dall'altra parte della porta. L'ironia di nascondersi come se fosse un segreto non le sfuggì. Solo pochi minuti prima Victoria aveva parlato di scegliere la felicità e affrontare le cose insieme. Parole facili nel loro intimo rifugio. Più difficili da mantenere di fronte alla realtà della vita reale da principessa.

Anche attraverso la spessa porta, riusciva a sentire il tono nitido ed efficiente di Tanya che passava in rassegna il programma della giornata. Tutti doveri che non potevano aspettare solo perché la principessa aveva passato la notte a sciogliersi tra le sue braccia.

La cosa peggiore era quanto sembrasse naturale per Victoria. Come se nascondere la propria amante fosse parte della routine mattutina. Forse lo era?

La sera prima si era sentita speciale, scelta, come se potesse essere qualcosa di più di un altro segreto da custodire. Ma ora, nuda nel suo bagno, non ne era più così sicura. Non voleva essere un segreto, ma non voleva nemmeno essere sotto i riflettori. La vera sfida dell'amare una reale cominciava solo ora.

La porta che si aprì interruppe i suoi pensieri, e Victoria era lì, con un'espressione molto diversa da quella di pochi minuti prima. Le si avvicinò e la strinse tra le braccia.

Ash la lasciò fare. Era troppo stanca per fare altro.

"Mi dispiace davvero". La mano di Victoria si posò sul sedere nudo di Ash.

Ash avrebbe voluto scrollarsela di dosso, ma non le andava.

"So che avrei potuto gestirlo meglio, ma non volevo buttarti subito nella situazione". Victoria scosse di nuovo la testa, poi si tirò indietro. "Comunque, chiuderti in un bagno non è stata una cosa carina". Si leccò le labbra e fissò gli occhi di Ash. "Puoi perdonarmi solo per questa volta?"

"Ti capisco". Ed era vero, ma non significava che non facesse male. "Però non mi interessa essere il tuo piccolo sporco segreto. Se è questo che vuoi fare…". Si interruppe mentre lo sguardo di Victoria si addolciva, diventando qualcosa di crudo e sincero.

"Non sei un segreto", sussurrò Victoria, avvicinandosi. "Sei solo nuova. E preziosa. E voglio proteggere questo, *proteggere noi,* finché non capiremo come affrontare tutto il resto. Ma l'ho gestita male e mi dispiace". La sua mano si avvicinò a toccare la guancia di Ash. "Posso farmi perdonare presto? Sei libera questa settimana?"

La mano di Victoria percorreva la schiena di Ash, rendendole difficile concentrarsi su cosa avesse in agenda.

"Allenamento pre-campionato. Qualche evento con gli sponsor".

Spinse la sua coscia tra le gambe di Ash, senza mai perdere il contatto visivo.

Ash sentì la mente vacillare. "E tu?"

Quand'è che la sua voce era diventata così roca?

"Tanya me l'ha appena detto, ma io l'ho già dimenticato. Perché riuscivo a pensare solo a te, nuda, in questo bagno. E a quello che volevo farti". A quel punto, Victoria si allungò tra le gambe di Ash e fece scivolare due dita all'interno.

Ash ansimò, mentre un'esplosione di scintille le attraversava il corpo. Si premette contro quelle dita, muovendosi con forza, dimenticando tutto quello che aveva appena detto.

"Dopo averti spinta qui dentro, volevo lasciarti un'impressione diversa e duratura". Victoria si curvò su di lei, poi aggiunse un pollice sul clitoride di Ash. "Una che ti farà sorridere quando andrai a dormire stanotte".

Ash si appoggiò al muro, sentendo l'interno stringersi. Quando Victoria la sfiorò nel punto giusto, vide le stelle.

"Non sei il mio piccolo sporco segreto, Ash", le sussurrò Victoria all'orecchio. "Sei una persona che voglio nella mia vita. Voglio portarti in Scozia, mostrarti i luoghi che amo. Dimmi che verrai con me".

Ma Ash non riuscì a reagire quando Victoria iniziò a scoparla con forza in un modo così totalizzante che si stupì di essere ancora in piedi. Si aggrappò a lei con tutte le forze, e quando si disfece tra le sue braccia, capì che ormai ci era dentro fino al collo, qualsiasi cosa comportasse stare con Victoria. Non sarebbe stata una passeggiata, questo l'aveva sempre saputo.

Ma il modo in cui Victoria la teneva in pugno?

Non era da niente.

Lei non era da niente.

Ash venne sulle dita di Victoria con un gemito gutturale.

Allora capì che quella cosa era più grande di loro due.

Capitolo 20

"Aspetta, cosa? La porti in Scozia?!".

Astrid per poco non si strozzò con il suo Dom Pérignon del 2008, gli occhi azzurri spalancati per l'incredulità dall'altra parte del tavolo appartato al Devonshire Club, uno dei più prestigiosi club privati di Londra. Le pareti color lampone e le luci basse creavano il perfetto bozzolo di riservatezza, mentre il brusio sommesso degli altri soci – aristocratici, pezzi grossi della finanza, politici e creativi selezionati con cura – forniva il giusto sottofondo alla loro conversazione. "E c'è anche tua nonna. Non hai mai portato nessuno in Scozia prima d'ora". Le implicazioni erano sospese nell'aria.

"Ci ho portato Dexter".

"Dexter, per quanto sia un tesoro, non conta. Non hai mai portato una donna".

Victoria sentì le guance scaldarsi al ricordo della loro notte insieme: le mani di Ash, la sua bocca, il modo in cui le aveva fatto dimenticare perfino il proprio nome. "È più che altro un'occasione per andare via da qualche parte lontano dai radar. Non dirò alla nonna che sto con lei, ovviamente. È solo una nuova amica".

Astrid aggrottò la fronte. "Tua nonna non è così stupida come pensi".

Victoria scansò il suo commento. "La nonna era innamorata di Dexter, probabilmente è ancora arrabbiata con me per avergli spezzato il cuore. Però portare Ash a Balmoral fa parte del mio grande piano per stupirla. Ho un po' di cose da sistemare, dopo che ho combinato un bel guaio la mattina successiva alla nostra splendida serata".

"Che cosa hai fatto?"

"Hanno bussato alla porta e sono andata nel panico. Sì, lo so che Tanya sa, ma non sa ancora di Ash. Sa che c'è qualcuno che mi interessa, ma non ha idea di chi. E se Albert avesse visto qualcosa? Non riuscirei mai più a guardarlo in faccia". Victoria sospirò, poi si coprì la faccia con le mani. "Praticamente l'ho spinta dentro il bagno. Astrid, avresti dovuto vedere la sua faccia. Sembrava ferita da morire".

Si guardò intorno d'istinto, anche se sapeva che il personale del club era di una discrezione leggendaria. I paralumi di seta proiettavano una luce calda che faceva sembrare tutto cospiratorio, intimo. Perfetto per le confessioni.

"Oh, tesoro". La voce di Astrid si addolcì per la comprensione. Posò il bicchiere. "Che cosa è successo dopo?"

"Mi sono scusata. Sul serio". Il calore salì sul collo di Victoria. "Diciamo che le ho fatto capire chiaramente quanto sia importante per me. Contro il muro del bagno".

"Victoria Elizabeth!" La risata deliziata di Astrid rimbalzò sulla parete rivestita di legno del loro angolo. "Ma guarda un po' che sorpresa. Lo sapevo che sotto sotto eri un cavallo di razza!". Si chinò in avanti con lo sguardo complice. "Raccontami di più della notte precedente. Qualcuna di noi è sposata da troppo tempo e vuole rivivere le prime pulsioni della lussuria".

Victoria scosse la testa. "Anche se sei una delle mie più vecchie e care amiche, non vuol dire che puoi conoscere tutti i dettagli". Ma poi non riuscì a trattenersi. Abbassò la voce, consapevole delle persone intorno a loro.

"Diciamo solo che tutti parlano dei suoi piedi, ma anche con le mani e la lingua non scherza. E il suo corpo, mio Dio. Non sono mai uscita con un'atleta professionista prima d'ora, e adesso mi chiedo cosa diavolo abbia fatto finora. È tutta muscoli scolpiti. Quando le ho passato le mani sullo stomaco…"

Chiuse brevemente gli occhi al ricordo. "Quegli addominali sembrano scolpiti dagli angeli. E le cosce… Be', io ho sempre avuto un occhio per le gambe delle calciatrici, ma dal vivo sono tutta un'altra cosa".

La sua amica sollevò un solo sopracciglio. "Stai arrossendo e io mi sto godendo ogni secondo".

"È lei che mi ha fatto arrossire, credimi". La bocca di Victoria si incurvò in un sorriso. Immaginare Ash dentro di lei la faceva sentire come se fosse di nuovo lì. Si spostò sulla sedia e si avvicinò un po' prima di continuare. Astrid fece lo stesso.

"Mi toccava come se fossi preziosa, ma non fragile. Continuava a chiedermi se andava tutto bene. Diciamo che metà Kensington ha sentito quanto andava tutto bene". Incontrò lo sguardo deliziato di Astrid. "Non ho mai perso il controllo in quel modo. Non ho mai voluto farlo".

"Un applauso ad Ash Woods".

"Shhhh!" Victoria si portò un dito alle labbra e lanciò ad Astrid un'occhiata di rimprovero. Parlare di Ash era una cosa, dirne il nome ad alta voce tutta un'altra.

"L'ho stalkerata un po' su Instagram dopo il tuo messaggio tutto cuoricini e ormoni", le disse Astrid. "Ci sono molte foto di lei con il portiere delle Lionesses, Cam Holloway. Sui social del calcio femminile si chiedono se ci sia qualcosa tra loro. Non ti preoccupa?"

Victoria scosse la testa. "Sono amiche da quando avevano otto anni. Sarebbe come se io e te andassimo a letto insieme".

Astrid corrugò il viso come se le avessero appena servito dello spumante da supermercato. "Capito". Fece una pausa. "E ora la porti a Balmoral?"

"Voglio che capisca che per me è importante". Victoria tracciò il bordo del bicchiere, con voce sempre più seria. "Che non è un segreto di cui mi vergogno. È la prima persona con cui ho voluto condividere quel posto, Astrid. La prima donna che abbia mai..."

Si interruppe, incapace di trovare le parole.

"Stai per dire la parola con la A?"

Victoria fece una smorfia al suggerimento dell'amica. "Non essere così ridicola. Non abbiamo quasi mai passato del tempo insieme".

"Avete flirtato e messaggiato per mesi. È quasi un corteggiamento d'altri tempi. Tutti sanno che quando le cose crescono lentamente, diventano le più solide. Avete fatto sesso solo di recente, ma i sentimenti si stavano già muovendo da un bel po'".

Victoria non disse nulla. Non poteva, perché sapeva che Astrid aveva ragione. Quella notte non aveva fatto altro che confermare quello che sospettava da tempo.

"Voglio darle qualcosa che sia solo nostro. Un posto in cui possiamo essere noi, senza filtri. Lei è troppo conosciuta per farlo a Londra. E io pure".

Non poteva nemmeno portarla lì, al club. Se si voltava appena a sinistra, riconosceva un ministro, una popstar e un attore famosissimo. E sapeva benissimo che anche loro sapevano chi fossero lei e Astrid. Due principesse insieme non facevano notizia, ma lei e Ash Woods, sì, eccome.

"E hai scelto l'unico posto in cui non hai mai portato nessuno". Astrid attraversò il tavolo e le strinse la mano. "Sono fiera di te, perché stai abbassando le difese".

"So che sembra tutto veloce. Abbiamo appena iniziato, ma quando sono con lei…" Victoria fece una pausa, pensando a quanto si sentisse al sicuro tra le braccia di Ash, a quanto fosse giusto svegliarsi accanto a lei. "Sembra tutto così naturale".

"Che è esattamente quello che ho provato quando io e Sofia ci siamo messe insieme".

Victoria si allarmò. "Non dire così".

"Perché no?" Astrid sembrava davvero sorpresa. "Ti assicuro che quello che abbiamo io e Sofia è la cosa più vera che abbia mai avuto in vita mia".

"Lo so. Ovviamente lo voglio anch'io, ma tutto ciò che ne consegue? Fare coming out, placare mia madre e l'intero Paese quando scopriranno che alla Principessa Reale piacciono le donne? Se ci penso troppo, mi fa male la testa". Alzò lo sguardo su Astrid. "L'altro giorno ho parlato con mia madre. Le ho accennato all'idea di cambiare un po' i protocolli reali. Di cosa succederebbe se incontrassi qualcuno di importante".

"E che cosa aveva da dire l'adorabile Regina?" Prima che Victoria potesse rispondere, Astrid alzò una mano. Si schiarì la gola, prima di cambiare accento per imitare la regina. "No, fammi indovinare. *La famiglia reale britannica non è la famiglia reale svedese. Abbiamo degli standard, e l'essere lesbica non rientra in questi standard.* Ci sono andata vicino?"

Victoria fece un sorriso amaro. "Almeno l'ho fatta riflettere".

Un cameriere apparve e riempì i loro bicchieri, scomparendo nell'ombra con la stessa furtività con cui era arrivato.

"Il fatto che tu abbia avuto questa conversazione mi fa capire che questa è una storia diversa da tutte le altre che hai avuto prima. Che Ash potrebbe essere qualcuno per cui vale la pena di sconvolgere la tua vita". Coprì la mano di Victoria con la sua. Il suo tocco morbido la fece sobbalzare. "Prima o poi doveva succedere".

Victoria sospirò. "Non pensi che sia troppo veloce? Che stia correndo troppo?"

"Tu cosa pensi?"

"Che ho aspettato tutta la vita per sentirmi così. Che questa donna mi piace davvero. Che potrei innamorarmi di lei senza fatica". Era la verità, semplice e schietta.

"Allora non è troppo presto. Credo che questo sia il tuo momento. Hai passato anni a fare il tuo dovere, a fingere di essere innamorata di qualcuno anche se non lo eri. Ma non puoi farlo per sempre. Meriti una possibilità di essere felice. E se tua madre non riesce a capirlo, dille di chiamare la mia. Le spiegherà che il mondo non crollerà se fai coming out".

Victoria sorrise. Aveva bisogno di sentirselo dire da una delle sue più vecchie amiche. Aveva bisogno di qualcuno che le dicesse che non aveva torto e che non stava impazzendo. Che finalmente poteva smettere di scusarsi per ciò che era e scegliere la propria felicità.

"Lo pensi davvero?"

"Ne sono sicura".

Capitolo 21

La Range Rover si fermò con un fruscio sulla ghiaia, e il primo pensiero di Ash fu che le foto non rendevano giustizia a Balmoral. Il granito non era solo grigio: brillava sotto il debole sole scozzese, con venature nere e argentate che catturavano la luce come stelle intrappolate nella pietra. Tre scalini conducevano a una grossa porta di legno, tenuta aperta da quello che… era un sasso da curling?

"Casa dolce casa". Victoria diede un'ultima stretta alla mano di Ash prima di scendere dall'auto.

Un cameriere in livrea rossa fece loro un cenno del capo, e Victoria ricambiò con la naturalezza di chi era cresciuto in posti come quello. All'interno, le Nike nuove di zecca di Ash stridevano contro le piastrelle di pietra mentre si girava su se stessa, cercando di assorbire tutto.

Il camino era enorme, la mensola in legno scuro scolpito con cardi, cervi e altre cose che non riusciva a distinguere bene. Su un lato, un piccolo esercito di stivali di gomma era schierato accanto a canne da pesca e bastoni da passeggio, come in un negozio di articoli da esterni di lusso.

"Gli stivali sono fondamentali". Victoria seguì il suo sguardo. "Qui può fare un freddo polare, anche a settembre. L'estate scorsa ho commesso l'errore di indossare le scarpe da ginnastica durante una passeggiata e sono finita fino al ginocchio in una palude". Guardò i piedi di Ash con un sorriso. "Quando andremo a camminare, forse è meglio se lasci le Nike qui".

Si spostarono lungo il corridoio, ogni pochi metri si apriva una porta su un'altra stanza, ognuna delle quali sembrava uscita da un dramma d'epoca.

"Ora mi sento davvero come se fossi in *Downton Abbey*". La mamma di Ash non sapeva che lei fosse lì. Se lo avesse saputo, probabilmente si sarebbero sentite le urla fin da St Albans. "È assurdo che tu sia cresciuta qui". Ash fece una pausa per esaminare un dipinto a olio della regina Mary.

"Soprattutto d'estate e a Natale, ma ne ho solo ricordi felici. Papà che fa il barbecue sul prato, la nonna che racconta storie sconvenienti mentre mi tappa le orecchie, mamma che finalmente si rilassa. Questo è il posto dove tutti veniamo per staccare".

Ash respirò l'odore di lucido per mobili, di umidità e di storia vivente.

Victoria si fermò davanti a una statua, si baciò il palmo della mano, poi lo posò sulla spalla della donna di pietra. "Questa è la regina Victoria, la mia omonima. Le do sempre un po' di affetto in più quando passo. Non è incredibile che tante generazioni della mia famiglia abbiano vissuto qui?"

La sua omonima. Perché, ovviamente, Victoria sarebbe diventata prima o poi la Regina Victoria.

Ash allontanò quel pensiero dalla sua mente e si rivolse all'antenata di Victoria. "Vostra Altezza Reale".

Victoria prese la mano di Ash e la condusse in fondo al corridoio, attraverso un enorme atrio, fino a una delle sale da ballo più impressionanti che Ash avesse mai visto.

Anzi, l'*unica* sala da ballo che avesse mai visto. Il luogo sembrava pulsare di secoli di memorie, la luce dorata che filtrava dai cristalli danzava sul pavimento lucido che aveva accolto molti re e regine.

"Volevo mostrartela". Il viso di Victoria si illuminò mentre si guardava intorno. "Adoro questo posto. Ho imparato a ballare qui, e d'estate ci facciamo delle feste bellissime. Vengono un sacco di persone, e mia nonna preparava dei cocktail fantastici. Molto forti, per cui è un bene che abbia smesso quasi del tutto ora che ha superato i settanta. Ci serve in forma, soprattutto da quando non c'è più mio nonno".

"È qui da sola?"

"Con il personale, e poi conosce un sacco di gente qui intorno che viene a cena con lei. È una donna molto amata". Victoria fece una pausa, guardando Ash. La tirò a sé. "Mi piacerebbe molto ballare qui con te. Sono sempre andata ai balli ufficiali con degli uomini. Mi piacerebbe andarci con te". Si avvicinò e posò un bacio delicatissimo sulle labbra di Ash. "Scommetto che saresti straordinariamente bella in smoking".

Il cervello di Ash andò in tilt, tra il bacio e l'immagine che Victoria le aveva appena descritto. Lei in smoking, Victoria in abito da sera, a danzare insieme sotto i lampadari di cristallo. Non si era mai considerata particolarmente elegante, ma il modo in cui Victoria la guardava le faceva venire voglia di esserlo.

"Ne ho uno perfetto nell'armadio. La Gucci me l'ha prestato l'anno scorso e non me l'ha mai chiesto indietro".

Victoria strinse la mano di Ash, aggrottando la fronte. "Sai, ogni anno c'è un ballo di Capodanno a Buckingham Palace.

Forse potremmo andarci insieme. Tu in smoking. Io in un abito di chiffon".

"Noi due in pubblico?" Il cuore di Ash batteva all'idea di quello che avrebbero detto tutti. Cosa avrebbe detto il mondo del calcio. Cosa avrebbero detto i suoi genitori.

Victoria sostenne il suo sguardo. "È un'idea ambiziosa, e non ho ancora risolto la logistica, ma pensaci. Prima o poi succederà. Mi piacerebbe tantissimo andare al ballo al tuo fianco. Quando hai la pausa invernale?"

"Da metà dicembre a metà gennaio. Ma devo avvertirti che sono una pessima ballerina". Soprattutto con gli occhi del mondo puntati addosso.

Victoria la fissò. "Essendo stata a letto con te, non riesco proprio a crederci". La baciò ancora una volta. "Prima di tutto, lascia che ti mostri la casa. Voglio che tu veda tutto per bene. Il castello è stupendo al tramonto, e c'è un piccolo lago dove possiamo fare il bagno".

"Il bagno? In Scozia? A settembre? Stai cercando di farmi morire di freddo?"

"Lo dice la donna che va a lavorare in pantaloncini per tutto l'inverno", ribatté Victoria. "E io che pensavo fossi una da avventura".

Ash baciò la mano di Victoria. "Se questo significa stare quasi nuda con te, ci sto".

"Prometto che poi ti scaldo io".

* * *

Ash continuava a dover ricordare a se stessa che quella mattina si era svegliata nel suo appartamento con due camere da letto a St Albans, e aveva iniziato la giornata come sempre, con una ciotola di porridge sormontata da semi di chia, frutti di bosco e una banana. Nelle dodici ore successive era salita su un jet reale, era stata accompagnata in un castello da una principessa e aveva promesso a quella stessa principessa che sarebbe andata con lei a un ballo.

Questa era la sua vita ora.

Dopo un pomeriggio passato a sparare al piattello (in cui Ash aveva fatto una figuraccia, mentre Victoria, forte di una vita intera di pratica, era una tiratrice infallibile), erano tornate al castello. Un vero e proprio castello, autentico fino all'ultimo merletto. Era contenta di aver represso tempo prima l'impulso di postare su Instagram, altrimenti la voglia di condividere una storia sarebbe stata troppo forte. Invece si stava semplicemente godendo il momento, accanto a una donna ben lontana dalla principessa bidimensionale di cui parlava la stampa.

La principessa Victoria era un essere umano a tutto tondo, con una laurea in legge conseguita a Oxford. Era anche una Swiftie devota, adorava il calcio femminile, l'Orangina ("la migliore bibita frizzante, spesso sottovalutata"), e aveva un debole per il sesso nei bagni, cosa che aveva appena dimostrato ancora una volta a un'Ash decisamente arrossata.

In quel momento Victoria era in piedi accanto al suo tavolo da toeletta, avvolta in un lussuoso accappatoio bianco e morbido, e scuoteva i capelli nel modo più sexy possibile.

La principessa guardò Ash, poi aggrottò le sopracciglia. "Cosa c'è?" Si diede una spolverata sul davanti. "Ho qualcosa addosso? Ho i capelli sparati in una direzione strana? Mi sono scottata per via di quel sole assurdo che è spuntato mentre sparavo ai dischi di argilla?"

Ash era sicura di essersi scottata, ma Victoria non era rossa. "Sei perfetta, e mi stavo solo chiedendo come fai ad esserlo così spesso".

Victoria rise di nuovo. Quella risata che faceva tremare Ash dentro.

"È l'illusione post-orgasmo", disse Victoria. "Qualsiasi cosa io faccia ti sembrerà incredibile in questo momento". Si avvicinò ad Ash e la baciò sulle labbra.

Ash inspirò profondamente l'odore della principessa, tutto bagnoschiuma e shampoo al lime. "Può essere, signora, ma non ho tutti i torti". Sorrise per la scelta intelligente delle parole.

Victoria la guardò negli occhi, con un leggero rossore che le coloriva le guance. "Giuro che se mi chiami così davanti a mia nonna, sei morta. Riservalo per dopo". Sorrise, poi posò un bacio deciso sulle labbra di Ash. "Sei pronta a conoscere la matriarca?"

"Non lo sarò mai, signora", rispose Ash con un occhiolino.

Dieci minuti dopo, Ash entrava in cucina dietro a Victoria. Stava per incontrare un altro pezzo grosso della famiglia reale: la Regina Madre, che per Ash era una presenza costante sin dall'infanzia. Un tesoro nazionale. E in quel momento era in piedi al lavello della grande ma accogliente cucina di Balmoral, con indosso dei guanti giallo brillante e intenta a lavare quelli che sembravano essere i resti del tè del pomeriggio. Indossava una gonna scozzese e un cardigan di lana blu, e i suoi capelli d'argento riflettevano la luce che filtrava dalla finestra mentre canticchiava tra sé.

Anche se Victoria aveva avvertito Ash che la sua famiglia viveva una vita molto più normale in Scozia, non si sarebbe mai aspettata di trovare la Regina Madre con le mani immerse nel sapone.

Victoria si schiarì la gola dolcemente. "Come sta la mia nonna preferita?"

La donna anziana si voltò, il suo volto si illuminò alla vista della nipote e si aprì in un sorriso ancora più ampio quando individuò Ash.

"Ed ecco la mia nipote preferita, ma non dirlo a Charlotte o a Bridget. Scusa se non ero qui ad accoglierti, ma sono sicura che ti sei sentita a casa".

Si tolse i guanti e fece il giro del tavolo rustico abbastanza grande da ospitare otto persone, abbracciò Victoria e poi la tenne a distanza per osservarla meglio. "È bello vederti. E sei raggiante, fa piacere vederti così". Si stropicciò le labbra. "Speravo che stessi bene dopo tutto quel disastro con Dexter, ma chiaramente sì. Tua madre mi ha detto che è stata una tua iniziativa".

Victoria annuì. "È vero, nonna. Siamo rimasti buoni amici. Ti manda i suoi saluti". Poi si girò. "Questa è la mia amica, Ashleigh Woods".

Gli occhi della Regina Madre, dello stesso blu intenso di quelli di Victoria, brillarono di interesse. "La capitana delle Lionesses, so benissimo chi è. Incontrarti è qualcosa da vantarsi alla prossima partita di bridge. Molto più interessante di quei politici che blaterano di politica fiscale mentre servono il fagiano". La stretta di mano della donna anziana era stabile, il suo sorriso caldo. Dal vivo era molto più alta di quanto Ash si aspettasse. Più alta sia di lei che di Victoria. "È un piacere conoscerti, Ashleigh".

Ash non sapeva bene se inchinarsi o fare una riverenza, e finì per fare un misto di entrambi e quasi inciampare in una delle sedie da pranzo. Si aggrappò allo schienale di una di esse appena in tempo per evitare di finire a faccia in giù sulle piastrelle di terracotta.

"Stai bene, cara?", chiese la Regina Madre.

Ash avrebbe voluto scomparire mentre si rimetteva in equilibrio.

"Starà bene quando avrà superato l'incontro con te, nonna. Ricordati che sei una leggenda vivente", disse Victoria con un sorriso.

"Meglio una leggenda vivente che una leggenda morta!". La nonna mise un braccio intorno alle spalle di Victoria. "Andiamo in salotto a bere qualcosa prima di cena, che ne dici? Ho chiesto allo chef di preparare il tuo piatto preferito questa sera, ed Edward ha portato una deliziosa bottiglia di rosso dalla cantina. Un Château Latour del 1982. Non capita tutti i giorni che mia nipote mi faccia visita con una nuova amica, vero?"

C'era stata una leggerissima alzata di sopracciglia tra la Regina Madre e Victoria mentre diceva quella frase? Ash probabilmente se l'era immaginato.

La Regina Madre le guidò fuori dalla cucina e lungo il corridoio arieggiato fino al salotto, con i suoi stucchi elaborati, un angolo bar e due Chesterfield rosso ciliegia ai lati di un camino scoppiettante.

"Prego, accomodatevi", disse la Regina Madre indicando i divani prima di sparire dietro il bancone. "Mi sono presa la libertà di preparare in anticipo il mio nuovo cocktail preferito. Si chiama *Last Word*, l'ultima parola. L'hai mai provato, Ashleigh?"

Ash scosse la testa. "No. Temo dovrò saltare questo giro, però, sono in fase di preparazione pre-campionato".

"Un piccolo sorso non farà male, vero? Dovresti assaggiare il vino, ma te ne verso solo un po'".

Ash lanciò uno sguardo a Victoria, che le rivolse un sorriso teso.

Aveva capito. "Solo uno goccio, per assaggiare".

La Regina Madre sorrise. "Sapevo che mia nipote avrebbe avuto buon gusto in fatto di... amiche".

Proprio in quel momento, il telefono di Victoria squillò forte nella tasca. Lo tirò fuori e fissò lo schermo. "Cavolo", mormorò sottovoce, prima di alzarsi. "Scusa, nonna. Ci metto cinque minuti. Devo solo rispondere a questa chiamata. È di una potenziale sponsor della mia associazione per i senzatetto e ho detto che l'avrei chiamata oggi. Ho perso la cognizione del tempo". Guardò Ash, sapendo bene perché aveva perso la cognizione del tempo.

"Non hai del personale per queste cose?" Chiese la nonna.

"Certamente, ma volevo dare un tocco più personale a questo progetto. Sarò il più veloce possibile".

"Fai quello che devi fare". La nonna portò due cocktail verdognoli in bicchieri da Martini di cristallo e ne posò uno sul tavolino di legno davanti ad Ash. "Significa che io e Ashleigh potremo conoscerci meglio, no?"

Victoria alzò la mano, mimò ad Ash la parola "Scusa!" e scomparve.

Poi rimasero solo Ash, la Regina Madre e il crepitio del fuoco. Ash ripescò nel suo cervello tutto il training mediatico che aveva ricevuto. Qualcosa doveva pur esserle utile in questo caso.

"La vostra casa è splendida. Così piena di carattere e di storia".

La Regina Madre annuì, con uno sguardo intenso. "Lo è. Mi piacerebbe affermare che è tutta opera mia, ma ogni tanto vengono degli arredatori per ravvivare l'ambiente". Lanciò un'occhiata alla stanza, con le pareti verde scuro e i tappeti antichi. "Però questa stanza è una delle mie preferite. È accogliente e perfetta per leggere, che è una delle cose che preferisco fare". Fece una pausa. "Ti piace leggere?"

Ash scosse la testa. "Non ho molto tempo, in realtà. Gli ultimi libri che ho letto erano per l'università, ma di certo non erano per piacere".

"Cosa hai studiato?"

"Economia aziendale".

"Una ragazza intelligente. Proprio come Victoria. Avere un piano B in un settore come il calcio femminile è fondamentale". Inclinò la testa. "Anche se, con le tue capacità e il tuo bell'aspetto, credo che te la caverai benissimo. Un po' come Victoria, che un lavoro ce l'ha a vita. Ma non fa mai male istruirsi e ampliare i propri orizzonti, vero?"

Ash scosse la testa. "Già, è vero".

La Regina Madre si avvicinò un po'.

Il nervosismo e il battito del cuore di Ash salirono alle stelle.

"Vogliamo bere un sorso del nostro cocktail?"

Ash annuì. Qualsiasi cosa per spezzare l'intensità del momento. Quando il liquido le toccò la gola, sgranò gli occhi. Quel cocktail era fortissimo. Decisamente non utile per i suoi progressi calcistici, ma non poteva dire di no alla Regina Madre.

"Che ne pensi?" chiese la Regina Madre, bevendo un altro sorso. "Tosto, vero?"

"È decisamente una parola adatta". La mano di Ash tremava mentre posava il bicchiere.

"Mentre Victoria è via, volevo dirti che io... capisco".
La Regina Madre sollevò entrambe le sopracciglia.

"Capisce?" Stava alludendo a ciò che Ash pensava stesse alludendo?

La donna annuì. "Sì". Fece una pausa. "Capisco. So cos'è tutto questo". Sembrava molto soddisfatta di sé.

"Cos'è tutto questo?" Ash non aveva intenzione di cadere in una trappola.

"Voglio dire, penso di saperlo. Victoria è sempre stata molto riservata, e lo capisco. Tutti abbiamo dei segreti. Ma io l'ho osservata per tutta la vita e so che questo segreto sta diventando sempre più difficile da mantenere. Dexter era un ragazzo adorabile, ma chiaramente era gay".

Ash soffocò un colpo di tosse. Se avesse avuto un sorso di cocktail in bocca, sarebbe finito sul Chesterfield di fronte.

"Gay?", balbettò, come se fosse la prima volta che sentiva quella parola.

Le tornò vagamente alla mente un modulo proprio su questo argomento. Come rispondere ai giornalisti che facevano domande inappropriate sulla sessualità. Come chiudere il discorso. Ma nessun giornalista era difficile quanto una nonna determinata.

"Sì, gay. Sono certa che ne hai sentito parlare. Amano i musical. Baciano i ragazzi. O le ragazze, se è il contrario". Bevve un altro sorso del suo cocktail come se non fosse abbastanza forte da stordire un bue. "E immagino che tu e Victoria siate... così, diciamo. Ti spiego: ho chiesto a Edward di preparare la camera degli ospiti per te perché Victoria l'ha richiesto, ma so che non verrà usata. Quando c'era Dexter, invece, ci si aspettava che condividessero la camera. Eppure, il letto della stanza degli ospiti era sempre stropicciato e poi rifatto malamente, nel tentativo di nascondere che non dormivano insieme. Non è questo il caso con te e Victoria, vero?"

Esisteva una risposta giusta a quella domanda? Se sì, Ash non aveva idea di quale fosse. Si schiarì la gola, ma non riuscì a far uscire alcuna parola. Si limitò ad annuire, appena.

"Bene". La Regina Madre posò una mano sul ginocchio di Ash. "Voglio che tu sappia che approvo. Approvo il fatto che Victoria viva la sua vita, e approvo te".

"Grazie". Ash voleva prendersi a schiaffi per essere stata così monosillabica, ma non riusciva a trovare altre parole.

"Ma mi sono documentata, sai. So che non posso dirle che lo so finché non è lei a dirmelo. Perciò aspetto. Questo è il nostro piccolo segreto, se vuoi farmi questo favore".

Ash annuì.

Ancora nessuna parola, ma una cascata di sollievo la investì come un'onda anomala. Forse, con la Regina Madre dalla loro parte, non sarebbe stata una battaglia così difficile.

Forse.

"Tuttavia, se volessi suggerirle che potrei essere pronta a sentirlo, aiuterebbe. Se mai venisse fuori, capisci. Ci sta girando intorno. Sua madre ci gira intorno. E ogni volta che ci incontriamo, è come se ci fosse un elefante nella stanza".

Ash non si aspettava nulla di tutto ciò. "Da quanto tempo lo sa?"

La Regina Madre sorrise. "Da sempre. Ha frequentato qualche ragazzo, tutti impeccabili nei modi, ma nessuno adorabile come Dexter. E tutti gay come una banconota da nove sterline". Fece una pausa. "Non mi aspetto che tu sappia cosa significa". La matriarca sorrise. "Voglio che Victoria sia una sovrana felice, che ami chi desidera. Io non ho potuto farlo. Il mio matrimonio è stato combinato e, anche se ci siamo tollerati, non è mai bastato. Abbiamo entrambi cercato conforto altrove. Era così che funzionavano le cose ai miei tempi".

E ora la Regina Madre stava raccontando di relazioni extraconiugali? Ash guardò verso la porta. Victoria ancora non tornava.

Bevve un altro sorso del suo drink.

Bruciava in gola.

All'improvviso ne fu contenta.

"Con Victoria e Michael, però, vedo una nuova alba. Non vogliono fare le cose come si facevano un tempo. Ho permesso a mia figlia di sposare qualcuno fuori dal nostro rango perché me lo ha chiesto in ginocchio, e Oliver si è rivelato una buona scelta. Solido, affidabile, e sa che il suo ruolo è quello di supportare. Ora penso che anche lei debba fare lo stesso per sua figlia. La monarchia sopravviverà solo se chi ne fa parte è felice di esserci. La felicità genera altra felicità. Perché la Principessa Victoria diventi Regina Victoria con il sorriso sulle labbra, servono progresso e cambiamento. Volevo solo che tu sapessi: io sono dalla vostra parte".

* * *

Ash si affacciò alla finestra, osservando la luce della luna dipingere d'argento la natura selvaggia. Il sonno non arrivava, nonostante la giornata fosse stata perfetta: la compagnia, il castello, persino il vino che aveva appena assaggiato.

Ora che erano sole, nascoste in quel lembo di Scozia con l'irresistibile nonna di Victoria, tutto sembrava possibile. Magico, persino. Ma la realtà aspettava oltre quelle mura antiche, e quella era la vera sfida: non ciò che provavano l'una per l'altra, ma come il mondo avrebbe reagito.

Sapere di avere la nonna di Victoria dalla loro parte dava ad Ash una certa speranza. Le ricordava anche della confessione che la attendeva a casa. Aveva evitato sua madre di recente, sapendo che quegli occhi acuti avrebbero letto il suo cuore in un istante. Ma quel weekend aveva chiarito ogni dubbio. Victoria non era solo un altro capitolo della sua storia: era l'intero libro. Presto avrebbero dovuto affrontare la verità, entrambe, perché Ash non poteva più negarlo. Si stava innamorando. Completamente, irrimediabilmente.

Due ore dopo, Ash aveva la prova di quanto si stesse innamorando: solo l'amore poteva spiegare perché fosse in piedi alle 6:15 del mattino, con un costume da bagno preso in prestito, diretta verso un lago per un tuffo all'alba. Si aspettava un autista, ma Victoria aveva preso il volante con entusiasmo. "Non ce n'è bisogno, è nella nostra tenuta privata", aveva spiegato. Ora, mentre il sole faceva capolino all'orizzonte, Ash non rimpiangeva affatto di essersi lasciata convincere da quella folle avventura.

L'erica fioriva sulle colline come vino rovesciato, viola intenso contro il cielo grigio scozzese. Ash si avvicinò al finestrino, osservando i pini scozzesi, alti e solenni, emergere tra le macchie di betulla argentata, le cui foglie cominciavano a ingiallire. Un gruppo di sorbi ardeva di bacche rosse, accese come luci d'emergenza nel verde cupo del bosco. Anche le felci stavano cambiando, tingendo i pendii più bassi di rame e ruggine, mentre ogni tanto un ginepro si raggomitolava denso e scuro lungo la strada. Sembrava che tutto il paesaggio trattenesse il respiro, sospeso tra l'ultimo lampo d'estate e l'avanzata lenta dell'autunno.

Eppure, nonostante Ash lavorasse ogni giorno all'aperto, non si era mai sentita così. Come parte di qualcosa di molto più grande. Come se potesse riempirsi i polmoni d'aria senza mai saziarsi. Come se avesse finalmente lo spazio e la libertà di essere davvero chi voleva essere.

Sembrava che la magia di Balmoral non fosse solo per i reali.

"Fammi sentire la tua canzone preferita di Taylor", le disse Victoria, offrendole il suo telefono. "Ma ti avverto: ti giudicherò tantissimo".

Ash prese il telefono. "Sfida accettata". Scorse le canzoni più ascoltate, ma alla fine scelse una traccia meno nota, da un album poco celebrato, che però le parlava al cuore. Quando l'intro riempì l'auto, Victoria alzò un sopracciglio, poi annuì approvando.

"Hai superato il test, Ash Woods".

"Anche tu, Victoria Richmond".

Cinque minuti dopo erano fuori dall'auto e si trovavano sul bordo di un grande lago.

"Il mio consiglio? Non pensarci. Prendi la mia mano ed entriamo insieme. All'inizio è uno shock, ma presto ci si abitua".

Victoria si scrollò di dosso i vestiti e Ash fu temporaneamente distratta dal suo corpo invitante che aveva trascorso un altro paio d'ore a esplorare la sera prima. Diciamo che gli specialisti del sonno delle Royal Ravens non sarebbero stati felici del numero di ore dormite quel weekend, ma sarebbero stati sicuramente soddisfatti dell'immersione in acqua fredda.

"Magari non nuoto selvaggiamente, ma devo fare idroterapia come parte del mio lavoro. Che comprende anche

i bagni di ghiaccio. Non sono proprio una principiante".
Anche Ash si spogliò.

Victoria le strinse la mano. "Perfetto!" disse con la calma
di chi è abituata a non sentirsi dire mai di no. "Pronta?"

Detto ciò, tirò la mano di Ash e insieme entrarono in acqua.
Ash sussultò mentre il freddo le saliva lungo le cosce, ma la
presenza stabile di Victoria la tranquillizzò. Contarono fino a
tre, poi si immersero fino alle spalle all'unisono. Lo shock le
tolse il fiato, le acque antiche della Scozia l'avvolsero come una
creatura viva. Dall'altro lato del lago, un cervo rosso si fermò
sulla riva, e per un momento, tutto sembrò selvaggio e possibile.

All'improvviso, Ash capì. Se Victoria poteva fare questo,
poteva fare qualsiasi cosa. Forse era per questo che lo faceva
spesso, per mettersi alla prova. Buttarsi significava semplicemente
fare il primo passo. E da calciatrice professionista, Ash sapeva
meglio di chiunque altro quanto fosse importante.

Victoria sorrise ad Ash, poi si lasciò andare, poggiando
la testa sull'acqua e galleggiando.

Ash fece lo stesso, tendendole la mano. I denti le battevano,
ma quando prese una profonda boccata d'aria, la sua
temperatura si stabilizzò.

Rimasero così per alcuni lunghi momenti, osservando il
giorno che si apriva attraverso le nuvole sparse.

"A volte vorrei poter rimanere qui per sempre".

"Lo capisco". Ash strinse le dita di Victoria. Qualche
minuto dopo nuotarono più al largo, poi si fermarono ad
ammirare il panorama.

"Imprimiti tutto nella mente. Nessuno intorno. Non sarà
più così per un bel po'". La mascella di Victoria si contrasse
mentre parlava.

"Soprattutto ora che torno ad allenarmi. La prima vera partita di campionato è tra due settimane. E tu te ne vai in Galles per aprire fabbriche, accarezzare bambini e contribuire a salvare il pianeta?"

"Qualcosa del genere. Una visita reale alla volta", disse Victoria. "Ecco perché avere questi giorni insieme è stato così importante. Tu sei molto importante per me, Ash". Si leccò le labbra. "Non vedo l'ora di guardarti giocare più spesso. Questa volta come tua…" Victoria si interruppe, poi lanciò un'occhiata ad Ash. "Posso dire ragazza?"

L'acqua attorno a loro si increspò mentre Ash si avvicinava a Victoria e la prendeva tra le braccia, stringendola contro di sé. "Sarebbe un onore per me essere la sua ragazza, signora".

Gli occhi di Victoria tremolarono di gioia. Baciò di nuovo Ash e il mondo si mosse intorno a loro.

Quando si staccarono, Victoria la guardava come se avesse appeso la luna in cielo.

"Non c'è bisogno che mi guardi così", disse Ash, con le guance in fiamme. "Ho i capelli appiccicati alla testa ed è ancora semibuio. Di sicuro sembro una salsiccia congelata".

Victoria scoppiò a ridere. "È esattamente quello che stavo pensando. Proprio così". Sgranò gli occhi. "Ho una domanda per la mia salsiccia surgelata". Fece una pausa. "Quando fai un gol, esulti in modo particolare?"

Ash scosse la testa. "Non proprio". Aveva molte compagne di squadra che lo facevano, ma lei si limitava a dare il classico pugno in aria.

Victoria si leccò le labbra. "Se segni nel weekend, ti va di fare un'esultanza speciale per me, guardando in camera?"

Il suo viso era così pieno di gioia che Ash non poté rifiutare.

"Farei qualsiasi cosa per te". Anche lei diceva sul serio. Anche a quelle temperature gelide. "Ma devo avvisarti, non segno spesso. Anche se io e il mio coach creativo abbiamo identificato questo aspetto come un obiettivo della stagione".

Victoria le strinse le braccia intorno al collo e la tirò vicina. "Penso che dovresti ascoltare il tuo allenatore, concentrarti e segnare. Ho fiducia in te. Ricorda solo quanto hai *segnato* questo fine settimana", aggiunse. "So che puoi farlo di nuovo".

Capitolo 22

La sala colazioni del palazzo era immersa nella luce del sole di settembre, che filtrava attraverso le alte finestre e che faceva risaltare il servizio da tè in argento che apparteneva alla famiglia da generazioni. Victoria aveva un bel ricordo di quando mangiava lì da bambina, dove era sempre un piacere stare con i nonni. Tutto il fascino, nessuna responsabilità. Quando era piccola, la tavola era sempre piena di cupcake fatti in casa e di focaccine con marmellata e crema, che lei aveva sempre adorato. Ora, il tavolo si piegava spesso con il peso del dovere e delle cose non dette.

Tuttavia, quel brunch del sabato, i Richmond erano di umore piuttosto buono. Sua madre aveva già fatto una nuotata, e suo padre aveva corso i suoi soliti 5 km attorno ai giardini del Palazzo. "Una corsa nel parco solo per me", diceva sempre scherzando.

Al contrario, l'esercizio di suo fratello questa mattina sembrava essere la masticazione. Michael demolì il suo terzo pain au chocolat con la stessa concentrazione di chi tratta tutti i pasti come uno sport agonistico. Anche – o soprattutto – perché era tremendamente in hangover. Victoria sapeva già che non avrebbe ricevuto molto supporto da lui, quel giorno. La loro dichiarazione "noi contro il mondo" funzionava solo quando il cervello di Michael era in condizioni operative. Mentre si allungava verso il quarto dolce, le briciole si spargevano ovunque sul suo piatto. Ai suoi piedi i Corgi di famiglia, Honey e Truffle, aspettavano pazienti che qualcosa cadesse.

"Davvero, Michael?", sospirò la madre, ma il suo tono era affettuoso. "È come se non avessi appena mangiato un intero uovo alla Benedict". Non si trattava di un commento sul suo peso o se un altro pasticcino "fosse strettamente necessario", perché, come Michael le diceva sempre, quello che faceva lui non aveva alcuna conseguenza.

Victoria stuzzicava il suo toast con avocado e uova sode, lo stomaco troppo chiuso dall'ansia per mangiare davvero. Era sveglia dall'alba a chattare con Ash, che era furiosa con la sua coinquilina Sasha, che aveva passato tutta la notte a tossire, disturbando il suo sonno. Ash temeva che questo avrebbe potuto compromettere la sua performance nella partita d'esordio della stagione contro il Manchester City.

Victoria le aveva inviato un messaggio rassicurante poco prima.

> Sono sicura che andrai alla grande. Sarà bello rivedere le tue cosce toniche, anche se solo in TV. Non abbastanza vicino da poterle leccare.

La risposta di Ash era ancora in primo piano nella sua mente.

> Le mie cosce vi aspettano quando volete, signora. Assicurati di guardare la partita oggi. Quando segnerò, ho una celebrazione speciale pronta, solo per te.

Erano riuscite a ritagliarsi un paio di notti insieme dopo Balmoral, durante le quali le cosce di Ash erano state ben accudite, insieme a ogni altra parte del suo corpo. Era stata una fetta di paradiso. E in più, Victoria aveva perfezionato i suoi ravioli fatti in casa con spinaci, formaggio cremoso, burro bruciato e salvia, e Ash ne aveva chiesto ancora.

"Allora", disse suo padre, imburrando il pane tostato con quei movimenti precisi e misurati che caratterizzavano tutto ciò che faceva. "Il lancio della fondazione. L'attenzione per i giovani senzatetto è eccellente. Una causa meritevole che va portata in primo piano".

Victoria si raddrizzò, grata per la distrazione. "Mi fa piacere che lo pensi. Voglio includere in modo specifico i programmi per i giovani queer perché rappresentano una percentuale sproporzionata dei giovani senzatetto, e gli attuali sistemi di sostegno non sono sufficienti".

Suo padre annuì lentamente e Victoria colse qualcosa nella sua espressione. Comprensione, forse? O rassegnazione? "Mi sembra che sia proprio da te", rispose.

Sua madre si spostò sulla sedia, la tazza di porcellana delicata che tintinnava contro il piattino. "Assicurati solo che il messaggio sia equilibrato. Non vogliamo apparire troppo politici".

"Tutti dovrebbero avere i diritti umani di base, mamma. Questo non ha nulla a che fare con la politica". Ma Victoria non aveva intenzione di discutere. Controllò l'orologio per l'ennesima volta da quando si era seduta. Mancavano quindici minuti alla partita di Ash. Il suo battito cardiaco aumentò. "Vi dispiace se portiamo il caffè in sala? C'è l'esordio della stagione femminile e, in quanto nuova patrona dell'ACF, dovrei guardarlo".

"Certo, tesoro", disse suo padre. Poteva contare su di lui. Erano sempre stati legati.

Michael si fermò a metà del boccone, con gli occhi spalancati. "Per caso giocano le Royal Ravens?"

Se avesse potuto, l'avrebbe preso a calci sotto il tavolo. Dato che non ci arrivava, si limitò a lanciargli uno sguardo assassino.

"Sì. Giocano in trasferta contro il City, quindi è una partita importante. Le vincitrici della WSL dell'anno scorso contro le seconde classificate. Nuova stagione. Tutto da giocare".

"Forse potresti fare domanda per un lavoro come opinionista, se il ruolo di patrona dell'ACF non dovesse funzionare". Michael inclinò la testa. "Sembra che tu abbia fatto i compiti a casa".

A volte odiava davvero avere un fratello.

Finirono di mangiare – Michael prese un altro croissant mentre se ne andava – e il maggiordomo reale, Desmond, caricò i loro caffè su un vassoio d'argento e li seguì nel salone.

Quando la gente pensava a come vivessero i reali, probabilmente si immaginava qualcosa del genere: ritratti degli antenati, pesanti tende di velluto e mobili vittoriani rivestiti con cura, sorprendentemente comodi. Probabilmente, però, non si immaginavano il televisore da sessantacinque pollici con audio surround installato dai suoi genitori. Né i cuscini dai colori accesi ordinati da sua madre.

La regina sorrise tra sé e sé mentre ne rimpolpava uno prima di sedersi.

Victoria si posizionò con attenzione, assicurandosi di avere una visione chiara del televisore, pur cercando di sembrare del tutto disinvolta.

"Com'è andata la tua visita ufficiale in Galles?" chiese sua madre, mentre gli occhi di Victoria seguivano Ash uscire dal tunnel. Anche nel campo largo della ripresa riusciva a riconoscerla all'istante. Qualcosa nel suo modo di muoversi, quella grazia sicura che l'aveva colpita fin dall'inizio. Quando la telecamera fece uno zoom, sentì il sangue salirle alle guance.

Doveva ricordare che i suoi genitori non sapevano nulla.

Di sicuro non avrebbe guardato Michael.

"Molto lungimirante". Si chinò per accarezzare Truffle con enfasi. "Il progetto di energia rinnovabile è stato super interessante. La gente del posto si è particolarmente impegnata nella valutazione dell'impatto ambientale sulla comunità. Credo che sarà un vero successo per la zona". Sorrise alla madre, sperando di aver detto abbastanza per tranquillizzarla. Sua madre amava il Galles ed era sempre ansiosa di ricevere relazioni sui progressi compiuti da chiunque lo visitasse.

Alla TV, Ash si infilò la maglietta e fece un paio di salti di riscaldamento. Sembrava affamata, pronta. Victoria conosceva bene quello sguardo.

La partita ebbe inizio e la conversazione andò avanti. Victoria contribuì abbastanza da sembrare presente, ma la sua attenzione era sempre più attratta dalla partita. Ash stava giocando benissimo, dominava il centrocampo. Victoria sorrise, ricordando quando Ash, a Balmoral, le aveva mostrato la sua bravura con i palleggi. Incredibile che qualcuno così coordinato con i piedi fosse così pessimo a mirare quando si trattava di tirare.

"Victoria? Ti ho chiesto dell'inaugurazione dell'ospedale, la prossima settimana? È tutto confermato?"

Ma Victoria non sentì la domanda di sua madre. Ash aveva appena seminato la marcatrice ed era partita dritta al centro.

Victoria si raddrizzò, il corpo teso.

Desmond colse quel momento per apparire di fronte a lei, con in mano la caffettiera d'argento. "Ne vuole ancora, signora?"

Quella parola non ebbe alcun effetto quando uscì dalla bocca di Desmond.

Victoria cercò di guardare oltre lui. "No, grazie, Desmond". Cercò, senza riuscirci, di non suonare infastidita. Quando finalmente riuscì a tornare con lo sguardo sullo schermo, Ash era sola davanti al portiere. Con una naturalezza assoluta, infilò la palla nell'angolino basso della rete, e Victoria alzò il pugno in aria prima ancora di rendersi conto di quello che stava facendo.

"Sì!", urlò, rovesciando il caffè oltre il bordo della tazza e sul tappeto. Non le importava.

Ai suoi piedi, Honey e Truffle iniziarono ad abbaiare.

"Victoria!", la rimproverò la madre.

Desmond si allontanò, borbottando qualcosa su un panno umido.

Ma Victoria li ignorò tutti, tenendo gli occhi incollati allo schermo. Quando Ash si allontanò dalla porta, corse verso la telecamera, alzò il palmo della mano e soffiò un bacio proprio nell'obiettivo.

Victoria non si aspettava qualcosa di così intimo. Forse avrebbe dovuto. "È solo per te", le aveva detto Ash.

Le gambe le cedettero e si lasciò cadere di nuovo sul divano.

Era stata l'esultanza perfetta. Dopo, Ash fece l'occhiolino, poi si voltò a festeggiare con la squadra. Il cuore di Victoria batteva così forte che riusciva a malapena a sentire i commentatori.

"Sembri piuttosto coinvolta in questa partita", osservò sua madre, con quel tono attento che precedeva sempre le conversazioni difficili. "Più del solito".

Victoria strinse le labbra, non sapendo come rispondere. Optò per il dovere. Sua madre non poteva certo criticare quello. "Forse lo sono, è vero. Fa parte del mio ruolo, ormai, sostenere lo sport femminile. E poi, la famiglia reale dovrebbe supportare le Royal Ravens, no?"

"Non ha tutti i torti, Cassandra", intervenne il padre, alzando gli occhi dal telefono. A tavola era severamente proibito, ma una volta arrivati sui divani non c'era più nulla da fare. Accanto a lui, Michael fissò Victoria. Un'ombra d'inquietudine attraversò il suo volto.

La Regina aggrottò la fronte verso il marito, poi lisciò la gonna prima di rivolgersi a Victoria. "Devo dire che sono piacevolmente sorpresa dal numero di code di cavallo presenti. Ho sempre pensato che il calcio attirasse un pubblico più..." Fece una pausa per scegliere con cura le parole.

Victoria trasalì, aspettando.

"...mascolino. Almeno, ai miei tempi era così. Ma sembra che le cose stiano cambiando. Il che è positivo".

Victoria strinse la tazza tra le mani, le nocche bianche. Il pregiudizio disinvolto di sua madre le faceva rivoltare lo stomaco. Ma doveva scegliere le sue battaglie, lo sapeva. "Avrei voluto poter giocare sul serio", disse, con la voce rotta.

"Non è certo appropriato per la futura regina. È uno sport da classe operaia".

"Non essere ridicola, mamma", sbottò Victoria, con anni di frustrazione che improvvisamente affioravano in superficie. "È una visione così antiquata. Come molte delle tue opinioni, in realtà".

La temperatura nella stanza calò di colpo. Michael si raddrizzò, gli occhi che correvano da sua madre a sua sorella come se stesse seguendo una partita di tennis. Il padre rimase immobile, come faceva quando c'era un conflitto.

"Che cosa dovrebbe significare?", chiese la madre.

Victoria fece un respiro profondo, il cuore che le batteva all'impazzata, tutte le sue speranze e paure che le salivano in gola. Cercò di inghiottirle, ma sembravano bloccate, come se ci fosse una sola via d'uscita.

Non era questo il modo in cui aveva immaginato la conversazione, ma dopo aver visto la celebrazione di Ash e sentito il commento sprezzante della madre sul calcio femminile, qualcosa dentro di lei era scattato.

"Significa che la famiglia reale è rimasta al Medioevo su molte cose. Magari il calcio femminile era impensabile quando eri giovane tu, ma ora è tutta un'altra cosa. È inclusivo, sicuro, orientato ai tifosi. Le giocatrici non sono ragazzine viziate, e molte hanno una laurea. È più simile al modello sportivo americano". Fece una pausa, le mani le tremavano leggermente. "Ma non è solo sul calcio che questa famiglia ha bisogno di un passo avanti. Deve fare un passo da gigante anche per quanto riguarda le persone con cui possiamo o non possiamo avere una relazione".

La regina aggrottò la fronte, il viso che assumeva quell'espressione inespressiva che Victoria aveva visto tante volte. "Ne abbiamo già parlato, Victoria. Ti ho detto allora che se e quando avrai accanto qualcuno che conta davvero, torneremo sull'argomento. Ma fino ad allora…".

"Ho incontrato qualcuno che conta".

Le parole rimasero sospese nell'aria come un cristallo, delicate e taglienti. In TV stavano mandando in onda i replay dell'esultanza di Ash. Victoria tenne lo sguardo fisso sul volto della madre, decisa a non fare marcia indietro. Tutto quello che aveva represso – ogni scusa studiata, ogni messaggio nascosto, ogni sguardo furtivo – si condensava in quell'istante.

Il ritratto del nonno di Victoria, Re Henry, incombeva su di loro, muto promemoria di tutto ciò che lei stava mettendo in discussione.

Proprio in quel momento, Desmond riapparve con un panno umido.

La regina si alzò in piedi, con il volto contratto. "Non ora, Desmond. Puoi andare".

Si fermò, guardando in basso. "Ma il tappeto, Vostra Maestà…".

"Ho detto non ora". Il tono della regina sembrava un tuono.

Desmond fece un inchino, poi uscì dalla stanza.

Suo padre si sporse in avanti e mise il televisore in muto.

Il volto della regina era illeggibile, ma la sua mano tremò mentre posava la tazza. "Hai conosciuto qualcuno dopo la nostra conversazione? Non è un po' presto per fare dichiarazioni del genere?"

Victoria scosse la testa. Il cuore le martellava nel petto. "Non è solo da allora. Ci vediamo già da un po'. Sono mesi che va avanti, ed è per questo che non posso più tenerlo nascosto".

Alzò lo sguardo verso lo schermo, dove Ash era a terra con

una smorfia di dolore. Victoria si avvicinò, prese il telecomando e riattivò l'audio.

Dietro di lei, la regina si schiarì la gola. "Victoria. Stiamo avendo quella che mi avevi detto essere una conversazione importante. E tu ti distrai per guardare una partita?"

Victoria si girò di nuovo verso di loro e fece un respiro profondo. Ora o mai più.

Tanto, non sarebbe mai stata davvero pronta.

"È collegato". Indicò lo schermo, dove Ash si stava tastando la caviglia mentre veniva aiutata ad alzarsi. "È lei".

Sua madre si accigliò. "In che senso?"

"È lei quella che conta".

Dal divano opposto, Michael sussultò.

Non lo guardò.

"Stai con Ashleigh Woods?", chiese suo padre, con voce dolce.

"La conosci?" Victoria era sinceramente sorpresa.

"Certo che la conosco. La conoscono tutti. L'abbiamo incontrata quando la squadra è venuta a Palazzo dopo la vittoria agli Europei. E ci ho parlato anche in un paio di altre occasioni".

L'aveva dimenticato. Victoria tirò indietro le spalle e si mise dritta. Sicura di sé.

Astrid ne sarebbe stata orgogliosa.

"Sì, sto con Ashleigh Woods. Ve lo dico ora perché lei mi rende felice, e questa volta è diverso. Sento che può durare. Lei mi vede prima come Victoria, e solo dopo come principessa".

"Sarebbe bello se anche gli altri ti vedessero così". Sua madre si sedette sul divano, a testa alta e con il viso impassibile.

"Non mi interessa quello che pensano gli altri, mamma.

Mi importa di me e di Ash". Agitò le braccia. "Sono stufa di aspettare che inizi la mia vera vita. Voglio che inizi adesso". Anche se quell'idea la terrorizzava. Ma doveva restare positiva, per contrastare il pessimismo materno. Non si sarebbe lasciata intimidire. Non più. "Hai detto che ne avremmo parlato quando fosse successo".

"E lo stiamo facendo". Sua madre non riuscì a nascondere il suo tono esasperato. "Ma il protocollo reale e i doveri della corona non cambiano da un giorno all'altro. È un cambiamento enorme da far accettare al mondo".

"Ma il mondo è pronto, madre", disse Michael. "Moltissimi Paesi hanno leader queer. Non credevi che il matrimonio egualitario sarebbe arrivato mentre eri ancora in vita, e invece eccoci qua".

Victoria gli sorrise. A volte la faceva impazzire, ma c'erano anche momenti in cui era felice della sua esistenza.

"Siediti, Victoria". Era un'istruzione del padre. "Stai facendo un buco nel tappeto".

Fece come le era stato detto, non ancora abbastanza coraggiosa da guardare sua madre negli occhi.

"Quello che tua madre sta dicendo è che capiamo, ma ci preoccupiamo", continuò il padre. "Il livello di esposizione mediatica è spietato. Ti ricordi quando lo zio Tristan pensava di fare coming out? Aveva sondato il terreno, ma alla fine ha rinunciato".

"Io non voglio sposare un uomo e avere donne di nascosto". Quella vita l'aveva già provata per anni. Non le aveva portato altro che sfoghi sulla pelle e salute mentale fragile. Persino i capelli avevano cominciato a cadere. "Ho visto come soffre Bertie". Tristan e Bertie stavano insieme da quasi vent'anni, ma per il mondo esterno Tristan era sposato con Sienna e aveva tre figli. "Io voglio essere sincera con me stessa. Voglio portare Ash al Ballo di Capodanno".

Fu a quel punto che la madre si prese la testa tra le mani.

"Lo sguardo puntato su di te non sarà solo quello della stampa, ma anche della famiglia, del governo, della Chiesa", continuò il padre. "Siamo dalla tua parte, ma tu sei pronta? Sei pronta a combattere questa battaglia?"

Victoria alzò gli occhi verso lo schermo, dove la telecamera inquadrava l'attaccante. Ash alzava il pugno in aria, ignara di tutto ciò che stava succedendo duecento miglia più a sud.

Guardandola, una consapevolezza improvvisa colpì Victoria come un pugno nello stomaco: si stava innamorando di quella donna. Anzi, di più. *La amava già*. Ebbe un sussulto di comprensione.

Era pronta a combattere?

Certo che sì.

"Non posso continuare a scappare", disse al padre. "Prima o poi dovrò fermarmi. Perché non ora? È un momento come un altro. Ash è la ragione migliore che mi viene in mente".

"Ma è davvero il tipo di persona con cui ti vedi costruire un futuro?" La madre sollevò la testa, con la pelle pallida. "Non capisce il nostro modo di vivere. Non è del nostro mondo, Victoria".

Quel vecchio cliché era troppo facile da tirare fuori. "Non la conosci nemmeno. Perché non darle una possibilità prima di giudicarla? Capisce la fama e la pressione della vita pubblica, più di qualsiasi altro mio pretendente. Abbiamo questo in comune. E poi conosce il valore del lavoro e del sacrificio. Non si arriva dov'è lei senza tutto questo".

Il padre si sporse in avanti. "Questo è vero, Cassandra. E poi, ho conosciuto Ashleigh l'anno scorso in un contesto più informale, dopo una partita dell'Inghilterra. È stata una compagnia gradevole. Abbiamo parlato di calcio, della sua laurea in economia. Ha la testa sulle spalle". Fece una pausa, guardando sua moglie. "E ricorda: tua madre pensava che io fossi una pessima scelta. Probabilmente lo pensa ancora un po', ma ce la siamo cavata, no?"

Victoria si concesse un sorriso appena accennato. Accolse con sollievo quel piccolo cambio di clima. Rivolse a suo padre un sorriso di gratitudine, che lui ricambiò.

"Ok". Una sola parola da parte della madre, cosa insolita. "Ok?"

La regina annuì. "Conosciamola. Portala qui per il tè del pomeriggio".

"A Palazzo?" Victoria si accigliò. Ash era già stata nervosa per Balmoral. Poteva solo immaginare cosa avrebbe pensato di questo invito.

"Hai detto che capisce la tua vita. Chi sei. Se vedi un futuro con lei, Buckingham Palace ne farà parte, no?" L'ultima frase fu accompagnata da un sopracciglio alzato.

Victoria odiava quando sua madre aveva ragione.

"Bene. La porterò per il tè. Poi la sfiderò al biliardo nella casa estiva".

Michael rise. "È la capitana dell'Inghilterra. Non è logico pensare che sia bravissima anche a biliardo?"

Ma Victoria gli fece solo la linguaccia. Poi si alzò, sorridendo.

Per la prima volta in vita sua, si sentiva completamente sicura di chi fosse e di cosa volesse.

Capitolo 23

Il vapore avvolgeva la stanza da bagno, immensa e sfarzosa, mentre Victoria stava con la schiena appoggiata al petto di Ash, immersa insieme a lei nella vasca con piedini a zampa di leone. L'acqua lambiva la loro pelle. Nonostante il loro ricongiungimento appassionato qualche ora prima – mani impazienti e baci affamati dopo una settimana di lontananza – essere nella vasca sembrava in qualche modo ancora più intimo. Ash fece una smorfia mentre la spalla di Victoria toccava il punto dove un difensore del Bayern le aveva lasciato il segno nella partita di Champions League. Novanta minuti di calcio europeo impressi in viola sulle costole. Ma le labbra di Victoria avevano sfiorato ogni livido con una tale dolcezza che Ash aveva quasi dimenticato il dolore.

"Ho detto ai miei di noi", sussurrò Victoria.

Il dito di Ash si bloccò a metà del disegno sulla spalla di Victoria.

Eccola lì. La cosa che Victoria aveva accennato nei messaggi tutta la settimana. Le aveva detto che c'era qualcosa di importante, ma che voleva aspettare di vederla di persona.

Ash trasalì. "Davvero?"

La mano di Victoria trovò la sua sotto l'acqua,

stringendola forte. "Sabato. Subito dopo che hai segnato quel gol contro il City. Stavamo guardando la partita dopo il brunch".

Quella parte Ash la conosceva – anche se ancora non riusciva a farsene una ragione. Tra tutte le persone che avrebbe immaginato la guardassero giocare a calcio, la Regina e il Re d'Inghilterra non erano mai stati nella lista.

"Non potevo continuare a mentire, Ash. Non era giusto per nessuno".

Ash cercò di ricordare come respirare correttamente, cosa che le fece pulsare le costole ammaccate. *La Regina sapeva.* La vera Regina di Gran Bretagna sapeva che Ashleigh Woods, figlia di un'infermiera e di un funzionario pubblico, era andata a letto con sua figlia. Che aveva una relazione con lei.

Beh, cazzo.

"Che cosa hanno detto?" La sua voce era sottile come uno spaghetto.

"Erano sorpresi, ma non arrabbiati. Vogliono conoscerti".

"Conoscermi?" Ash sapeva che prima o poi sarebbe successo, ovvio, ma sembrava tutto troppo presto.

Victoria restò immobile, portandosi le dita di Ash alle labbra per baciarle. Ash notò che non la stava guardando negli occhi mentre parlava. Forse era più facile così.

"Ufficialmente. Come mia ragazza".

Ash fissò il rubinetto in ottone decorato e l'attacco della doccia all'altra estremità della vasca. La sua mente correva. Aveva già incontrato il Re in passato, naturalmente: rapide strette di mano in occasioni ufficiali, chiacchiere educate nei ricevimenti post partita. Ma questa volta sarebbe stato diverso. L'avrebbero guardata come la persona che la loro figlia aveva scelto. Avrebbero valutato se era all'altezza. L'avrebbero trovata inadeguata.

"Io non... voglio dire, sono solo..." Le parole le si fermarono in gola. Solo una calciatrice. Solo una ragazza della classe operaia di St Albans.

Almeno sapeva quale forchetta usare per prima.

Victoria si voltò di scatto, facendo schizzare l'acqua fuori dalla vasca. Si inginocchiò di fronte ad Ash, i seni invitanti, le mani che le prendevano il viso, costringendola a guardarla negli occhi. "Andrà tutto bene". Le baciò le labbra, il che calmò momentaneamente Ash.

Annuì, fissando quegli occhi blu profondi. Però, per quanto desiderasse sentirsi all'altezza, non riusciva davvero a crederci. "So che tu lo pensi. E quando siamo insieme, lo penso anch'io. Ma se pensassero che io non sia abbastanza?" La paura che era rimasta in agguato fin dal loro primo bacio finalmente si manifestò. "E se avessero ragione?"

"Ehi". Il pollice di Victoria le sfiorò lo zigomo. "Sei una delle persone più gentili e sincere che conosca. E se i social dicono il vero, ogni donna queer del Paese vuole andare a letto con te". Sorrise. "E io sono la fortunata che riesce a farlo davvero".

Ash abbozzò un sorriso. "Dovresti iniziare con questo".

Victoria la baciò di nuovo. Funzionava sempre. "Ti adoreranno". Fece per dire qualcos'altro, poi si fermò.

"Quando?" Ash aveva bisogno di sapere quando sarebbe avvenuta la sua esecuzione.

"Martedì della prossima settimana. Il 13 ottobre. Mi hai detto che hai due giorni liberi dopo la partita contro l'Arsenal?"

Ash annuì.

"Hanno proposto un tè pomeridiano a Palazzo".

Ash si lasciò sfuggire una risata tremolante. "A Buckingham Palace?" La sua mente ebbe un sussulto, poi crollò. "Giusto. Nessuna pressione. Solo un pomeriggio informale con la Regina e il Re in un vero palazzo".

Victoria si leccò le labbra. "La pressione è un privilegio. Significa che se le cose vanno bene, puoi provocare un cambiamento".

"E se le cose non dovessero andare bene?"

"Provi di nuovo".

Ash fece un respiro profondo. "Okay. Cerchiamo di provocare un cambiamento". Fece una pausa. "Verrò, a una condizione".

Victoria inclinò la testa. "Quale?"

"Se devo conoscere i tuoi genitori, tu dovrai conoscere i miei. Che ne dici di un arrosto domenicale a St Albans? Devo avvertirti che vivono in Victoria Street. Probabilmente prende il nome da una tua antenata. Mamma preparerà i suoi famosi Yorkshire pudding, papà racconterà tutte le sue terribili barzellette, e poi tireranno fuori ogni singola foto imbarazzante di quando ero piccola. Che ne dici?"

Victoria sgranò leggermente gli occhi e Ash vide un guizzo di nervosismo attraversarle il viso. "Certo. È giusto. Mi piacerebbe conoscere la tua famiglia".

"Non sono la Regina e il Re, ma…" Ash lasciò la frase in sospeso, improvvisamente incerta.

"Sono solo i miei genitori", le disse Victoria. "Proprio come tua madre e tuo padre sono i tuoi. Sono importanti perché tu gli vuoi bene". Fece un sorriso stridente. "Pensi che gli piacerò?"

L'inversione di ruoli non sfuggì ad Ash, che non poté fare a meno di ridere. "Mia madre ti adora già. Ha ritagliato e conservato ogni articolo di giornale che ti riguarda. Papà finge di non interessarsi alla famiglia reale, ma guarda ogni anno il Trooping of the Colour e il discorso della Regina". Fece una pausa, il cuore le batteva forte nel petto. Le parole che aveva trattenuto per settimane le salivano in gola, ormai impossibili da contenere. "Ma soprattutto, ti adoreranno perché..." Ash fece un respiro profondo.

"Perché?" Chiese Victoria, sostenendo il suo sguardo.

Ash si leccò le labbra. "Perché ti amo", disse.

Nel momento stesso in cui le parole le uscirono di bocca, nel bagno calò un silenzio assoluto. Victoria trattenne il respiro, e ad Ash rimbombava il battito nelle orecchie. L'aveva pensato mille volte, sussurrato dentro di sé mentre Victoria dormiva, ma non l'aveva mai detto ad alta voce. Ora era lì, sospeso nel vapore tra di loro, reale, crudo e spaventoso.

Gli occhi di Victoria si fecero enormi mentre scrutavano il volto di Ash. "Mi ami?"

La gola di Ash si strinse, inondata da una strana miscela di paura e sollievo. Non si poteva più tornare indietro. "Sì. Sì, ti amo". Le parole le uscirono ruvide, oneste in un modo che non riusciva a controllare. "Da quando ho sentito la tua risata meravigliosa e ti ho guardata negli occhi mentre mi appuntavi una medaglia". Le mani le tremavano, ma non cercò di nasconderlo. Non più.

La risposta di Victoria fu un bacio, feroce e tenero allo stesso tempo. Quando si separarono, i suoi occhi erano lucidi. "Anch'io ti amo. Il che rende tutto doppiamente complicato, giusto?"

Ash fu travolta da un'ondata di sollievo. "Diciamo così". Prese Victoria tra le braccia.

Per un lungo istante rimasero abbracciate, con l'acqua ormai tiepida che le accarezzava, finché Victoria non ridacchiò piano contro il collo di Ash. "Pensi che dovremmo dire ai nostri genitori che ci amiamo?"

"I miei dovranno prima superare il fatto che ho visto nuda la futura regina".

Victoria la baciò di nuovo. Quando si allontanò, il suo sorriso non raggiunse del tutto gli occhi, e Ash colse di nuovo quel velo di qualcosa di non detto nello sguardo. Per ora, però, la strinse più forte, facendo attenzione alle costole, e lasciò che l'acqua e il tocco di Victoria lavassero via ogni paura. Avevano due famiglie da affrontare, ma almeno le avrebbero affrontate insieme. E ora sapeva – *sapeva davvero* – che valeva la pena lottare per quello che avevano.

Victoria si riaccostò a lei, baciandole le mani, prima di poggiarle sul proprio addome. "I pudding di tua madre", aggiunse Victoria. "Valgono il viaggio da soli?"

"Assolutamente sì", rispose Ash.

L'acqua si raffreddava intorno a loro, ma nessuna delle due si mosse. Ash sperava solo che il loro amore fosse abbastanza forte da superare questi primi incontri in famiglia.

E tutto ciò che sarebbe venuto dopo.

* * *

Il familiare cigolio del cancelletto laterale annunciò l'arrivo di Ash prima ancora che apparisse nella calda cucina con sala da pranzo sul retro della casa. Nulla era cambiato da quando era bambina: lo stesso tavolo in quercia consumato dominava lo spazio, la sua superficie segnata da trent'anni di cene in famiglia e compiti a casa. La credenza gallese esponeva ancora la collezione di porcellane di sua madre, accanto a una manciata di medaglie e trofei di Ash conquistati durante l'infanzia.

La luce di ottobre filtrava attraverso le tende a quadretti fatte in casa, proiettando lunghe ombre pomeridiane sulle piastrelle grigio ardesia. Fuori, il ciliegio che era lì da prima che Ash nascesse stava cominciando a fiorire, i suoi boccioli rosa rallegravano il giardino e tutto intorno.

"Guarda un po' chi ha deciso di onorarci della sua presenza!". Debra Woods si pulì le mani sul grembiule quando entrò Ash, ancora in tenuta da allenamento e portandosi dietro pezzi di fango dell'Hertfordshire che cadevano sul pavimento. La radio ronzava dolcemente dalla sua postazione accanto al lavandino, un qualche programma pomeridiano di Radio 2 che sua madre teneva sempre acceso mentre si dava da fare in casa. "Cominciavo a pensare che avessi dimenticato dove abitiamo".

"Lo so, mi dispiace". Ash lasciò cadere la borsa accanto alle porte del patio che davano sul giardino e accettò lo stretto abbraccio, respirando il familiare profumo di lievito e detersivo alla lavanda. "Sono stata molto occupata, sai com'è quando inizia la stagione". Si interruppe, con il cuore che già batteva all'impazzata per quello che doveva dire. "Cosa stai cucinando?"

"Torta al rabarbaro e crema pasticcera. È la prima volta. Vedremo come verrà fuori". La mamma pulì il bancone prima di continuare, sciacquando il panno nel lavandino. "Ho visto il tuo gol contro il City. Ottimo lavoro, devi aver lavorato molto in allenamento". Debra tirò fuori un paio di tazze dall'armadietto sopra il piano cottura AGA, quello che ancora faceva un po' cilecca con l'umidità autunnale. "Come va la forma fisica? Sembravi in forma contro il City e anche contro il Bayern, anche se ti hanno comunque tolta dopo sessanta minuti, vero?"

Ash annuì. "Il ginocchio è praticamente tornato alla normalità, ora è solo una questione di fiducia e sicurezza. Ma mi sento sempre più forte ogni giorno e sto dando inizio a tutte le partite, quindi spero di tornare presto al livello di prima. Tutti mi dicono che devo solo avere pazienza".

"Non è il tuo forte". Sua madre aggiunse il latte ai loro tè.

"No", sorrise Ash. "Ma sto cercando di calmarmi".

Ash prese la sua tazza di tè fumante, scaldandosi le mani attorno alla ceramica mentre si appoggiava al bancone dove, da piccola, aveva bisogno di uno sgabello per raggiungere la scatola dei biscotti. Dalla finestra vedeva la vicina, Julie, che stendeva il bucato sul filo rotante.

"Possiamo sederci un attimo?" Sua madre aveva decisamente bisogno di sedersi per quella notizia.

Debra socchiuse gli occhi. "Che cosa hai fatto?"

"Niente". Ma Ash non era sicura che fosse del tutto vero. "Voglio solo parlarti".

"Il che mi rende nervosa". La madre si tolse il grembiule, tirò fuori una sedia e si sedette. "La torta è nel forno. Ho il tè. Sono tutta orecchi".

Ash si sedette di fronte e fissò il suo tè, poi sua madre.

"Sai che ultimamente non sono stato molto presente?"

"Credo che l'abbiamo già stabilito, sì. Ho impiegato anni a crescere una figlia che poi non torna mai a casa. Annotato".

"Il motivo è che mi vedo con qualcuno".

Sua madre si alzò a sedere. "Finalmente!" Si accigliò. "È

una buona notizia, vero?" Fece un cenno con la mano. "Dalla tua faccia non ne sono sicura". Fece una pausa. "Dimmi che non sei tornata insieme a Danielle, perché non credo che riuscirei a passare di nuovo una cosa del genere".

Ash sbottò. "No, non sono tornata con lei. Ma sto uscendo con una persona che forse non ti aspetti".

"Qualcuna dell'Arsenal?"

"Non è una calciatrice".

Le spalle della madre si rilassarono un po'. "È una buona notizia. Continuavo a dirti di pescare in un altro stagno".

E lei lo aveva fatto, eccome.

Ash prese un bel respiro, le dita che accarezzavano la scheggiatura sul manico della tazza. "La verità è che sto uscendo con Victoria".

Sua madre si accigliò. "Victoria chi?"

"Victoria Richmond. La principessa Victoria".

Il silenzio che seguì fu assordante, rotto solo dal leggero ticchettio dell'orologio della cucina sopra la porta e dal lontano rintocco delle campane della cattedrale che segnavano le quattro. La bocca della madre si aprì e si chiuse diverse volte prima di parlare. "La principessa? Quella che si è appena lasciata con Dexter Matthews? Non dire sciocchezze. E poi, non è gay". Sul suo volto si stese un'espressione confusa. "Lo è?"

"A quanto pare, forse un po'".

"Ma ha sempre frequentato solo uomini..." Sua madre scosse la testa. "Non stai scherzando, vero?"

Ash scosse la testa, alzando finalmente lo sguardo per incontrare quello della madre. "Non sto scherzando".

Debra emise un lungo respiro. "Non riesco a capacitarmi di quello che dici". Fece una pausa. "Da quanto?"

Ash non sapeva nemmeno quando fosse diventata una cosa ufficiale. "Forse tre mesi?"

"Tre mesi!" La voce di Debra si alzò di un'ottava, facendo alzare lo sguardo allarmato al gatto che dormiva nella sua cesta accanto al termosifone. "Esci con la futura regina da tre mesi e me lo dici solo ora?" Se avesse avuto un cappello, le sarebbe appena volato via per lo shock.

"Abbiamo dovuto fare attenzione. Nessuno lo sa, tranne i suoi genitori, e lei gliel'ha detto solo questa settimana". Si morse il labbro. "Ed è anche per questo che te lo sto dicendo. Ci piacciamo molto. Pensiamo che la cosa possa andare avanti. Vuole che io conosca i suoi genitori e vorrei che anche voi la conosceste". Ash esitò un istante, notando l'allarme che attraversava il volto della madre. "Le ho detto che sarebbe la benvenuta per il pranzo della domenica questo fine settimana. Domani sera giochiamo, quindi sarebbe perfetto. Andrebbe bene?"

Debra si aggrappò al bordo del tavolo. "Abbiamo tempo sufficiente per ridipingere la casa, comprare un nuovo servizio di piatti e assumere uno chef stellato Michelin per cucinare?"

Ash sorrise e si avvicinò per coprire la mano della madre. "È davvero molto normale. Le ho detto che fai un pudding incredibile e non vede l'ora di assaggiarlo".

"È una reale, Ash! Non posso nemmeno immaginare che sia normale".

Proprio in quel momento, suo padre apparve alle porte del patio ed entrò, la cravatta rosa allentata sul completo grigio. Lavorava per il comune, e, essendo un mattiniero, aveva concordato un orario che gli permetteva di iniziare presto e finire presto. Quando vide Ash, il suo volto si illuminò. "Che bella sorpresa!". Si avvicinò e abbracciò Ash, poi baciò sua moglie sulla testa. Quando nessuna delle due reagì, guardò tra loro, notando la tensione. "Chi è morto? Cosa mi sono perso?"

"Siediti", disse Debra con un filo di voce. "Ash ha qualcosa da dirti".

Suo padre si sedette a capotavola tra loro, poi si voltò verso Ash, con il viso impaziente. "Sembra una cosa seria. Di sicuro non sei incinta. E sei già capitana dell'Inghilterra, quindi non so cosa possa esserci di più".

Questa volta, Ash strappò via il cerotto in un colpo solo. "Papà, sto insieme alla principessa Victoria".

Ci fu silenzio, seguito immediatamente dalla risata sonora del padre. Si diede uno schiaffo sulla coscia. "Bella questa. Dai, che succede davvero?"

"Non è uno scherzo, papà. Stiamo insieme da qualche mese. Vuole conoscervi entrambi".

La risata gli morì in gola quando capì che sua figlia era seria. Guardò Debra, che annuì debolmente.

"Verrà a conoscerci", aggiunse Debra, con un tono leggermente isterico. "La principessa verrà a pranzo domenica. A casa nostra. In Victoria Street". Fece una pausa. "Oddio, penserà che stiamo facendo gli spiritosi, vivendo in Victoria Street?"

"Secondo me lo rende ancora più speciale".

Suo padre si passò una mano sul pizzetto. "Cristo santo, Ash".

"So che è molto", disse Ash velocemente. "Ma lei è... è solo Victoria per me. È divertente e gentile, e mi rende felice. Davvero felice".

Qualcosa nella sua voce fece sì che entrambi i genitori la

guardassero con attenzione. Debra attraversò il tavolo e le prese la mano.

"Oh mio Dio, ti sei innamorata di lei, vero?" Non era una domanda vera e propria.

Ash lottò per tenere a freno le sue emozioni, deglutendo a fatica. "Non lo so, mamma". Invece lo sapeva. "Forse sì, ma fa un po' paura. Cosa succederà quando tutti gli altri lo scopriranno?"

Ma Debra inspirò, le accarezzò la mano e si alzò. "Allora affronta la cosa come fai con tutto. Con onestà, grazia e dignità".

"Tua madre ha ragione". Suo padre saltò in piedi. "Anche se questo non significa che non si eserciterà a cucinare un arrosto ogni giorno da qui a domenica". Fece un sorriso a sua moglie. "Le piaceranno molto i tuoi pudding. Tornerà a casa e ne parlerà alla Regina".

"Oh, merda". Sua madre si aggrappò al piano della sedia. "Le porcellane buone. Avremo bisogno delle porcellane buone giù dalla soffitta". Schioccò le dita. "E la tovaglia che ci ha lasciato tua nonna". Si fermò di colpo. "E se volesse vedere la cattedrale? Vuole fare un giro della città? Come arriverà qui? Entrerà dalla porta principale, non dal retro come tutti. Dovranno chiudere la strada? Perché se è così, dovremo avvisare i vicini..."

"Mamma", la interruppe Ash. "Vuole solo conoscervi. Tutti e due. Così come siete".

"Come siamo?" Sua madre impallidì. "Non farò mangiare la futura regina dai nostri piatti normali. Sono di Primark!".

A quel punto suo padre mise un braccio intorno alla moglie e cominciò a ridere. "Solo la nostra Ash poteva frequentare chiunque al mondo, e sceglie proprio una cazzo di principessa".

"Non essere volgare!" Debra gli diede uno scappellotto. "Non si può imprecare davanti alla famiglia reale!".

"Anche lei impreca, mamma. Figurati, esce con me".

Fuori, le campane della cattedrale lontana suonavano il quarto. Debra era già in piedi e apriva gli armadi. "L'argenteria va lucidata. Oppure dobbiamo comprarne di nuova. Dobbiamo prendere quelle bandierine dell'Inghilterra? Come si chiamano?"

"Niente bandierine!" Disse Ash. "È solo la mia ragazza che viene a pranzo la domenica". Avrebbe dovuto monitorare cosa stavano facendo, per evitare che la casa si trasformasse in una gigantesca Union Jack.

"Dobbiamo inchinarci?", chiese suo padre.

"Una cosa è certa", aggiunse la mamma. "Domani andiamo a fare shopping. Tu hai bisogno di un nuovo completo e io ho bisogno di... *tutto*. Tutto deve essere perfetto. Al mercato ci saranno ancora dei bei fiori autunnali..."

"Almeno finisci il tuo tè prima?" Ash lasciò cadere la testa sul tavolo con un gemito.

Suo padre le diede una pacca sulla spalla. "È meglio che ti abitui, tesoro. Tua madre sarà impossibile per tutta la settimana".

"E devi tagliarti i capelli prima di domenica!", gli disse.

Nonostante tutto, Ash non poté fare a meno di sorridere. Dalla finestra, il crepuscolo di ottobre si posava sulla città della cattedrale, e i lampioni si accendevano lungo Victoria Street. I suoi genitori forse erano nel panico, ma non avevano messo in discussione nulla, non avevano giudicato.

Volevano solo che tutto fosse perfetto per la donna che amava.

Capitolo 24

Victoria si aggiustò un'ultima volta il suo blazer Chanel prima di scendere dalla Range Rover in Victoria Street. Le guardie del corpo erano in posizione, ma in una strada come quella spiccavano.

Dietro alle tende, apparivano e sparivano volti come pesci nervosi. Victoria aveva convinto Tanya a prendersi il giorno libero, e stava entrando con solo Ash al suo fianco. Nessun altro. Voleva che fosse tutto il più normale possibile. Anche se era terrorizzata.

Se tra lei e Ash doveva funzionare, doveva funzionare anche *questo*. Aveva frequentato abbastanza persone da saperlo. Il sostegno della famiglia era impagabile.

"Ti adoreranno". Ash le mise una mano sul braccio.

"È facile per te dirlo". Victoria si aggiustò il cappello a tesa larga, indossato per non farsi riconoscere troppo. Anche se ora si chiedeva quanti ospiti si presentassero in una strada di periferia con un cappello a tesa larga.

"Ricordati che sono molto nervosi, quindi ignora tutto ciò che esce dalle loro bocche". Ash l'aveva avvertita per tutto il viaggio.

"Capito. Entriamo prima che la gente si accorga di noi e tiri fuori i cellulari".

La porta si aprì prima ancora che Ash bussasse. Dall'altra parte c'era una donna con un sorriso maniacale e gli stessi occhi di Ash. Indossava anche un vestito nuovo. Victoria sapeva riconoscere un capo appena uscito dalla gruccia anche a cinquanta metri. E stava praticamente vibrando di tensione.

"Signora Woods", esordì Victoria, porgendole la mano.

"Chiamatemi Debra, Vostra Altezza", rispose lei, facendola entrare mentre tentava anche una serie di inchini. Alle sue spalle, Victoria poteva quasi sentire Ash che si accartocciava per l'imbarazzo.

"E, per favore, mi chiami Victoria".

La casa profumava di roast beef e della miglior tovaglia della domenica. Victoria osservava le foto di famiglia appese alle pareti mentre veniva accompagnata in cucina: Ash con le divise da calcio negli anni, foto scolastiche, vacanze di famiglia sulle spiagge britanniche. I ricordi normali di una famiglia normale, esposti senza calcolo né intento storico.

"Abbiamo tirato fuori le porcellane buone". Debra indicò il tavolo. "Il servizio Royal Albert di mia madre. Mi sembrava appropriato". Rise. Un suono acuto e nervoso.

Victoria notò la smorfia di Ash e sperò che sua madre si rilassasse presto. Per il bene di Ash, e anche per tutti gli altri.

Questo era esattamente ciò che Victoria aveva temuto: il modo in cui il suo titolo entrava nelle stanze prima di lei, rimodellando tutto e tutti.

"La tavola è splendida". Victoria si tolse il cappello e Ash lo prese, insieme al cappotto. Dal bancone della cucina, il padre di Ash si avvicinò e le porse la mano. Indossava un completo, che Victoria era abbastanza sicura non fosse il suo normale abbigliamento da pranzo.

"Piacere di conoscerti, Victoria". Si acciglò. "Non dovrei chiamarti principessa?"

"Victoria va benissimo".

"Come vuoi. Io sono Mark".

Gli strinse la mano, grata per un po' di onestà e normalità. "Molto lieta, Mark".

"Da bere?"

Lei annuì. "Qualunque cosa prendiate voi andrà benissimo. Birra, vino, tè, acqua. Non sono esigente".

Mark sgranò gli occhi. "Ok, ma non ti darò una Guinness. Mi sembra sbagliato. Un bicchiere di chardonnay per te, acqua frizzante per mia figlia".

Ash apparve di nuovo al suo fianco e Victoria sentì la tensione sciogliersi. Aveva bisogno di un punto fermo in un contesto così estraneo.

Mezz'ora dopo, il pranzo era servito e Victoria era rilassata quanto poteva esserlo.

"Sei una fan del calcio femminile, Victoria?" Chiese Mark.

Lei annuì, tagliando il roast beef. Ancora rosa. Impressionante. "Sì. Sono una fan abbastanza recente, lo ammetto. Ma ora ho un interesse particolare". Lanciò un' occhiata ad Ash, che arrossì in modo adorabile.

"Riesci a vedere molte partite?"

"Quando posso. Ho molti impegni, ma il mio obiettivo è quello di riuscire a vedere Ash giocare con le Ravens prima di Natale".

"Siamo molto orgogliosi di lei", aggiunse Debra. "Capitana dell'Inghilterra a 26 anni. Credevamo fosse il massimo. Poi ci ha detto che stava con te. Pensavamo scherzasse, vero, Mark?"

Il padre di Ash annuì, con un sorriso tirato.

"Siamo entrate in sintonia fin dall'inizio, non è vero?" disse Victoria, stringendo la mano di Ash sotto il tavolo. Poi assaggiò il suo Yorkshire pudding e capì il motivo di tanto clamore. Si scioglieva in bocca.

"Debra, questi Yorkshire sono fantastici. Capisco perché siano famosi".

Per la prima volta da quando Victoria era entrata, la madre di Ash rimase senza parole.

Le vere domande iniziarono a metà del piatto principale. Quelle che evidentemente Debra non vedeva l'ora di fare, dopo tutte le chiacchiere di cortesia.

"Quali sono i tuoi programmi per il Natale, Victoria? La tua famiglia lo passa sempre a Balmoral, giusto? Sarà così anche quest'anno? Noi guardiamo sempre la passeggiata verso la chiesa in TV". Con lo sguardo saltava da Ash all'ospite.

Victoria mantenne il suo sorriso diplomatico, quello che aveva perfezionato all'età di sette anni. "Ci andavamo ogni anno, ma ora la nonna preferisce venire a Londra". Fece una pausa. "Balmoral a Natale è così bello. Ci ho portato Ash il mese scorso. Ci siamo divertite molto, vero?"

Non appena le parole lasciarono la bocca, capì che si trattava di un errore.

Debra impallidì e lanciò un'occhiata alla figlia.

"Sei andata a Balmoral?" Il suo dispiacere per non essere stata informata era tangibile.

"Una cosa organizzata all'ultimo minuto per il fine settimana". Il sorriso di Ash era come un vetro pronto a incrinarsi. "Sai che non potevo dirti niente. Te l'ho spiegato. Allo stesso modo in cui tu non puoi raccontare di questo pranzo ai tuoi amici".

Suo padre intervenne. "Lo sappiamo, vero?" Sorrise alla moglie. "Questo è il nostro piccolo segreto. Per ora". Fece una pausa. "Andate anche a sciare in inverno?" Mark continuò. "Ricordo tutte quelle foto reali sulle piste di quando piccola. Tu e tuo fratello, con i vostri genitori".

Victoria annuì. "Sì, a Klosters. Sospetto che ci torneremo presto. Anche quella è una tradizione di famiglia".

"Una volta io e Mark siamo andati a sciare, vero?" Disse Debra. "Ma in nessun posto di lusso. Solo in Francia".

Il padre di Ash masticò il cibo, poi annuì.

"A proposito di tradizione", continuò Debra, rabboccando il vino di Victoria senza chiedere, "che mi dici dei figli? Non per essere invadente, ma so che Ash li vuole, e con la questione della successione e tutto il resto…"

Wow. Non si aspettava quella domanda al primo incontro.

Accanto a lei, Ash tossì, poi si schiarì la gola.

"Mamma!" La sua voce era tagliente per l'imbarazzo.

La compostezza di Victoria si incrinò leggermente. Figli. La successione. Il futuro stesso della monarchia. Come se non ci pensasse già ogni notte, a occhi aperti. Dovere contro amore, ciò che era possibile e ciò che non lo era. Se il mondo non era pronto per una principessa queer, era pronto per una con dei figli?

"Non ho davvero pensato così tanto in là". Almeno, non con Ash.

Il resto del pranzo passò in un turbine di domande sempre più imbarazzanti. Cosa pensava di vari politici? Conosceva certe celebrità? Cosa facevano i suoi genitori per il pranzo della domenica? Ogni domanda metteva in risalto sempre di più il divario tra i loro mondi.

In macchina, dopo, Victoria era intontita.

"Mi dispiace tanto", disse Ash. "Non avevo idea che la tua presenza avrebbe scatenato in mia madre una filippica di proporzioni epiche. E il commento sui figli... di solito non mi assilla neanche così tanto per quello".

"Va tutto bene", mentì Victoria. "Erano adorabili. Davvero". Diceva sul serio, più o meno. Erano adorabili. In modo doloroso, impacciato, disperatamente adorabili.

"Vuoi venire da me?", si sentì chiedere, conoscendo già la risposta.

"Non oggi. Domani allenamento anticipato e settimana importante. Coppa di Lega e una partita di campionato. Niente notti in bianco per me".

Un'ondata di sollievo la attraversò prima che potesse impedirlo, seguita subito da un senso di colpa per quel sollievo. Vide Ash cogliere entrambe le emozioni che le attraversavano il viso.

Arrivarono all'appartamento di Ash abbastanza velocemente e lei si chinò a dare un bacio di saluto a Victoria. Fu breve e rapido.

"Ti scrivo".

Ma mentre l'auto si allontanava dall'appartamento di Ash, la mente di Victoria era in subbuglio. Amava Ash: la sua schiettezza, la sua forza, il modo in cui la faceva sentire. Ma quella giornata le aveva mostrato cosa stavano davvero affrontando.

Non si trattava più solo di loro. Si trattava di mondi che si scontravano.

Il telefono si illuminò con un messaggio da Ash. Doveva averlo scritto appena entrata in casa.

La gola di Victoria si strinse mentre rispondeva al telefono.

Amava Ash, ne era sicura, ma mentre l'auto si snodava per le strade londinesi sempre più buie verso la sua casa di Kensington, le parole di sua madre riecheggiavano nella sua testa: "La monarchia non riguarda solo chi amiamo. Riguarda chi *possiamo* amare. Queste sono le regole in base alle quali viviamo e moriamo".

In quel momento stavano vivendo in una bolla.

Ma le bolle avevano la terribile abitudine di scoppiare.

* * *

"Avresti dovuto vederlo, Dex. Voglio dire, erano carinissimi, ma è stato un disastro". Victoria sorseggiò lo champagne (erano già arrivati alla seconda bottiglia), poi si accasciò in avanti, con la testa appoggiata al braccio. "Volevo tanto inserirmi, fondermi con le loro abitudini. Ma la mia presenza lì sembrava solo amplificare le nostre differenze".

Stare a casa da sola dopo il pranzo con la famiglia di Ash non era stata un'idea brillante, così aveva scritto a Dexter per vedere se potevano incontrarsi al Devonshire. Lui era stato più che disponibile.

"Io sto vivendo l'opposto. Sidney ha parlato di me ai suoi genitori, ma a quanto pare pensano che io sia indegno. Mi guardano come se fossi una macchia nella società". Si portò una mano al petto. "*Io*? Io che fingevo di stare con te, e questo dovrebbe pur darmi un po' di prestigio, no?"

Victoria alzò la testa e sorrise. "Che coppia triste che siamo. Le cose erano molto più facili quando eravamo solo noi, vero?"

"Questo perché non stavamo davvero insieme. Le amicizie sono quasi sempre più facili delle relazioni. L'amore platonico ha meno complicazioni".

"Ricordi quando ho detto che volevo tutto? La donna, il vero amore, farlo sapere al mondo? Forse stavo correndo troppo".

"Non dici sul serio".

Espirò. "No, in effetti no. Parte di me è solo molto irritata che mia madre potrebbe avere ragione. Ma non è un motivo per lasciar perdere. I genitori di Ash si sono sforzati troppo. Hanno fatto domande strane. Spero che succeda solo all'inizio".

Un giornalista di gossip di nome Dan passò davanti a loro, rivolgendo a entrambi un sorriso perfetto.

"Da quando lo fanno entrare qui?" Dexter sibilò. "Forse dovremmo trovarci un nuovo punto di ritrovo".

Un brivido percorse Victoria.

Non stavano facendo nulla di male, erano solo due amici che chiacchieravano. Ma se quel "giornalista" (termine usato molto liberamente) avesse scritto qualcosa, sarebbe sembrato strano agli occhi di Ash e dei suoi. E lei voleva evitare proprio quello. Ora doveva pensare anche agli altri.

"Cosa ti hanno cucinato?"

"Arrosto della domenica. Con tutti gli ornamenti". Sorrise.

"Devo dire che è stato bello non avere domestici che gironzolano mentre si mangia. Sua madre ha fatto degli Yorkshire pudding grandi quanto Marte".

"Hai mangiato tutto?"

"Se avessi mangiato quell'intero Yorkshire, non sarei riuscita a passare dalla porta del club, credimi".

"Hai incontrato i genitori, però. Deve essere una cosa seria. E lei quando conoscerà i tuoi?"

"La prossima settimana".

"Buona fortuna. Potrebbe far sembrare la giornata di oggi una passeggiata. Incontrare Cassandra e Oliver è snervante, te lo dice uno che lo sa".

Victoria mise il broncio. "Dovresti farmi sentire meglio, Dexter".

"Giusto". Si accarezzò la barba. "Le cose miglioreranno". Non sembrava convinto. "Cioè, prima potrebbero peggiorare, ma alla fine miglioreranno". Inclinò la testa. "E in generale, a parte oggi, ogni volta che ti ho vista sembri felice. Lo sei?" Le baciò la mano. "Lo spero per te, tesoro".

Proprio in quel momento, mentre Dexter le stringeva la mano e la guardava con amore, qualcuno si schiarì la voce accanto a loro.

Victoria sobbalzò, poi capì chi era. Angela Fallon. Il Primo Ministro.

Ovviamente.

"Scusate l'interruzione", disse lei, con il viso contratto come se avesse appena interrotto una dichiarazione d'amore.

Dovevano stare più attenti.

"Nessun problema, ministra". Victoria si alzò, allungò una mano e Angela la strinse.

"Volevo solo farvi sapere che il nostro incontro di questa settimana sul suo progetto per i senzatetto deve essere riprogrammato, mi vogliono a Parigi per una riunione sul cambiamento climatico. Ma la settimana successiva dovrebbe andare bene. Dirò alla mia segretaria di contattarvi". Lasciò cadere la mano di Victoria, poi guardò Dexter. "Di nuovo, scusate l'interruzione".

Victoria aspettò che fosse uscita dalla stanza prima di sprofondare sul divano e chiudere gli occhi. Doveva sperare che la Premier non fosse una pettegola, ma aveva sentito dire il contrario. "Se domani non esce la notizia che siamo tornati insieme, mi stupirò".

"Una notizia fantastica. Che entusiasmerà Sidney". Dexter le rivolse un sorriso malinconico, bevve un po' di champagne, poi fece cenno a un cameriere di passaggio e ordinò un'altra bottiglia. Arrivò pochi minuti dopo e i loro bicchieri furono riempiti. Victoria sentiva già che l'alcol la rilassava. Per oggi, era il benvenuto.

"Ti stavo chiedendo se sei felice. Ho visto Astrid il mese scorso a Stoccolma, e mi ha detto che eri raggiante e innamorata". Lui strinse gli occhi. "Non sapevo se crederle, dato che come sai Astrid ha una vena drammatica. Ma lo sei?"

"Felice o innamorata?"

"Entrambe?"

"Ci sono dentro fino al collo, Dex". Trattenne lo sguardo di Dexter, con le dita che tracciavano la condensa sul suo flûte di cristallo. "Totalmente, irrimediabilmente innamorata. Il tipo di amore che mi fa venire voglia di stracciare ogni regola che ho seguito". Scosse la testa. "Ho passato tutta la vita a essere esattamente chi tutti volevano che fossi". Si infilò i capelli dietro l'orecchio, con la speranza che le cresceva dentro, spingendo contro il peso della realtà. "Ora tutto ciò che voglio è stare con lei. E so che sarà complicato, disordinato e che probabilmente causerà un incidente diplomatico, ma non credo che mi importi più".

Wow. Forse parlare dei suoi dubbi con qualcuno era ciò di cui aveva bisogno. Sì, il pranzo non era andato bene, ma ciò che aveva con Ash sì. Doveva ricordarselo.

"Ti ama?"

Victoria annuì. "Nonostante sappia a cosa va incontro, sì. L'ho trovata, Dex. Quella giusta".

"Quella giusta?"

Victoria annuì di nuovo, allontanando le sue paure. "Penso di sì. Non mi sono mai sentita così prima. L'ho portata a Balmoral e la nonna l'ha adorata. Oggi è stato il primo ritorno brusco alla realtà. Fino ad ora era stata una favola".

"Ci saranno sempre degli ostacoli lungo il cammino".

"Lo so, ma speravo che non ce ne fossero. Di essere l'eccezione alla regola. Un privilegio da principessa, insomma".

"Se solo il mondo funzionasse così". Le rivolse un sorriso ironico.

"E tu? Sei innamorato?"

"Disperatamente. Ma entrambi stiamo lottando con l'approvazione dei genitori ora che siamo allo scoperto". Alzò una mano. "Non preoccuparti, il pubblico non lo sa. So che abbiamo un accordo per non compromettere la tua copertura".

Victoria si sentì in colpa, ma era necessario. "Sei un buon amico".

"Che vedo? Una possibile reunion in vista?" La voce era biascicata, familiare.

Victoria alzò lo sguardo. Michael. Chiaramente alticcio. Lo tirò sul divano mentre lui ridacchiava.

"Non urlare!", gli disse.

Dalla sensazione di essere un po' ubriaca, ora era improvvisamente *molto* sobria.

Michael si portò un dito alle labbra e fece uno *shhh* esagerato. Aveva una macchia di qualcosa sulla guancia. Era rossetto?

"Mi sei mancato, Dexter". Si chinò e accarezzò il ginocchio di Dexter. "Dovresti venire più spesso a trovare Vix. Porta Sidney. Potremmo ubriacarci tutti insieme".

"Non hai certo bisogno di incoraggiamento", gli disse Victoria.

Michael prese la loro bottiglia, la sollevò contro la luce, poi ne bevve un sorso direttamente.

Victoria chiuse gli occhi. Michael aveva queste notti in cui dimenticava chi era. O forse le aveva proprio per chi era? In passato, aveva cercato di contenerlo, come una cowgirl che prende al lazo la sua mandria. Ora aveva imparato a lasciarlo fare. Non poteva controllarlo, per quanto lo volesse.

"Ordiniamo un'altra bottiglia?" Chiese Michael. "Questo posto è così noioso a volte. Sapete di cosa ha bisogno? Di una pista da ballo".

Victoria trasalì. L'arrivo di Michael stava accelerando la fine della serata. E poi, ne aveva abbastanza anche lei.

"Buona fortuna", gli disse, mandando giù l'ultimo sorso. "Dex, io vado a casa. Posso darti un passaggio?"

"Sì, grazie". Si controllò le tasche per trovare l'essenziale. "È la cosa che mi manca del fatto di uscire con te: un autista a disposizione".

"Allora approfittane oggi". Fece una pausa, guardando Michael. "E tu? Sali in macchina con me e finiamo la serata?"

Ma conosceva già la risposta.

"Tu vai. Stavo parlando con una donna stupenda nella sala accanto. Ero diretto in bagno quando vi ho visti. Finisco quello che ho cominciato".

Sospirò. "Va bene, ma non bere troppo. Mi ringrazierai domattina".

"Sì, mamma".

Gli diede una botta sul braccio, e lui fece un urletto esagerato.

"Ci vediamo in cucina domani mattina". Tirò fuori il telefono.

Nessun nuovo messaggio.

Le mancava già Ash.

"Pronto, Dex?"

Capitolo 25

"I tuoi tempi sono terribili stamattina. E sei anche arrivata in ritardo, cosa che non succede mai. Che succede? Sei uscita a far festa?" Jo Kendall fissò Ash.

Lei si chinò sulle ginocchia, cercando di riprendere fiato. Sapeva che era esattamente quello che sembrava, ma non era vero. La sua performance scadente era dovuta al fatto che non aveva praticamente chiuso occhio, rigirandosi nel letto, ancora in ansia per cosa Victoria avesse pensato dei suoi genitori. Non erano stati terribili, ma neanche fantastici. Oddio, il commento di sua madre sui bambini. La tensione in macchina dopo il pranzo le aveva tolto il respiro. Si erano lasciate in un modo strano.

"No, è solo una giornata storta. Ho dormito male".

Jo aggrottò le sopracciglia, poi fece un cenno verso la linea laterale. "Vai lì e fai qualche esercizio con le altre. Speriamo che oggi il tuo tocco sia migliore del tuo sprint".

La mancanza di sonno non era l'unica ragione per cui oggi si sentiva un po' fuori forma. Quella mattina, appena arrivata all'allenamento, il telefono si era illuminato con le notifiche su Victoria. Aveva impostato un avviso Google per lei. Quando aveva cliccato, aveva visto una raffica di foto: Victoria e Dexter uscivano da un club privato a Mayfair, poi salivano insieme sulla macchina di lei.

Nonostante ogni logica, ad Ash si era drizzato il pelo. Non appena le cose erano diventate complicate, Victoria aveva chiamato Dexter ed era uscita a ubriacarsi con lui. Sicuramente si era confessata con lui. Victoria pensava che sarebbe stato più semplice se fossero rimasti insieme?

Per l'ora successiva, Ash cercò di allontanare le sue preoccupazioni dalla mente e di concentrarsi sul momento. Non aveva mai avuto problemi a farlo prima. Qualsiasi cosa accadesse nella sua vita privata, era sempre riuscita a tenerla separata dal calcio. Una volta superata la linea bianca dimenticava tutto il resto. Almeno, così era sempre stato. Prima di impelagarsi con la principessa Victoria. Sapeva che stare con una reale avrebbe reso le cose diverse, ma non aveva previsto *quanto* diverse.

Negli spogliatoi, Sasha le diede una lieve gomitata.

"Tutto bene, Ash?"

La sua voce era così dolce, così poco da Sasha, che Ash quasi si sciolse.

Era al limite, ora se ne rendeva conto. Se qualcuno fosse stato troppo gentile con lei, sarebbe potuta crollare.

"Tutto bene", disse a Sasha, dipingendo un sorriso sul viso. "Mi sto preparando per sabato, per la trasferta a Salchester. Pronta a far vedere ai nordici chi comanda davvero nella WSL".

Sasha si alzò e cominciò a togliersi la divisa da allenamento. "Noi, ovvio", disse. "Sai, se c'è qualcosa che ti preoccupa, la mia porta è sempre aperta". Fece una pausa. "Non sono brava con queste cose di auto-aiuto. Non sono brava neanche la metà di Cam, lo so. Ma a quanto pare, parlare fa bene. Se ne hai bisogno, sono qui".

"Grazie, lo apprezzo molto".

Sasha la salutò, poi si diresse verso le docce.

Era una buona amica, ma questo non era un segreto che Ash poteva condividere.

Mezz'ora dopo, Ash si era fatta la doccia ed era pronta per uscire. Doveva andare a trovare i suoi genitori? Sua madre le aveva mandato un messaggio la sera prima dicendole che secondo lei era "andata bene". A un occhio inesperto, Ash supponeva che fosse vero. Avevano mangiato, chiacchierato, e tutti erano andati abbastanza d'accordo.

Ma le domande dei suoi genitori avevano solo messo in evidenza quanto fossero diverse le loro vite. La settimana successiva sarebbe toccato a lei incontrare i genitori di Victoria, e sapeva che l'effetto sarebbe stato lo stesso. Voleva superare velocemente i nove giorni successivi. Sbrigare la partita con il Salchester, concludere gli incontri con i genitori. Poi avrebbe saputo come stavano le cose.

Perché, dopo il primo incontro con i genitori, Victoria era sparita. E poi era andata a ubriacarsi con Dexter. Non era esattamente un buon inizio.

Ash prese il telefono dalla borsa e controllò se c'erano nuovi messaggi da Victoria. Nessuno. La delusione le si depositò nello stomaco.

Passò davanti all'ufficio dell'allenatrice e Jo la chiamò dentro con un cenno. Le si strinse lo stomaco. Le sembrava di essere tornata a scuola, convocata nell'ufficio della preside per qualcosa che aveva fatto di sbagliato.

"Siediti, Ash. Per favore".

Fece come le era stato detto.

"Volevo solo scambiare due parole. Tutto bene con il ginocchio?" Jo girò intorno alla scrivania di legno, poi si sedette sul bordo fissando Ash con uno sguardo penetrante, lo stesso che doveva aver fatto crollare parecchie giocatrici nel corso degli anni. Indossava la tuta da allenamento, con le iniziali JK sopra il logo del club.

"Sì, tutto bene. Oggi sono solo un po' stanca, non ho dormito bene. Sicuramente domani starò meglio". Ash si concentrò sulla barretta Bounty mezza mangiata sulla scrivania. Quelle, e le risate per le battute brutte di Sasha, erano le maggiori debolezze di Jo.

"Sei sicura? Sembrava che oggi ti muovessi in modo diverso".

Ash scosse la testa. "Giuro. Mi sento bene, fisicamente".

La manager incrociò le braccia sul petto. "Sabato c'è una partita importante. Ho bisogno che tutte le mie giocatrici migliori siano al top".

"Lo sarò. Promesso".

"Hai detto che fisicamente è tutto a posto. E mentalmente? C'è qualcosa che ti preoccupa?"

Per un istante, Ash fu tentata di raccontarle tutto. Di Victoria, dei loro genitori, della paura che lei decidesse di mollare tutto. Di quanto si stesse innamorando in fretta, troppo in fretta, e quanto la cosa la spaventasse.

Ma non poteva. Non ancora. Non mentre stavano cercando di essere così discrete. Nemmeno la scorta di Victoria sapeva della metà dei loro incontri.

Quando si era lasciata con Danielle lo aveva detto a Jo, chiedendole qualche giorno di pausa. L'allenatrice era stata molto comprensiva. Ash sapeva che presto avrebbe dovuto affrontare anche questa conversazione.

Ma non ancora, non importava quanto la cosa la stesse divorando.

"Ho solo bisogno di una bella dormita. Domani starò meglio".

Poi, sola nel parcheggio, tirò fuori il telefono e lasciò il pollice sospeso sul contatto di Victoria. Sul suo telefono era salvata come PV.

Aprì la chat, iniziò a scrivere, cancellò, ricominciò. Cercò di pensare a qualcosa di spiritoso o divertente. Alla fine, la stanchezza ebbe la meglio.

Cancellò l'ultima frase. Non era colpa di Victoria. Il suo allenamento era una sua responsabilità.

I pallini della digitazione apparvero e scomparvero più volte prima che il messaggio di Victoria arrivasse.

Quella scusa le alleggerì un po' il peso sulle spalle.

Tuttavia, c'erano ancora molte cose non dette.

E niente che potesse risolversi prima del grande incontro di martedì.

Ci fu una pausa più lunga, questa volta.

Cinque secondi dopo, apparvero tre emoji a forma di cuore, poi tre baci. Ash fece un respiro profondo, muovendo le dita sullo schermo.

'Dopo l'imbarazzo che c'è stato quando hai conosciuto i miei', avrebbe voluto aggiungere. Ma non lo fece.

Ash appoggiò la testa al finestrino dell'auto. Voleva davvero crederle.

> Anni di formazione diplomatica
> hanno finalmente dato i loro frutti.

> Dovrei andare a casa. Riposarmi.
> Mangiare qualcosa di sano.

> Prenditi cura di te stessa. Vorrei
> essere nel tuo letto con te stasera.

> Anche io ti vorrei con me.

Non aveva scritto "signora" alla fine di quell'ultimo messaggio. Cercò di non pensarci.

Ash infilò il telefono in tasca, sentendo il peso della giornata farsi un po' più leggero.

Martedì faceva ancora paura, ma almeno prima c'era la partita di sabato su cui concentrarsi. Una cosa impossibile alla volta.

Se la coach aveva notato qualcosa di strano nel suo gioco, l'indomani avrebbe dovuto essere più lucida. L'ultima cosa che voleva era che la gente iniziasse a farsi domande, a collegare i puntini prima che lei e Victoria fossero pronte.

Per ora, il loro segreto era ancora al sicuro, ancora solo loro.

Anche se a volte Ash avrebbe voluto gridarlo dai tetti di Buckingham Palace.

* * *

La porta dello spogliatoio ospiti del Salchester si aprì proprio mentre Ash si stava sistemando la fascia da capitana. Sasha era malata quel giorno, così toccava a lei passare dal ruolo di vice capitana a quello di capitana.

Alzò lo sguardo, aspettandosi di vedere l'allenatrice o qualcuno della squadra. Quando vide chi era davvero, il sangue le si gelò nelle vene.

Victoria era lì sulla soglia, affiancata da due guardie del corpo, con una sciarpa delle Royal Ravens al collo e un aspetto decisamente troppo affascinante perché Ash potesse mantenere il controllo.

Appena anche le altre la videro, nello spogliatoio calò il silenzio. La nobiltà aveva quell'effetto.

Ash non sapeva dove guardare né come comportarsi. Dentro di lei ribolliva il fastidio, ma anche una felicità improvvisa nel rivederla. Si erano sentite poche ore prima, e Victoria le aveva raccontato che avrebbe seguito la partita dal divano, con una Coca Zero e una ciotola di pop corn dolci nella sua casa a Kensington.

Cos'era cambiato? Che diamine ci faceva lì? E poi, Victoria odiava quel genere di situazioni. Le aveva detto che gli spogliatoi la mettevano a disagio.

Ash sapeva bene qual era il motivo della sua presenza: lei. Ma non era certo il caso di correrle incontro per abbracciarla. Né tantomeno baciarla.

Perché cavolo Victoria aveva deciso di farle una sorpresa prima di una delle partite più importanti della stagione?

Tutto questo, però, non doveva minimamente trasparire dal volto di Ash. Cercò di restare impassibile, anche se dentro stava urlando.

"Ragazze". Victoria sfoderò il suo sorriso regale impeccabile.

Ash preferiva di gran lunga quello pigro e rilassato che le riservava dopo averla fatta venire.

Smettila di pensare a queste cose.

"Spero che non vi dispiaccia se sono passata a farvi un in bocca al lupo".

Le mani di Ash tremavano mentre Victoria faceva il giro del gruppo, stringendo mani e dando parole di incoraggiamento. Vedere la sua ragazza, la *sua ragazza segreta*, chiacchierare tranquillamente con le compagne di squadra riempiva Ash di speranza e di disperazione. Quando Victoria la raggiunse e i loro sguardi si incontrarono, Ash le rivolse un sorriso pieno tirato.

"Sorpresa", sussurrò Victoria, stringendo la mano di Ash. "Ho sentito che oggi sei tu la capitana".

"Avete sentito bene, Altezza". La voce di Ash era ferma, ma le parole erano tutte sbagliate nella sua bocca, come se masticasse polistirolo. Le rivolse uno sguardo carico di significato. "Signora".

Era diventato uno dei loro nomi durante il sesso. Victoria impazziva quando Ash lo usava.

E nemmeno Ash ne era immune.

"Sono certa che farai un figurone". Victoria si leccò le labbra.

Ash seguì quel gesto con lo sguardo, sentendo il cuore inciampare nel petto.

"Sarò lì a guardarti e a fare il tifo".

Si avvicinò un po' di più. Il respiro di Victoria sulla pelle le accese ogni nervo, come una slot machine impazzita. Con Victoria era sempre troppo facile.

Anche se era arrabbiata.

"Sono curiosissima di vedere come festeggerai se segni".

Ash lanciò un'occhiata a una delle guardie del corpo vicino

alla porta. Una ex militare, sguardo severo, ma stava osservando l'interazione tra loro due con un sorrisetto consapevole.

Sapeva. Ovviamente. Doveva aver visto Ash entrare e uscire da casa di Victoria fin troppe volte.

Se lo sapeva lei... chi altro lo sapeva? Un'ondata di panico attraversò Ash, ma la ricacciò giù. Le sue compagne sospettavano qualcosa? Victoria aveva parlato con lei più a lungo che con le altre?

Un suono metallico ruppe il silenzio: era il segnale per le squadre di entrare nel tunnel.

Victoria sobbalzò, fece l'occhiolino ad Ash e poi esclamò: "Oggi vogliamo una vittoria reale, per favore!"

La visita durò meno di cinque minuti, ma fu sufficiente a mandare completamente in crisi Ash. Durante il riscaldamento, continuava a intravedere Victoria nella tribuna d'onore, e la sua solita concentrazione pre-partita si disperse come foglie al vento. I suoi tocchi erano pesanti, privi della consueta precisione. Gli allenatori non dissero nulla, ma i loro sguardi parlavano chiaro: si chiedevano se Ash avrebbe migliorato o peggiorato quando l'arbitro avrebbe fischiato l'inizio.

La risposta arrivò subito.

Fin dal primo minuto, tutto sembrava sbagliato. L'erba troppo alta, il pallone troppo pesante, gli scarpini troppo stretti. Il primo controllo su un passaggio di Susie le rimbalzò malamente sulla tibia. Il secondo non andò meglio: la palla le scappò via e finì direttamente a un'avversaria. Più Ash cercava di correggersi, peggio giocava. Non si affidava più all'istinto. Ogni tocco era pensato due volte, e questo non portava mai nulla di buono.

Sloane Patterson – la stella del Salchester – sembrava

percepire l'insicurezza di Ash. Continuava ad abbassarsi verso il centrocampo, a trascinarla fuori posizione, per poi scattare via con la sua tipica accelerazione fulminea.

Dopo venti minuti, Patterson ricevette palla di spalle alla porta, a una trentina di metri. Ash provò a intervenire, ma Patterson era già scattata via, lasciandola a vuoto, a cadere di schiena. La punta avanzò, saltò il portiere in uscita e piazzò la palla all'incrocio.

Ash colpì il prato con un pugno. Il fatto che Victoria stesse guardando rendeva tutto dieci volte peggiore.

Il secondo gol del Salchester arrivò poco prima dell' intervallo. Un'altra perla di Patterson, che si infilò tra due difensori delle Ravens e colpì di testa su un cross.

Negli spogliatoi, durante la pausa, l'allenatrice cercò di motivarle, ma gli sguardi preoccupati rivolti ad Ash dicevano tutto.

Le restavano quarantacinque minuti per riprendersi. Per rendere orgogliosa Victoria.

Non successe.

Patterson completò la sua tripletta al sessantacinquesimo, facendo sembrare Ash ridicola con un tunnel che fece gemere il pubblico.

Qualcosa in Ash si ruppe.

La frustrazione della giornata – dover fingere, giocare male, farsi mettere in ridicolo da quella stronza di Sloane Patterson – si condensò in una nebbia rossa.

Cinque minuti dopo, quando Patterson ricevette palla vicino alla linea di metà campo, Ash non pensò. Sapeva solo che doveva fermarla. Doveva impedire che umiliasse ancora la squadra.

Soprattutto che umiliasse lei.

Si lanciò in scivolata con i tacchetti in avanti, in netto ritardo.

Il rumore dello scarpino che colpiva la caviglia fu nitido, e Patterson cadde urlando.

Il fischio dell'arbitro lacerò l'aria. Ash sapeva già cosa stava per succedere, prima ancora di vedere il cartellino rosso sventolato in alto. Non era mai stata espulsa in tutta la sua carriera, ma questa volta non c'erano discussioni. Mentre passava davanti alla tribuna d'onore, non riuscì a sollevare lo sguardo. Non ce la faceva a vedere la reazione di Victoria.

Nello spogliatoio sedeva da sola, ancora in tenuta da gioco, la testa tra le mani. Il telefono vibrò diverse volte – probabilmente Victoria – ma non aveva la forza di guardare. Non ancora. Attraverso i muri, sentiva il pubblico reagire a qualcosa, forse un'altra occasione per il Salchester.

Sentì degli scarpini battere sul cemento, ma nessuno entrò. Mancavano ancora almeno venti minuti prima che rivedesse le sue compagne e dovesse chiedere scusa. Non avevano perso per colpa sua, ma di certo lei non aveva aiutato.

Era ancora con la testa tra le mani, a pensare a cosa dire alle sue compagne. E anche a Victoria. Poi bussarono alla porta. Quando alzò lo sguardo, era già aperta.

Victoria.

Ash scattò in piedi, nervosa di fronte alla sua ragazza.

Il calcio, quello spogliatoio, erano il mondo di Ash, non quello di Victoria. Non sapeva come farla entrare nella sua realtà, né in campo né fuori. Era per questo che Victoria era sparita dopo il pranzo dai suoi genitori? Forse provava la stessa cosa?

"Ehi". Il volto di Victoria era una maschera di compassione. Ash la odiava, quella compassione. Non se la meritava.

"Tutto bene?"

"Mi pare ovvio di no".

Victoria si avvicinò e si sedette accanto a lei sulla panchina.

Se avesse provato a toccarla, Ash sarebbe crollata. Sarebbe scoppiata a piangere tra le sue braccia. Quello era uno dei momenti più bassi di tutta la sua carriera, e tutto era stato trasmesso in diretta, davanti agli occhi della donna che amava.

Non aveva alcun senso.

"Cosa è successo, là fuori?"

Una scintilla scattò nel cervello di Ash. Balzò in piedi e cominciò a camminare avanti e indietro per lo spogliatoio, sfregandosi le mani, scuotendo la testa. "Non lo so".

Lanciò uno sguardo a Victoria. Solo a guardarla, il cuore le faceva male.

"È stato solo…"

Ash si fermò. Cosa poteva dire? Che la presenza di Victoria l'aveva fatta uscire di testa? Che tutta la sua vita in quel momento sembrava sfuggirle di mano, e che le stava mandando in tilt la testa?

No, non poteva dirlo.

"Non lo so davvero. Era tutto strano oggi. Lo è da tutta la settimana. Di solito appena metto piede in campo passa tutto, ma oggi no". Si strinse nelle spalle, come se non fosse importante.

"Non essere così dura con te stessa. Succede anche ai migliori".

Qualcosa si ruppe dentro Ash, e il suo viso si fece rigido.

Si colpì il petto con l'indice. "Non succede a me". La durezza delle sue parole la sorprese.

Il viso di Victoria si irrigidì. "Scusa, non volevo sembrare superficiale. So quanto è importante per te. E mi dispiace il doppio se in qualche modo la mia presenza ha peggiorato le cose".

Il rimorso invase ogni angolo del corpo di Ash. Scosse la testa. "Potevi dirmelo che saresti venuta. Non mi piacciono le sorprese". Poi fece una smorfia. "Ma non è colpa tua".

Era stata la tempesta perfetta. Le frustrazioni di tutta la settimana, il bisogno di fare colpo. La sua vita le era crollata addosso in sessantacinque minuti esatti. Purtroppo, in campo.

Era una sensazione nuova. E spaventosa.

Doveva rimettere a fuoco tutto, ritrovare la concentrazione. Avere Victoria nello spogliatoio non aiutava.

"Mi chiedevo se potessi riportarti a Londra. Così passiamo un po' di tempo insieme prima di martedì?" La voce di Victoria non aveva più il tono regale. Era un sussurro, pieno di preoccupazione.

Ash stava già scuotendo la testa prima che Victoria finisse di parlare. "Non posso. Devo tornare con la squadra. Non sarebbe bello se me ne andassi da sola. Soprattutto dopo averle deluse oggi".

"Certo". Il viso di Victoria si spense un istante, ma si riprese in fretta. Si alzò, ma non si avvicinò. Si morse il labbro, poi alzò lo sguardo su di lei. "Mi chiami più tardi? Voglio sapere come stai".

"Certo," disse Ash, anche se non era sicura che lo avrebbe fatto. Aveva bisogno di tempo per elaborare tutto, per affrontare la vergogna di aver perso il controllo in quel modo. "Mi dispiace per oggi. Per com'è andata. Per non aver segnato per te".

Victoria fece finalmente un passo verso di lei. "Non scusarti. Vai là fuori e dai il massimo. È tutto ciò che si può chiedere". Le porse la mano.

Ash scosse la testa. "No. Non qui". Non ce la faceva.

Fuori, il pubblico esplose in un boato. Ad Ash si strinse lo stomaco. Avevano segnato di nuovo?

"Meglio se vai. Prima che torni la squadra. Non voglio che sappiano che sei qui".

"C'è Hillary fuori. Mi avviserà se arriva qualcuno". La sua responsabile della sicurezza.

"Anche così". Ash provò a sorridere, ma non ci riuscì davvero.

Gli occhi di Victoria si fecero lucidi, ma fece un respiro profondo. "Ti scrivo dopo".

Ash annuì, senza fidarsi della sua voce. Trattenne il fiato finché Victoria non uscì, poi si accasciò sulla panchina, cercando disperatamente di non piangere. Non poteva essere lì in lacrime quando fossero rientrate le altre. Non era da lei.

Era Ashleigh Woods, dinamo del centrocampo e capitana della Nazionale. Per le prossime settimane forse doveva concentrarsi solo su quello per rimettere insieme il suo gioco. La carriera doveva venire prima di tutto, come era sempre stato. Aveva perso di vista l'obiettivo.

Ma il calcio non l'aveva mai tradita.

E non avrebbe permesso che succedesse adesso.

Capitolo 26

Victoria si accasciò contro il sedile in pelle dell'auto reale mentre il motore ronzava allontanandosi dallo stadio, rivedendo l'immagine del volto devastato di Ash mentre lasciava il campo a capo chino. E poi quanto era stato orribile nello spogliatoio, dopo. Aveva pensato che presentarsi sarebbe stata una sorpresa meravigliosa, che Ash ne sarebbe stata entusiasta. E invece, Ash aveva preso un cartellino rosso. In dodici anni di calcio professionistico, era il primo. Diciamo pure che la sorpresa non era andata proprio come sperava.

Il telefono vibrò. Era Faye, la sua addetta stampa. Il cuore di Victoria perse un battito. Faye non chiamava mai nel weekend, a meno che non fosse successo qualcosa.

"Vostra Altezza". La voce di Faye aveva quel tono misurato che Victoria aveva imparato a temere. "Abbiamo un problema".

Le strade di Salchester sfrecciavano fuori dal finestrino. "Dimmi tutto".

"Qualcuno vi ha seguita. Ci sono delle foto, voi e Ashleigh Woods in un piccolo bar in Scozia qualche settimana fa. E anche fuori dalla vostra residenza a Londra. Più volte è stata vista la sua macchina lasciare i vostri cancelli".

Il mondo sembrò inclinarsi su se stesso. Le dita di Victoria si conficcarono nel bracciolo. Accanto a lei, Tanya si voltò, preoccupata.

Victoria immaginò il proprio volto impallidire.

Quella giornata poteva andare anche peggio?

Quella mattina al bar le tornò in mente con chiarezza. Avevano guidato da Balmoral all'aeroporto di Aberdeen, e avevano entrambe bisogno del bagno. Il posto era praticamente vuoto, così avevano deciso di prendere un caffè prima di rimettersi in viaggio. Victoria ricordava il sorriso assonnato di Ash dall'altra parte del tavolino di formica, il cappellino da baseball messo in modo adorabilmente storto. Aveva desiderato con tutte le sue forze allungare la mano e toccare la sua. Forse l'aveva fatto, non lo ricordava.

Si lasciò scivolare ancora più giù sul sedile.

"Quante foto?" La sua voce le suonava distante, quasi estranea.

"Abbastanza. Ce n'è anche una molto sfocata in cui vi abbracciate sul vostro portone. È stata scattata con un teleobiettivo, ovviamente, e si fa fatica a distinguere bene chi siano le persone. Quella da sola non sarebbe preoccupante. Ma qualcuno ha parlato con il *Mail*, sostiene di aver sentito una fonte vicina a entrambe. Dicono che voi e Ashleigh avete una storia. Che la relazione con Dexter è stata una copertura fin dall'inizio".

Lo stomaco di Victoria fece una capriola. Ripensò a quelle poche mattine in cui Ash era uscita da casa sua. Era stato sempre molto presto. In un paio di suoi giorni liberi aveva indossato un berretto e fatto una corsetta, prima di tornare per la colazione.

"Possiamo chiedere un'ingiunzione?"

"Troppo tardi. I siti di gossip ci stanno già andando a

nozze. Soprattutto dopo la vostra apparizione alla partita delle Ravens, oggi. Credo che sia quello ad aver spinto i tabloid a pubblicare la notizia e le foto. La gente sta unendo i puntini".

Victoria chiuse gli occhi. Non aveva pensato a tutto, vero? Le tornarono in mente le parole di Michael: "Tre colpi e sei fuori".

"Devo chiederglielo, signora. C'è del vero in queste voci? Per sapere come affrontarle. Perché, dalle foto, potrebbe sembrare che siate solo amiche, ma l'impressione generale non è buona".

Victoria quasi ringhiò. Come avrebbe dovuto rispondere? E come osava la sua addetta stampa farle quella domanda così, a bruciapelo? Sì, certo che doveva saperlo. Ma non in quel momento.

"Ti richiamo", riuscì a dire Victoria, chiudendo la telefonata.

Tanya tirò un lungo respiro, chiaramente trattenuto fino a quel momento. "Brutte notizie?"

Victoria le raccontò tutto.

Si voltò verso Tanya, le guance spente. "Non hai detto niente a nessuno, vero?" Appena le parole le uscirono di bocca, se ne pentì.

"Assolutamente no. Non lo farei mai". Gli occhi di Tanya erano spalancati, sinceri. "Victoria, sapete che potete fidarvi di me".

Victoria annuì. Sì, lo sapeva. Tanya aveva coperto le sue tracce infinite volte, aveva chiuso un occhio sulle visite notturne, aveva riorganizzato l'agenda per creare quei momenti preziosi da sola con Ash.

Il telefono vibrò di nuovo: Faye.

"Scusate per questa sfilza infinita di brutte notizie, signora. Solo per confermare: la notizia sta uscendo," disse Faye senza preamboli. "Le foto sono già online. L'articolo uscirà domani sui giornali, ma si sta già diffondendo sui social. Dobbiamo anticipare i tempi".

Il cuore di Victoria precipitò giù nel corpo. Si premette l'attaccatura del naso tra pollice e indice. Pensò ad Ash, e a cosa avrebbe significato tutto questo per lei. Niente di buono.

"Che facciamo?"

"Risposta standard. Neghiamo qualsiasi relazione inappropriata. Diciamo che si tratta di interazioni sociali normali tra amiche. Ashleigh era da voi per una riunione organizzativa su una charity. È risaputo che sostenete le iniziative contro la discriminazione dei senzatetto queer, e anche Ashleigh ci tiene molto".

Merda. Avrebbero usato *quello* contro Ash, vero?

"Eravate anche lì per parlare di questioni legate alla FA: del tutto normale tra la capitana della nazionale e la sua patrona. Andate d'accordo. Siete amiche. Per questo avete preso un caffè quando vi siete incontrate per caso". Fece una pausa. "Non che nessuno di questi dettagli verrà fuori, a meno che non ci mettano proprio con le spalle al muro. Meno si dice, meglio è. Sapete come funziona".

Ogni bugia era come acido in gola, ma Victoria si sentì assentire. Che scelta aveva? Pensò di nuovo ad Ash, a come tutto ciò che toccava sembrasse trasformarsi in oro, finché non era arrivata lei. Compresa la partita di oggi: Ash totalmente fuori fase, che perde il controllo, espulsa. Era questo che significava amare un membro della famiglia reale?

Con le dita tremanti, aprì i messaggi per Ash. Poi lasciò

cadere il telefono e si mise le mani sul viso. Cosa poteva dire?
Doveva dire la verità. Che se Ash pensava che prendersi un
cartellino rosso fosse la cosa peggiore che potesse capitarle
in quel weekend... beh, allora doveva prepararsi. Ma non con
quelle parole.

Non so se hai visto le notizie, ma qualcuno ha fatto trapelare tutto alla stampa. Non so chi.

Forse avevano hackerato il telefono di Victoria? Non
sarebbe stata la prima volta. Forse c'entrava quel giornalista
del tabloid visto al club la settimana precedente. O magari
suo fratello...

No. Non poteva nemmeno pensarci.

Le foto sono già online. Faye, la mia addetta stampa, dice che dobbiamo negare tutto. Mi dispiace tanto averti trascinata in questo casino.

Fissò le parole che non aveva ancora inviato. In qualche
modo, dopo la settimana che avevano passato, questa sembrava
davvero la prova definitiva. Anche solo pensarci le spezzava
un po' il cuore.

Ti amo.

Premette invio.

Non sembrava abbastanza.

Ash in quel momento sarebbe stata sul pullman, diretta a
casa, a sentirsi uno schifo per aver deluso la squadra. Victoria

sperava che qualcuno lì accanto a lei le avrebbe messo un braccio intorno quando la notizia fosse uscita.

Le notifiche iniziarono a piovere ancor prima che Ash potesse rispondere. Il pollice di Victoria si mosse, contro ogni buon senso, e aprì il sito del *Daily Mail*. Le foto la colpirono come pugni: momenti che aveva custodito con amore ridotti a sporcizia da obiettivi a lunga distanza e immagini sgranate.

Ash che usciva da casa sua alle sei del mattino, con i capelli arruffati e un sorriso ampio. Victoria ricordava bene quella mattina: si erano svegliate tardi, Ash l'aveva baciata per salutarla promettendole di rivedersi la settimana dopo. Il cuore di Victoria era pieno di speranza. L'obiettivo del fotografo aveva reso tutto sordido, vergognoso.

Il loro "incontro segreto" al bar scozzese. La mano di Ash che per un attimo sfiorava la sua schiena mentre entravano. Victoria era stata così felice, quella mattina: innamorata, con un piccolo assaggio di normalità.

Si era solo illusa, ovviamente.

La sua vita non sarebbe mai stata normale.

C'era sempre un ciclone pronto a risucchiarla.

Il titolo del *Sun* le fece rivoltare lo stomaco: *Strategia Woods: la principessa reale in una tresca lesbica segreta!*

Quello del *Daily Star* non era da meno: *BOMBA LESBICA A PALAZZO: la partita d'amore segreta di Victoria!*

Sapeva bene cosa le avrebbe detto sua madre: "Non cliccare su quei siti. Porta solo dolore".

Ma quel giorno, Victoria non riusciva proprio a farne a meno.

Le sue dita scorrevano tra i commenti, ognuno peggiore del precedente.

Impossibile che la principessa sia lesbica. Questa Woods deve averla corrotta.

Disgustoso. Cosa direbbe sua nonna?

Ho sempre saputo che quella Woods è una lesbica. Non avrebbero mai dovuto permettere al calcio femminile di crescere così tanto.

La storia con Dexter era ovviamente finta. Lui è chiaramente fru fru!

Aboliamo la monarchia. L'ho sempre detto che sono tutti depravati. Ora ne abbiamo la prova.

Victoria trattenne le lacrime. Per quanto si fosse preparata, non era mai abbastanza. E poi non si trattava solo di lei, di Ash e della monarchia. C'erano anche Dexter e Sidney. Prese il telefono e gli scrisse in fretta:

> Sta uscendo tutto. Solo per dirti che stanno trascinando dentro anche il tuo nome. Mi dispiace. x

La sua risposta fu quasi istantanea.

> Visto. Non preoccuparti per me. Sopravviverò alla rivelazione che non sono stato realmente con una principessa, e che in realtà sono gay.

> Martedì conosce i miei genitori.
> Tempismo perfetto, no?

> Dicono che le cose che temi di più non
> sono mai così terribili come te le immagini.

> Credo che lo scoprirò presto.
> Grazie, sei un buon amico.

> Naturalmente. Qualsiasi cosa per te.

Ore dopo, quando i cancelli del palazzo si chiusero dietro la sua auto, secoli di tradizione le pesarono addosso come una forza fisica. Oltre quelle mura, il mondo andava avanti; lì dentro, il tempo si era fermato, prigioniero di regole scolpite nella pietra. L'indomani l'aspettava una riunione d'emergenza con i suoi genitori, e sapeva che sarebbe stata una conversazione diversa da tutte le altre.

Il suo telefono si illuminò con un messaggio di Ash.

> Appena visto tutto. La coach mi ha tolto il
> telefono dopo il rosso per evitare che ci stessi
> troppo. Mi dispiace per oggi. Per tutto, in realtà.
> Ma mi dispiace anche che tu debba passare
> tutto questo. Non so bene cosa succederà ora.

Il cuore di Victoria era come una gomma che perde lentamente aria. Cosa voleva dire quella frase finale? Era proprio quello che temeva: che Ash si tirasse indietro.

> Vuoi ancora che venga martedì?

Victoria fissò quel messaggio. Le tornò in mente quando le aveva promesso che i suoi genitori l'avrebbero adorata, una volta conosciuta. Le cose avevano preso un'altra piega, ma poteva affrontarle.

> Vieni. Non ci siamo dette che l'avremmo affrontato insieme? Niente di tutto questo cambia ciò che provo per te. Significa solo che più persone ora hanno qualche sospetto. I miei pensieri non sono cambiati: sono stanca di fingere.

L'auto si fermò all'ingresso secondario, perché i fotografi si erano ammassati davanti a quello principale, con le fotocamere pronte a colpire nel buio della sera. Il telefono vibrò: il segretario privato di suo padre chiedeva la sua presenza nello studio del re, la mattina presto.

Un'altra notifica. Un altro articolo, un altro set di foto.

Victoria chiuse gli occhi, ricordando come si era sentita quel giorno guardando Ash giocare, prima che tutto andasse a rotoli. Quanto era stata fiera, anche quando Ash non sembrava essere se stessa.

Amava comunque il fatto che fosse scesa in campo e ci avesse provato fino alla fine.

Quel pomeriggio, Victoria aveva immaginato loro due uscire da uno stadio mano nella mano entro pochi mesi.

Ora tutto era stato lanciato in aria.

Aprì di nuovo il *Daily Mail*. Errore. Era in prima pagina. Anche Ash.

Non si trattava più solo di lei.

Si trattava della carriera di Ash, della monarchia, di due mondi che non dovevano mai scontrarsi.

Per arrivare dall'altra parte, doveva attraversare la tempesta. Dovevano farlo entrambe.

Anche se significava percorrere tutto il cammino su un filo sospeso.

Capitolo 27

Ash fissava il proprio riflesso nello specchio dello studio, sistemando la tenuta sportiva sponsorizzata con la consueta disinvoltura. Il fotografo dava indicazioni a voce alta, e lei si muoveva automaticamente: ruota, sorridi, guarda con determinazione, mostra il completo. Dopo anni passati a fare shooting andava in modalità pilota automatico, ed era proprio ciò di cui aveva bisogno oggi.

"Perfetto!" Il fotografo abbassò la macchina. Se sapeva qualcosa riguardo alle rivelazioni del giorno prima, l'aveva tenuto per sé. Ash gliene fu grata. "Abbiamo finito".

Era riuscita a perdersi nel servizio fotografico per due ore benedette, tenendo a bada i pensieri sulla stampa accampata fuori da casa sua e da quella dei suoi genitori, e sulla resa dei conti reale prevista per il giorno dopo. Ma la realtà tornò a travolgerla appena controllò il telefono: chiamate perse da Victoria, messaggi dalle compagne di squadra, un flusso continuo di notifiche dai siti di notizie. L'unico lato positivo di quel casino? Nessuno si stava concentrando sul suo cartellino rosso e sulla partita disastrosa che aveva giocato.

"Ecco la mia stella". Marianne le apparve alle spalle, l'iPad stretto al petto come uno scudo contro il suo completo pantalone grigio antracite. Il suo caschetto impeccabile non si mosse nemmeno mentre scrutava lo studio, i lineamenti affilati nella solita espressione scettica. "Nemmeno alla tua età riuscivo a stare così bene in tutto quello che indossavo".

"Grazie". Nemmeno un complimento di Marianne riusciva a confortare Ash in quel momento. Cominciò a raccogliere le sue cose. "Dobbiamo uscire dal retro. Davanti c'erano fotografi quando sono arrivata".

Marianne si spinse gli occhiali da lettura sulla testa. "La mia macchina è pronta. Faremo il giro lungo, così avremo il tempo di parlare mentre andiamo dai tuoi genitori".

Ash immaginava che fosse il primo di molti interrogatori, quindi tanto valeva abituarsi.

Riuscirono a raggiungere l'auto senza intoppi, e Marianne aspettò che fossero in movimento prima di voltarsi verso la sua cliente. Il suo Apple Watch vibrava in continuazione, ma per una volta lo ignorò.

"Allora," disse, con leggere inflessioni di Manchester nella voce altrimenti impeccabile. "Avevi intenzione di dirmi qualcosa su te e Victoria?"

Lo stomaco di Ash si contrasse. Non rispose subito. Non ce n'era bisogno.

"È per quello che sei stata espulsa ieri? Perché lei era lì?"

"Non so cosa posso dire, adesso". I contorni di Enfield scorrevano sfocati fuori dal finestrino. "È tutto complicato".

"Complicato è il mio lavoro, Ash". La voce di Marianne si fece più dolce, le rughe attorno agli occhi si piegarono in un'espressione di premura. "È letteralmente per questo che mi paghi. Per gestire le cose complicate".

"Lo so". Ash si massaggiò le tempie. Il mal di testa iniziato il giorno prima non accennava a passare. "Devo incontrare Victoria prima, capire cosa vogliamo fare".

"Quindi c'è un *noi*. Questa è già una risposta". Scosse la testa. "La stampa è impazzita. Gli sponsor chiamano. La FA vuole una dichiarazione. Mi serve qualcosa da dire".

"Lo so". La voce di Ash si incrinò leggermente. "Lo so, ok? Ma non posso sopportare altre domande, adesso. I miei genitori stanno andando nel panico, la squadra sarà incazzata per ieri, e domani devo andare a Buckingham Palace e incontrare il Re e la Regina in persona, mentre l'orientamento sessuale della loro figlia è sbattuta su tutte le prime pagine del paese. E quando mi vedranno, penseranno che è tutta colpa mia".

Detto ad alta voce sembrava davvero tanto.

Marianne mise da parte l'iPad, cosa che raramente faceva in orario lavorativo. "Da quanto va avanti?"

Ash alzò le spalle, poi chiuse gli occhi. Se solo il mondo avesse avuto un tasto per abbassare il volume…

Marianne le poggiò una mano sul braccio, facendola sobbalzare. "Ash, te lo chiedo da amica. Da quanto tempo?"

Ash sospirò. "Ci siamo conosciute a Marbella a giugno, ma non è successo nulla fino ad agosto".

Marianne contò sulle dita. "Giugno, luglio, agosto, settembre, ottobre". Sgranò gli occhi. "Cinque mesi, e non hai detto niente?"

"Te l'avrei detto, stavamo aspettando il momento giusto". Suonava assurdo, ora lo sapeva.

"La cosa con Dexter? È vera?"

Ash annuì. "Sono grandi amici. Non è mai stato niente di più".

Marianne fischiò piano. "E per te, cos'è questa storia?

Immagino sia seria, perché non ti metti con una principessa rischiando che tutto esploda per una scopata e via".

Un sorriso debole sfiorò le labbra di Ash. "Seria come non mai".

"Ok. Almeno ora so con cosa ho a che fare. In tal caso, ce la caveremo". Marianne le strinse la mano. "Ma devi lasciarti aiutare. Niente più segreti".

"Devo prima incontrarla. Vedere cosa vuole fare il Palazzo," rispose Ash. "Ma sì, dopo... avrò bisogno di te".

"E io ci sarò".

"Lo so". Il telefono di Ash vibrò: un altro messaggio di Victoria, riguardo ai preparativi di sicurezza per il giorno seguente. I dubbi le giravano in testa mentre rimetteva via il cellulare.

"Tutto ok?"

Ash scosse la testa. "Ho paura. Non ho mai preso un rosso prima. E se fosse troppo per me? Se non riuscissi a reggere?" *Se non riuscissimo a reggere io e Victoria?* "Non posso permettere che qualcosa influisca sul mio gioco, soprattutto in un anno di Mondiali. E poi tutta la robaccia omofoba online è disgustosa".

"Ehi". La voce di Marianne si fece d'acciaio, la stessa che aveva affrontato decine di consigli d'amministrazione. "Una partita storta non ti definisce. E se qualcuno ti attacca perché sei gay nel calcio femminile, è chiaro che non ha mai prestato attenzione".

"È più la questione di Victoria. Ci stanno massacrando. Ci siamo dovute nascondere, poi ci hanno scoperte comunque. Lei un giorno sarà regina, e io sono solo... io".

"Tu sei la capitana dell'Inghilterra. Una delle giocatrici più rispettate del panorama internazionale. Smettila di sminuirti".

L'auto svoltò nella strada dei genitori di Ash. Anche da lì, si vedevano i fotografi appostati davanti casa.

"Merda, sono parecchi, eh?" Marianne sbirciò dal parabrezza.

Ash annuì. I suoi genitori ci avevano già avuto a che fare, quando la loro figlia aveva guidato la nazionale alla vittoria agli Europei. Allora era stato tutto bonario, una novità. Questa volta, l'atmosfera era ben diversa.

"Mi lasci dietro?" disse Ash all'autista.

"A che ora inizia tutto, domani?" Marianne si sistemò gli occhiali e afferrò di nuovo l'iPad.

"Doveva essere un tè pomeridiano, ma è stato cancellato per fare spazio a un bel vertice mattutino di crisi". Ash cercò di ridere, ma uscì più un singhiozzo. "Che vita del cazzo".

"Niente pianti, per favore". Marianne le diede una leggera pacca sulla coscia mentre la macchina si fermava dietro casa. "Non ti sei mai tirata indietro davanti a una sfida. Non iniziare ora. Il pubblico è confuso, ma si calmerà. Amano sia te che Victoria. Quando si abitueranno all'idea di voi due insieme, tutto avrà senso. E poi, giusto per dirtelo, il mondo del calcio femminile è con te. Tante compagne e Lionesses hanno postato messaggi di supporto. La community è dalla tua parte, ed è già qualcosa".

Per la prima volta quel giorno, Ash sorrise.

Era qualcosa.

Doveva aggrapparsi a quello.

* * *

Il Salotto Bianco faceva onore al suo nome: seta color crema, atmosfera soffocante e specchi con cornici dorate, mentre enormi lampadari pendevano dall'alto come giudici in silenziosa osservazione. Ash era seduta sul bordo di un divano in stile Regency, l'imbottitura color avorio impeccabile. Accanto a lei, Victoria sedeva con la schiena dritta, mentre dall'altro lato del basso tavolino il Re e la Regina rispecchiavano la loro postura con una precisione regale.

Ash indossava il suo completo fortunato, quello della finale degli Europei.

Victoria le stava accanto, vicina ma senza toccarla, e Ash soffriva per l'intimità naturale che avevano condiviso fino a poco tempo prima. Ora, ogni gesto era calcolato, osservato, giudicato dai sovrani seduti di fronte a loro come giudici in un processo. Tutto era iniziato con toni civili, ma era presto degenerato in un interrogatorio.

"Chi era al corrente di questa relazione?" La voce della Regina era dura come il granito. "Dobbiamo sapere com'è trapelata l'informazione". Rivolgeva la domanda ad Ash.

La gola le si seccò. "L'ho detto solo ai miei genitori e a una compagna di squadra". Odiava quanto flebile suonasse la sua voce. La mente corse a Cam, con la sua lealtà feroce, e a sua madre, furiosa e protettiva. "Persone di cui mi fido ciecamente".

"E sei sicura che non..."

"Madre", interruppe Victoria. "Ne abbiamo già parlato. Qualcuno ci ha seguite. Fotografi professionisti. Non si tratta di chi ha detto cosa".

"Le persone fanno di tutto per soldi, Victoria".

"E vi ho già detto che io e Ash siamo state molto caute".

"Michael non viene?" La Regina non riuscì a nascondere l'irritazione.

"Ha i suoi tempi," rispose Victoria, con un tono volutamente neutro.

La Regina sbuffò, delusa. "I giornalisti ti perseguitano senza tregua, mentre lui scorrazza per Londra impunito".

Lo sguardo di Ash passava da madre a figlia, cogliendo i sottotesti nel loro scambio. Era quasi sicura che, sepolto nella critica, ci fosse un accenno di sostegno.

Ash guardò Victoria, cogliendo il dolore fresco lasciato dall'assenza di Michael. Un altro tradimento in una giornata già piena. La sua mano si mosse appena per cercare quella di Victoria, istintivamente, ma anche quel piccolo conforto sembrava impossibile lì.

"E sei certa che la tua famiglia non abbia detto nulla, anche involontariamente?" chiese il Re.

Qualcosa si spezzò dentro Ash. Si raddrizzò. "Ne sono assolutamente certa, Maestà," rispose, mantenendo il contatto visivo. Non si sarebbe fatta intimidire. "Dovete capire cosa sta subendo la mia famiglia. Gli stanno infilando lettere d'odio sotto la porta, i giornalisti non li lasciano in pace. Non si sarebbero mai messi in una situazione simile".

La mano di Victoria si mosse verso la sua, poi si fermò.

"Mi dispiace tanto, Ash," disse. "Avremmo dovuto avere il tempo di pianificare tutto con calma. Dopo Capodanno".

"Lo so". Ash deglutì a fatica. Il peso di tutto le premeva sul petto: la paura dei suoi genitori, i titoli dei giornali che urlavano il suo orientamento sessuale come se fosse di pubblico dominio. Guardando in faccia i genitori di Victoria, capì che erano solo due genitori in più che volevano il meglio per la propria figlia. Nemmeno loro sapevano come affrontare la situazione.

Sapeva che sarebbe stato complicato. Ma quell'agguato, quella violazione della loro privacy, le aveva lasciate esposte, vulnerabili, costrette a proteggere non solo se stesse, ma tutti coloro che amavano.

"Forse," disse la Regina alzandosi bruscamente, "dovrei avere una parola con mia figlia. Da sola".

Victoria lanciò ad Ash uno sguardo di scuse mentre il Re si alzava, facendole un cenno.

"Vieni con me".

Era il momento dell'esilio?

Il Re la condusse attraverso corridoi intrisi di secoli di storia, fino a uno studio che sembrava vissuto, personale. Le pareti erano coperte di libri, le foto di famiglia decoravano la scrivania. Si diresse subito verso un mobiletto, versò due bicchieri di scotch e ne porse uno ad Ash. Lei pensò di rifiutare, ma ci ripensò. Se non altro, era qualcosa a cui aggrapparsi.

"Siediti. Ti prego". Indicò una poltrona in pelle. "Credo sia il momento di parlare".

Ash sorseggiò con cautela, grata per il bruciore.

Il Re si sistemò dietro la scrivania, scrutandola. Le dita intrecciate sotto il mento formavano una sorta di triangolo.

"Voglio che mia figlia sia felice," disse infine. "E se tu la rendi felice, così sia. Ma devi capire cosa significa stare con Victoria".

Ash lo lasciò parlare. Il tono misurato le disse che aveva provato quel discorso più volte, probabilmente mentre lei e Victoria finivano in prima pagina senza volerlo.

"La pressione che stai vivendo ora è solo l'inizio. Quando ho sposato la Regina, sapevo a cosa andavo incontro. Ero preparato, ma ero anche un uomo che sposava una donna. Il percorso era più chiaro".

Ash fissò il suo bicchiere mentre il liquido ambrato catturava la luce. "Sapevamo che sarebbe stato complicato".

"Complicato non basta a descriverlo. La tua famiglia sarà sempre sotto osservazione. Le tue relazioni passate, le amicizie, le scelte di carriera: tutto sarà visto attraverso il filtro della tua relazione con Victoria. I soldi possono aiutare con la sicurezza, con la tutela legale, ma non fermano i pettegolezzi. Né i social. Di certo non fermano la gente dal giudicarti. La pressione potrebbe essere troppa".

"Una persona saggia una volta mi ha detto che la pressione è un privilegio".

Lui la fissò con uno sguardo duro.

"Capisco quanto è grande tutto questo, Maestà". Le parole le sembravano vuote in bocca, insufficienti a esprimere ciò che avrebbe voluto dire davvero: che Victoria ne valeva la pena.

Il Re sorrise, ma il sorriso non raggiunse gli occhi. "Davvero?" La sua voce era gentile, ma ferma. "Perché in questo momento tu hai ancora una scelta. Victoria no. Ma tu sì. Puoi ancora tirarti indietro".

Strinse le dita attorno al bicchiere di cristallo. "Mi state chiedendo di farlo?"

"No. Ho detto sul serio: voglio che mia figlia sia felice, e lei ha detto chiaramente che vuole te. Quello che ti sto chiedendo è di riflettere molto attentamente su ciò che sei disposta a sacrificare. Pensa bene. Pensa a lungo".

Si sporse in avanti. "Per ora negheremo tutto. Tu e Victoria dovrete tenervi a distanza finché non si calma tutto. Poi, se i vostri sentimenti saranno ancora veri, elaboreremo un piano d'azione, studiato, controllato da noi. Non è una richiesta. Quando uscirai da qui oggi, non potrete più essere viste insieme".

"Per quanto?" La voce le si spezzò sulla domanda.

"Per tutto il tempo necessario". Si alzò, aggirò la scrivania e le posò una mano sulla spalla. "Sembri una brava persona, Ashleigh, ma non viviamo in un mondo gentile. Forse questo tempo lontane vi servirà per riflettere davvero su cosa volete".

Le lacrime le pizzicarono gli occhi, ma le ricacciò indietro con forza. "E cosa ne è di ciò che vuole Victoria?"

"Victoria ha un senso del dovere e della responsabilità che va oltre il desiderio personale. Ce l'ha sempre avuto".

Le strinse la spalla una sola volta, quasi in modo paterno. E forse, proprio per questo, fece ancora più male. Come se in un altro mondo l'avrebbe anche accolta a braccia aperte.

Capitolo 28

"Mi dispiace molto. Non sapevo che avrebbero fatto una cosa del genere, ma avevo il sospetto che non sarebbe stato il tè del pomeriggio che avevamo programmato". Victoria fece rotolare la palla nera lungo il centro del tavolo da biliardo, che rimbalzò piano. Lei e Ash seguirono con lo sguardo la sua traiettoria finché non si fermò.

Ash si guardò intorno nella dépendance estiva, osservando l'ambiente. "Mi ricordo quando mi avevi parlato della tua sala da biliardo, quando eravamo a Marbella. Non pensavo fosse così carina. In qualunque altro giorno, sarei entusiasta di essere qui".Il suo volto si oscurò. "Ma non oggi".

"No," disse Victoria scusotendo la testa. "Non oggi". Incontrò lo sguardo di Ash. "Cosa ha detto mio padre?"

Ash poggiò entrambe le mani sul bordo del tavolo, abbassò la testa, poi prese un respiro profondo. Quando alzò lo sguardo su Victoria, i suoi capelli biondi le incorniciavano il viso.

"Che dobbiamo negare tutto e non vederci per un po'. Che dovrei *prendermi del tempo per capire cosa voglio*. Come se non l'avessi già fatto". Scosse la testa. "Non ti mentirò, mi sembrava di essere finite in un episodio di qualche serie sulla mafia. Con tuo padre nel ruolo del boss".

"Non troppo lontano dalla verità, se non fosse che è sempre mia madre è la vera boss".

Ash alzò pesantemente le spalle. "Magari oggi si sono scambiati i ruoli? In ogni caso, ho avuto l'impressione che fosse il nostro canto del cigno. Che se non fossi uscita dalla proprietà entro un'ora, avrebbero potuto aizzarmi i cani contro".

"Leccata a morte da Honey e Truffle?"

"Qualcosa del genere". Lo sguardo di Ash era intenso. "Tua madre ti ha fatto lo stesso discorso?"

Victoria annuì. "Mia madre ha sempre dettato le regole, poi di solito mio padre le ammorbidisce. Ma stavolta si sono presentati uniti. E senza alcuna flessibilità".

Victoria girò intorno al tavolo fino a trovarsi accanto ad Ash.

Sentiva il profumo dello shampoo di Ash, quell' inconfondibile mix di agrumi e qualcosa di solo suo. Le dita di Victoria trovarono quelle di Ash, e un familiare brivido di desiderio le attraversò.

L'ultima cosa che voleva era perdere quella vicinanza. Quella sensazione. Perdere Ash era come perdere l'ossigeno. Era impensabile. "Solo per essere chiara, io non voglio farlo".

Ash inspirò bruscamente, poi si ritrasse.

Quando Victoria si avvicinò per guardarla meglio, notò quanto fosse stanca: aveva ombre sotto gli occhi che una settimana prima non c'erano. Odiava essere la causa di tutto ciò.

"Non credo che abbiamo scelta," disse Ash. "I tuoi sembravano piuttosto decisi, e non ho alcuna intenzione di mettermeli contro". I suoi occhi verdi incontrarono quelli di Victoria, pieni di preoccupazione. "Se gli diciamo di no, cosa succede?"

Victoria andò alla finestra. Doveva esserci una via d'uscita a cui non aveva ancora pensato. Il sole non aiutava. Chiuse le tende, poi iniziò a camminare avanti e indietro. "Non ci ho pensato. So solo che non voglio stare senza di te".

"Neanch'io voglio stare senza di te," disse Ash. "Ma non so come possiamo opporci a tutto questo. Se rinneghiamo il Palazzo, ci alieniamo la tua famiglia. Mi dispiace essere io a dirtelo, ma in una battaglia di questa portata... loro ti serviranno".

Victoria si passò le mani tra i capelli e chiuse gli occhi. Ash stava affrontando la verità molto meglio di lei. Al contrario, Victoria continuava a cercare una soluzione che semplicemente non esisteva.

Quando riaprì gli occhi e guardò Ash, Victoria la sentiva già scivolare via dalle mani.

Come tutte le altre.

Non poteva permetterlo.

Non l'avrebbe permesso.

"Troveremo una soluzione. Ne sono sicura. Possiamo farcela. Insieme. Solo... non subito".

Ash non si mosse verso di lei. Quando alzò la mano, Victoria vide che tremava.

"Victoria, ho 29 anni, e questo conta. Potrei non avere un altro Mondiale davanti. Questa è una stagione fondamentale per me, devo essere concentrata al cento per cento se voglio essere convocata nella nazionale inglese. E l'unico modo per farlo è giocare bene con le Ravens. E ultimamente non lo sto facendo".

"È stata solo una partita, Ash". Le parole uscirono più taglienti del previsto. Odiava sentirla dubitare di se stessa.

Ma Ash scosse la testa. "Va avanti da settimane, e nella partita in cui c'eri tu non sono riuscita a controllare le emozioni. Devo mettere la mia carriera al primo posto. Questa stagione è la mia grande occasione". Il suo volto era un quadro di angoscia. "E poi, non posso continuare a vivere così. A metà. Lo devo a me stessa, a ogni giovane persona queer che guarda. Avevo detto alla mia agente che non sarei tornata a nascondere la mia identità quando sono diventata capitana dell'Inghilterra, ma ho comunque abbassato il tono. Lo rimpiango. E adesso mi stai chiedendo di negare quello che provo".

La voce di Ash si incrinò, e con lei il cuore di Victoria.

"E non si tratta solo di me. C'è la mia famiglia. Non posso trascinarli in un inferno senza un buon motivo".

"Senza un buon motivo?" Victoria non poteva credere a quello che stava sentendo. "E il fatto che ti amo? Non è un buon motivo?" Le parole esplosero, crude e disperate. "Non farlo, Ash. Farò coming out, te lo prometto. Farò tutto, a prescindere da cosa pensi mia madre. Ho solo bisogno di tempo. Un paio di mesi, magari un po' di più".

"Non è quello che ha detto tuo padre?"

Davvero? Il cuore di Victoria sembrava voler mollare tutto e andarsene.

"Parlerò con i miei assistenti, con i miei genitori". Il panico le riempiva la gola. "Cercherò di trovare una soluzione. Magari potresti tornare per il ballo di Capodanno, e potremmo essere una coppia? O almeno per San Valentino".

Ma anche mentre lo diceva, sapeva che stava facendo le stesse promesse che i suoi genitori avevano sempre fatto.

Più tardi.

Presto.

Aspetta solo un po'.

"Il ballo è tra poco più di due mesi. Non fare promesse che non puoi mantenere". Ash sospirò. "Non ho mai voluto essere il tuo sporco segreto, lo sapevi. Stavo cominciando ad abituarmi all'inevitabile esposizione. Ma quello che non posso fare è uscire con qualcuno che nega i propri sentimenti ogni singolo giorno". Ash abbassò lo sguardo. "Forse semplicemente non siamo destinate a stare insieme".

Ora sì, il cuore di Victoria si spezzò. Lo sentì, chiaro e forte.

"Non farlo". Le si avvicinò, fermandosi davanti a lei. "Sapevamo entrambe che non sarebbe stato facile".

"Tu lo sapevi più di me".

Era vero. Nessuno ti prepara davvero a ciò che comporta un legame con la corona. "So che è tanto da chiedere. Non stai solo uscendo con me". Le strinse le dita. "Stai uscendo con il futuro del paese".

Ash le rivolse il sorriso più triste del mondo, poi le baciò le nocche, con gli occhi velati.

Victoria sentì le costole stringersi attorno allo spazio vuoto dove prima c'era il cuore.

"Lo voglio davvero," sussurrò Ash. "Ti amo, ma sta influenzando tutto. Il mio allenamento. Il mio lavoro. Il mio equilibrio. Tuo padre mi ha detto che il suo "consiglio" non era un'opinione, era un ordine. E io non voglio inimicarmi Re e Regina, anche se sono innamorata della loro figlia. Forse dovremmo ascoltarli, raffreddare un po' le cose".

Victoria abbassò lo sguardo, cercando di nascondere le lacrime.

Avrebbe voluto gridare, ma doveva rispettare ciò che Ash sentiva.

"Se è davvero questo che vuoi...".

Il problema più grande? Victoria lo capiva. Ed era la cosa più difficile da accettare.

"Ci stiamo lasciando?" La sua voce era piccola, spezzata.

"Per ora, forse," mormorò Ash.

Si guardarono negli occhi.

Victoria memorizzò ogni dettaglio del viso di Ash: la pelle liscia, le sopracciglia marcate, le pagliuzze dorate nei suoi occhi verde mare.

"Sai, una volta ho detto ad Astrid che ti avrei invitata per... fare cose spinte su questo tavolo da biliardo. Era una battuta. Prima ancora di conoscerti".

Qualcosa cambiò nello sguardo di Ash.

"Davvero?" Fece un passo avanti, così vicina che Victoria poté sentirne il profumo. "Ti ricordi com'è andata poi?"

Prima che potesse rispondere, Ash la baciò con foga, e Victoria le cinse il collo, ricambiando con disperata intensità.

Si baciarono come se non ci fosse un domani – e forse non c'era davvero.

Victoria scacciò quel pensiero mentre Ash la spingeva dolcemente contro il tavolo. Le mani tremavano mentre cercavano i bottoni della camicia dell'altra.

"Qui?" sussurrò Ash contro il suo collo.

"Qui," confermò Victoria. "Ho bisogno di sentirti".

Si liberarono dei vestiti senza parole. Ash spinse Victoria contro il tavolo da biliardo, i bordi freddi contro il suo sedere mentre Ash si stringeva a lei. Le tracciò baci lungo la gola, sulla clavicola e più in basso.

Poi Ash si inginocchiò e guardò Victoria con uno sguardo d'amore così intenso che la fece morire. Senza fare troppe storie, affondò in lei con la lingua, leccandola da cima a fondo, girandole intorno come se non ne avesse mai abbastanza. Come se volesse rendere quella volta importante, imprimendola nel cervello di entrambe.

Ash strinse il sedere di Victoria, tirandola più vicino mentre la sua lingua le provocava ondate di piacere. Non ci volle molto perché i contorni del mondo di Victoria tremolassero, poi si confondessero. Gemeva mentre le sue viscere si infiammavano, poi finalmente si piegò sotto la deliziosa sferzata della lingua di Ash.

"Oh mio Dio, Ash", sussurrò Victoria, con le dita impigliate nei capelli di Ash. Poi tutto il suo corpo sussultò e si dissolse nel momento, cavalcando la splendida bocca di Ash. Tutto quello che avevano era adesso e lei lo avrebbe vissuto, per quanto la cosa la eccitasse e la devastasse allo stesso tempo.

Pochi istanti dopo, Ash tornò a dondolarsi sui talloni, baciando il corpo arrossato di Victoria. Quando la sua bocca si posò su quella di Victoria, calda e morbida, Victoria assaggiò se stessa, con un effetto inebriante.

Cercò di non concentrarsi su quello che sarebbe successo dopo. Voleva congelare il tempo, rimanere in quel momento. Era la futura Regina; perché non aveva almeno *quel* superpotere?

Ma quando guardò Ash negli occhi, sussultò. Erano umidi di lacrime e capì allora che anche lei si stava trattenendo a stento.

"Non è finita", disse Ash.

Si fissarono, sapendo che quelle parole avevano un doppio significato.

Ash sollevò Victoria sul tavolo da biliardo, che le sembrava ruvido sul sedere. Lei avvolse le gambe intorno alla vita di Ash, tirandola più vicino a sé.

I loro sguardi si unirono proprio mentre Ash le infilava due dita dentro. Quando toccò l'umidità di Victoria, lei emise un caldo gemito.

Victoria si spostò, si abbassò, poi mise entrambe le braccia intorno al collo di Ash. Accostò la bocca all'orecchio di Ash mentre la sua ragazza spingeva a fondo dentro di lei.

"Ti amo", ansimò.

Ash gemette di nuovo, poi la scopò più forte, proprio come piaceva a Victoria.

Mentre Ash si muoveva dentro e su di lei, Victoria gridò, senza curarsi di fare attenzione. Voleva gridare al mondo che quello era l'amore che meritava, quello che le era stato crudelmente portato via. Tutti avevano un'opinione su di loro, ma nessuno sapeva chi fossero e cosa provassero.

Se lo avessero saputo davvero, non avrebbero mai detto che non era perfetto.

"Guardami". Il respiro di Ash era caldo sul suo orecchio.

Victoria aprì gli occhi a forza.

L'intensità del suo sguardo le fece stringere il petto. La stava guardando con occhi affamati. Era quello che aveva sempre desiderato.

"Ti amo anch'io", disse Ash. "Non dubitarne mai".

Tutto accelerò, poi si confuse. Le mani e la bocca di Ash erano ovunque, la pressione cresceva all'interno. Victoria vide le stelle mentre veniva di getto, con il viso sepolto nel collo di

Ash, soffocando il suo grido contro la sua pelle. Le lacrime si mischiarono al sudore, non riusciva più a capire se fossero di piacere o di dolore.

Pochi istanti dopo, Victoria invertì le posizioni, infilò una mano tra le gambe di Ash e la scopò finché non si strinse intorno alle dita di Victoria, venendo con forza sul tavolo da biliardo proprio come aveva sempre sognato.

Solo che non era un sogno. Questa parte, forse, lo era, ma nel complesso la giornata era stata un incubo fatto realtà.

Il petto di Ash era arrossato mentre lottava per calmare il respiro.

Rimasero a fissarsi per qualche lungo istante, senza sapere cosa dire.

Poi, Victoria appoggiò la testa sul petto di Ash, ascoltandone il battito rallentare, fingendo che potessero restare lì per sempre. Ma la realtà tornò a farsi sentire.

"Forse dovrei andare". La voce di Ash era roca. "Prima che arrivi Truffle".

"Lo so". C'erano così tante cose da dire, ma allo stesso tempo, nessuna.

Victoria sfiorò con un ultimo bacio la clavicola di Ash, poi si sollevò a sedere. Si rivestirono in silenzio, lanciandosi occhiate furtive, ciascuna cercando di memorizzare l'altra.

Alla porta, Ash la attirò a sé per un ultimo bacio. Victoria le prese il viso tra le mani, asciugandole le lacrime con i pollici, sentendo il sapore dell'addio sulle labbra di Ash.

"Ti amo," sussurrò, perché cos'altro poteva dire? "E per la cronaca, sarai sempre la mia regina".

Ash annuì. "Non mi pentirò mai di nulla".

Victoria rimase immobile mentre Ash si allontanava, portandosi via il suo cuore.

Avrebbe voluto chiamarla, correre da lei, prometterle qualsiasi cosa, ma non poteva.

C'erano cose più grandi dell'amore.

Sollevò le tapparelle e il sole del pomeriggio inondò la stanza, illuminando lo spazio vuoto dove, fino a poco prima, c'era Ash.

Victoria si toccò le labbra, sentendo ancora quel bacio, e lasciò che le lacrime scorressero.

Capitolo 29

La settimana successiva Ash si buttò negli allenamenti, cercando di ignorare la stampa che seguiva ogni sua mossa. Sasha si era davvero dimostrata un'amica: aveva insistito per andarla a prendere nel parcheggio sul retro di casa sua, così da evitarle il tragitto quotidiano tra i giornalisti.

"Non so cosa sia successo, e se non puoi dirmelo, non importa. Ma quello che so è che ti serve un'amica, e io ci sono".

Ash l'aveva ringraziata senza dire una parola. Aveva ricevuto istruzioni precise dal Palazzo: non doveva parlare con nessuno. Non avrebbe fatto nulla che potesse peggiorare la situazione per Victoria. Solo pensare a lei, e al suo volto sconvolto quando Ash se ne era andata martedì, la faceva sentire come se l'anima si stesse sgretolando.

La notte si rigirava nel letto, ma aveva deciso di mettere da parte la situazione con delicatezza, chiuderla in una scatola e nasconderla. Non poteva parlarne con nessuno, quindi che senso aveva? Se ci avesse pensato troppo si sarebbe spezzata.

Da lì a Capodanno si sarebbe concentrata solo sul calcio: il campionato e la Champions League.

Come aveva sempre fatto.

Il suo obiettivo era resistere. Quando il calendario avrebbe segnato l'inizio dell'anno nuovo, avrebbe rimesso a fuoco tutto, con lo sguardo puntato sul Mondiale.

In quest'ottica, la sua decisione aveva senso.

Quel venerdì in particolare, i suoi tacchetti colpirono il campo con forza extra. Ogni contrasto era più duro del necessario, ogni scatto più veloce del solito. Incanalava tutto – il dolore, la rabbia, il cuore spezzato – in pura intensità fisica. Poi si era fermata più tardi, provando schemi fino a bruciare le gambe. E dopo, in palestra, fino a sentire le braccia tremare.

Qualsiasi cosa pur di esaurirsi abbastanza da non pensare a Victoria.

Quando l'allenatrice la chiamò da parte, Ash si aspettava un complimento per la dedizione.

Invece, le disse di prendersi qualche giorno di pausa. "Sei comunque sospesa per il rosso, quindi non giochi. Non so cosa stia succedendo nella tua vita privata, ma in tanti anni ho imparato che, dove c'è fumo, spesso c'è anche fuoco. Credo sia meglio se ti prendi una pausa un po' più lunga. Non verrai con noi per la partita di domenica, né per quella della settimana prossima". L'espressione di Jo si addolcì. "Qualunque cosa ti stia succedendo, affrontala. Parla con qualcuno. Qui c'è bisogno di te, ma solo quando sarai al cento per cento".

Quando tornò finalmente a casa, il suo appartamento le sembrò vuoto. Aveva appena chiuso la porta quando il suo telefono suonò: un altro avviso di notizie. Prima di guardarlo, controllò i messaggi. Non c'era nulla da Victoria. La portavoce della stampa reale, che l'aveva chiamata prima, le aveva detto chiaramente nessuna comunicazione. Nessun messaggio, nessuna telefonata. "Nel caso abbiano hackerato il telefono".

Aveva senso, ma non rendeva le cose più facili. Soprattutto con il loro addio sul tavolo da biliardo che le tornava continuamente alla mente.

Ash cliccò sulla notizia: *Ashleigh Woods NON giocherà sabato contro il West Ham a causa delle voci sulla relazione reale.* Emise un gemito e lanciò il telefono sul divano, poi ci si lasciò cadere accanto.

Non giocava per via del cartellino rosso ricevuto mentre cercava (e falliva, con grande ironia) di impressionare la sua ragazza. Ash voleva mandare un'e-mail per dire loro di informarsi bene, ma era abbastanza sicura che il Palazzo non avrebbe approvato. Faticava ancora a credere che, ormai, ogni sua decisione dovesse passare per l'approvazione reale.

Il citofono suonò. Si acciglò. Poi si ricordò che Marianne le aveva detto di aspettarsi un pacco coccola, dopo aver saputo della sospensione forzata. Ash non era sicura che, questa volta, dei sali da bagno e della cioccolata calda avrebbero curato i suoi mali.

Prese il citofono. "Sì?"

"Lesbica del cazzo!".

L'ennesimo insulto.

Ash premette la fronte contro il muro, troppo stanca per sentirsi ancora arrabbiata. Era stato così per tutta la settimana: insulti urlati, la stampa accampata fuori, i suoi genitori che ricevevano lettere di odio. Ma c'erano stati anche momenti positivi. L'intera strada dei suoi genitori aveva formato una barriera umana, scacciando i fotografi con tubi da giardino, scope e parole ad effetto. Sua madre l'aveva chiamata, la voce rotta dalla commozione, raccontando di come Julie, la vicina, avesse minacciato di liberare i suoi pastori tedeschi se non se ne fossero andati. Mai mettersi contro Julie.

Dire a sua madre della rottura era stato più difficile del previsto. "Oh, amore", aveva detto. "Ti prego, dimmi che non è per colpa nostra, per via degli attacchi. Tanto stanno già diminuendo, e noi possiamo reggerli. So quanto ci tenevi a lei".

"Non è per quello," l'aveva rassicurata Ash. "E hai ragione, ci tenevo davvero. Tanto. Ma sembra che siamo nel momento sbagliato e nel posto sbagliato".

Prese il telefono e aprì la sua app preferita per ordinare da mangiare. Scorse le opzioni. Il cibo italiano le ricordava Victoria, che adorava cucinarlo. Gli hamburger le riportavano alla mente quelli straordinari mangiati insieme in Scozia. Indiano? Cinese? Non aveva fame.

La bottiglia di whisky attirò la sua attenzione: un regalo di compleanno dello zio, ancora intatta. Si ricordò del Re che gliene aveva versato un bicchiere nel suo studio, poco prima di farle cadere il mondo addosso.

Ash aveva una settimana libera, senza alcuna meta. Sembrava il momento giusto come un altro.

Il citofono suonò di nuovo proprio mentre si versava il primo bicchiere. Lo ignorò, ma continuava a suonare con insistenza.

"Vaffanculo!" gridò, ormai senza più pazienza.

"Bel modo di salutare la tua migliore amica". La voce di Cam crepitò attraverso l'altoparlante. "Fammi salire. Ho portato del curry".

Ash quasi lasciò cadere il bicchiere, ma fece come le era stato detto. Quando aprì la porta, Cam sollevò la busta del cibo da asporto e una bottiglia di merlot.

"Vengo con dei regali".

"Ma abiti a tre ore di distanza". Ash era ancora sbalordita.

"E tu hai ignorato tutti i miei messaggi, e hai un disperato bisogno di un'amica". Le diede un bacio sulla guancia, poi andò in cucina. C'era stata tante volte, sapeva dove mettere le mani. "Direi che arrivo proprio in tempo". Fece un cenno verso il whisky sul bancone.

"Ne ho diritto".

"Certo che sì. Solo che non è da te bere durante la stagione".

Ash sapeva che era vero. Aveva regole ferree.

Aveva.

"Questa non è una stagione normale".

Pochi minuti dopo erano sedute sul divano di Ash, con i contenitori del cibo sparsi sul tavolino in stile anni Cinquanta. Cam le porse un piatto, poi cominciò a servirsi.

"Muoio di fame, e il traffico era il solito del venerdì sera". Le lanciò uno sguardo preoccupato. "Ho preso pollo tikka bhuna, biryani di gamberi, spinaci e patate, lenticchie con aglio, riso e naan all'aglio. Ho fatto bene?"

"Perfetto".

"Ottimo". Cam assaggiò un boccone e annuì. "Non è buono come quello del nord, ovviamente, ma accettabile per il sud". Sorrise. "Mangia qualcosa, per favore. Poi raccontami che succede, signorina cartellino rosso".

Ash posò il piatto e bevve un sorso di whisky. Bruciava mentre scendeva, proprio come le sue guance al ricordo del cartellino rosso.

"Non lo so, Cam". Raccontarlo all'allenatrice era stata una cosa, dirlo alla sua migliore amica era tutt'altra. "Quel weekend è stato troppo. Ho perso il controllo".

"Non ti ho mai vista giocare così. Eri spericolata. Avresti potuto farti male sul serio, o far male a Sloane. Sei fortunata che stiate bene entrambe".

Annuì. "Lo so". Il ricordo la spaventava ancora. "È per questo che la coach mi ha messo in pausa. Per rimettere la testa a posto".

"Jo è molto saggia". Era stata la manager di Cam quando giocava nel Sunderland e Cam non aveva altro che elogi per lei.

"Ma lasciamo stare il calcio. Parliamo della notizia che è sulla prima pagina di ogni giornale e sito web. Non avrei mai immaginato di vedere la vita sentimentale della mia migliore amica ovunque. Ne parlavano perfino al telefono aperto su Radio Five Live".

Ash chiuse gli occhi. Di solito spegneva quei programmi, perché attiravano sempre gente esaltata. "Che hanno detto?"

"Le solite cose. A metà di loro non poteva fregare di meno; gli altri hanno detto che andrai all'inferno, insieme a tutti quelli coinvolti in quello sport del diavolo che è il calcio femminile".

"Buono a sapersi".

"Ma io ti conosco e so la verità. Almeno, in parte. Vuoi aggiornarmi?"

Ash sentiva una stretta al petto da tutto il giorno, e la dolce preoccupazione di Cam peggiorava solo la cosa. Il whisky non dava l'aiuto che sperava, al contrario, stava sciogliendo tutto quello che aveva cercato di reprimere. Le parole cominciarono a salirle in gola, pericolose e sincere. Per tutta la settimana aveva mantenuto la faccia seria, aveva resistito, era rimasta forte. Ma lì, sul divano color ruggine, accanto alla sua amica più cara, era solo Ash.

E Ash stava per crollare.

"Sai cosa è successo. Mi sono innamorata della donna sbagliata, nel momento sbagliato. E lei di me". Trasse un respiro profondo. "Ci è stato ordinato di lasciar perdere, dal Palazzo". Si prese la testa fra le mani.

"Dal Palazzo? Ma cos'è, *The Crown*?"

Ash sbirciò tra le dita. "Non ci vai molto lontana. Ho accettato, perché cos'altro potevo fare? E poi c'è la mia carriera. Proprio quest'anno, più che mai, non posso permettermi di mandare tutto a rotoli".

Con orrore, si accorse che le stavano scendendo le lacrime. In vent'anni di amicizia, non aveva mai pianto davanti a Cam.

"Ma io…" Bevve un altro sorso. Sapeva di sbagliato, ma finì comunque il bicchiere. Tirò su col naso, poi prese il fazzoletto che Cam le porse con un gesto leggero.

"Non mi sono mai sentita così prima d'ora. Ma quanto sono stupida, davvero? Innamorarmi della futura regina? Come pensavo che sarebbe finita? Male, ovviamente". Si soffiò il naso, poi si asciugò gli occhi.

"Sai qual è la parte più patetica? C'era un ballo. Un vero ballo, come nelle favole. Io sarei andata come accompagnatrice di Victoria, in smoking. Solo che la vita vera non è una favola, a quanto pare".

Prese il telefono, poi lo posò. "Ho la testa in disordine. Continuo a sperare in un suo messaggio, ma non arriva mai. Sono passati solo tre giorni. Su tutti i notiziari, i siti sportivi, le pagine di intrattenimento – in realtà, *ovunque* – ci sono tonnellate di persone che esprimono la loro opinione su di noi, anche se non c'è nessun 'noi'".

Cam si avvicinò, prese il telefono di Ash e lo infilò sotto un cuscino. "Non usare il telefono. Non puoi mandare messaggi a Victoria e leggere i commenti su Internet non ti porta da nessuna parte. Lo sai".

"Non ho nemmeno controllato cosa dice la comunità del calcio femminile". Lì c'era sempre tanto da dire, soprattutto sulla vita privata delle giocatrici.

Cam masticò il boccone prima di rispondere. "Dovresti farlo. Quello è l'unico angolo di internet davvero solidale. Tutti pensano che sia fantastico che Victoria vada a letto con una Royal Raven, ovviamente".

Ash aggrottò le sopracciglia, poi si lasciò cadere sul divano. "È solo che mi manca, Cam. Mi manca il nostro rapporto".

"Ci vorrà tempo per superarlo".

"È questo il punto: io non voglio superarlo. Ma allo stesso tempo non c'è modo di starci dentro".

"Allora devi trovare un modo per aggirarlo," le disse Cam. "Vi siete lasciate?"

Ash alzò le spalle. "Non ufficialmente, ma quasi. Ho detto a Victoria che dovevo concentrarmi sulla carriera e che questa storia era una distrazione". Ora rabbrividiva al ricordo delle sue parole.

E anche Cam fece una smorfia. "Come l'ha presa?"

"Abbiamo fatto sesso su un tavolo da biliardo". Almeno quel ricordo la fece sorridere.

"Un modo come un altro per cercare di sistemare le cose".

Ash sospirò. "È tutto così confuso. La amo, ma tutti odiano l'idea di noi due. E poi ho un lavoro da fare, e non credo di riuscire a farlo bene mentre sto con una principessa". Questo le diceva la sua parte razionale. "Ma il mio cuore la vuole. Disperatamente. Non riesco a credere di essere andata via senza combattere di più. È questo che mi sta consumando".

Cam le accarezzò la schiena. "Il Palazzo ti ha detto di lasciar perdere. Cos'altro avresti potuto fare?"

"E se fosse lei quella giusta, Cam, e io avessi fatto un errore enorme? Se il tempo passasse, e fossimo ancora infelici, ma senza poter fare nulla per cambiare le cose?"

"Allora forse è quello il segnale per lottare per cambiare le cose".

Ash si era tirata indietro al primo segnale di pericolo. Dubitava di riuscire a sopportare una cosa del genere a lungo.

"La gente pensa che io abbia 'corrotto' la principessa. È pura omofobia. Come se fosse quello che facciamo: restare in agguato e saltare addosso al primo membro della famiglia reale che capita". Si fermò. "Un'altra che ho sentito è che faccio parte di un complotto socialista per distruggere la monarchia dall'interno".

"Che vadano tutti a quel paese," rispose Cam. "Sei una delle persone migliori che conosco, Ash. Per come la vedo io, è come un infortunio. Ti stende all'inizio, ma poi ogni giorno fai piccoli cambiamenti, lavori verso un obiettivo più grande, e alla fine torni. Diversa, cambiata per sempre, ma a volte anche migliore di prima".

Ash sapeva che Cam aveva ragione. Non poteva controllare la situazione, per quanto lo desiderasse. Le cose dovevano andare come andavano, che le piacesse o no.

"Lo so che hai ragione. Devo solo concentrarmi sulla forma fisica e sul calcio. Cercare di dimenticare com'è quando mi sorride. Fingere di non essere innamorata di una persona che non potrò mai avere davvero. Ma mi dà fastidio non poter giocare o nemmeno allenarmi per tutta la settimana".

"Forse è meglio così," disse Cam. "Hai giocato con troppa rabbia".

"Lo so". Ash chiuse gli occhi. "Mi manca da morire. È da pazzi? Non è nemmeno passata una settimana".

Cam la tirò a sé in un abbraccio, e stavolta Ash si lasciò andare. "Non è da pazzi. È amore. Quello vero, quello che fa male perché conta davvero".

Ash affondò il viso nella spalla dell'amica, e finalmente si lasciò andare e pianse per davvero. Per tutto ciò che avrebbero potuto essere, per tutto ciò che non sarebbero mai state.

Capitolo 30

I tacchi di Victoria risuonavano contro il pavimento lucido del centro per senzatetto queer, l'eco rimbalzava sui muri coperti di murales arcobaleno e manifesti con frasi d'incoraggiamento. La sua scorta rimaneva a distanza, su sua richiesta, lasciandole spazio ma mantenendo la vigilanza.

All'interno, le pareti vibravano di vita: musica in sottofondo, una risata lontana, il sibilo di una padella in cucina.

"I ragazzi sono emozionati di vedervi oggi". Era David, il responsabile del centro, con i capelli tinti come un arcobaleno. Chissà cosa avrebbero detto nei commenti del *Daily Mail* se anche lei avesse fatto lo stesso. Magari almeno avrebbero smesso di dire che non poteva essere queer perché aveva i capelli lunghi e le unghie smaltate di rosa.

Si possono avere i capelli lunghi e lo smalto rosa, e allo stesso tempo andare a letto con le donne.

Victoria ne era la prova vivente.

Negli ultimi due mesi si era trascinata a ogni evento: le noiose visite alle fattorie lattiero-casearie, i tagli dei nastri negli ospedali, le riunioni strazianti della FA in cui tutti facevano finta di non sapere di Ash.

Questa, però, sembrava reale. Importante.

Un gruppo di adolescenti era ammassato vicino a una

porta, cercavano di sembrare disinvolti e stavano fallendo clamorosamente. Una ragazza dai capelli rossi rasati e vestiti troppo grandi incrociò lo sguardo di Victoria, poi si affrettò a distoglierlo.

Victoria riconobbe quello sguardo: un misto di speranza e diffidenza, nato da troppe delusioni. Ecco perché aveva lottato tanto per questo progetto. Il primo di quelli che sperava sarebbero stati molti centri: spazi sicuri per i ragazzi cacciati di casa solo per essere chi erano. Letti, supporto psicologico, istruzione e, soprattutto, accoglienza.

"Siamo già al limite della capienza", disse David a bassa voce. "Quaranta letti e una lista d'attesa che continua a crescere".

Victoria annuì, con un nodo in gola. "Allora ne costruiremo altri". Non era una cosa che diceva alla leggera, era una promessa.

Un timer suonò dalla cucina, seguito dal profumo di qualcosa che cuoceva in forno. Odori di casa. Quel tipo di conforto semplice e quotidiano che a quei ragazzi era stato negato.

"Volete conoscere tutti?" David fece un gesto verso il gruppo. "Sono nervosi, ma spero che si aprano e raccontino le loro storie".

Nel salone principale c'era un grande albero di Natale in un angolo, con una pila di regali già impacchettati sotto. Il suo staff aveva organizzato tutto per farli arrivare in settimana, così che ogni ragazzo avesse un dono da scartare il giorno di Natale.

Victoria non riusciva nemmeno a immaginare cosa volesse dire svegliarsi la mattina del 25 dicembre senza la propria famiglia, a quell'età.

Gli adolescenti si accalcarono davanti alla porta, pronti a stringerle la mano.

"Lei è Maya, Vostra Altezza". David fece un gesto verso la ragazza dai capelli rossi che l'aveva colpita poco prima.

Victoria aveva un occhio di riguardo per le rosse, perché suo fratello diceva che erano sempre le più ignorate.

"Ha quindici anni ed è arrivata al centro ieri".

"Chiamatemi Victoria, datemi del tu" disse a entrambi.

David arrossì. "Victoria".

Maya abbassò lo sguardo, e i suoi capelli ramati rifletterono la luce dei neon. Quando Victoria le strinse la mano e si sedette, Maya la osservò con attenzione: prima sorpresa, poi incuriosita.

"Quindi esisti davvero. Ho sempre pensato che potessi essere un'invenzione," mormorò. "Soprattutto ora che hai fatto coming out".

Dritta al punto, senza giri di parole.

Ma in realtà, Victoria trovò il suo modo di fare quasi rincuorante.

Maya non aveva neanche l'ombra di quella indignazione che Victoria aveva sentito sussurrare tra i corridoi del Devonshire e nel suo giro abituale.

"Che bello rivederti qui, dopo quelle voci orribili che sono girate," le aveva detto Alicia, una vecchia compagna di scuola, la settimana prima al club, quando Victoria si era presentata con Dexter. "Davvero, la gente non ha di meglio da fare che spargere pettegolezzi squallidi, tipo che stai con una *calciatrice*". Aveva pronunciato l'ultima parola come se fosse una malattia. "Come se questo potesse mai accadere".

Un'altra conoscente, invece: "Solo per dirti, io non ci

credo neanche un po'. Dexter, forse. Ma tu con una donna? Ok principessa dei rigori, ma principessa lesbica? Ma dai".

Nel ventunesimo secolo, l'omofobia e lo snobismo erano ancora vivi e vegeti.

I pettegolezzi avevano certamente evidenziato chi fosse effettivamente amico di Victoria e chi no. Alcuni inviti natalizi che riceveva ogni anno non erano mai arrivati. Non importava che fosse l'erede al trono: in certi ambienti, contava chi amavi. E Victoria era grata di averlo scoperto. Forse era il momento di costruirsi dei nuovi giri. Magari Maya poteva far parte di uno di questi.

Il pensiero le strappò un sorriso interiore. Lei e Maya avevano più in comune di quanto pensasse.

Magari in un'altra vita.

"Non sapevo fossi queer," disse ancora Maya, quasi in un sussurro. "Quando l'ho scoperto mi ha fatto piacere. Mi ha fatta sentire... capita".

Victoria sentì salire alla gola l'istinto di negare: la risposta automatica, studiata, a protezione di se stessa. Ma quando incrociò lo sguardo di Maya, ancora segnato dal dolore per il rifiuto dei genitori, non ce la fece a mentire.

Non lì.

Non in quel momento.

Maya meritava di più.

Anzi, Victoria meritava di più.

"Non racconto tutto a tutti. Perché, come forse hai capito, non tutti vogliono ascoltare".

Si mise a giocherellare con i jeans, anche se non c'era nulla da sistemare. Era contenta di averli indossati. Tanya glielo aveva suggerito per sembrare più vicina ai ragazzi.

Ma forse la cosa più autentica era che... lei era davvero una di loro.

Il pensiero le si fece strada nella mente all'improvviso.

Era una di loro. Anche lei faceva fatica a vivere la propria vita per via delle aspettative della famiglia.

"Almeno tu non rischi di finire per strada".

Victoria sentì una stretta al petto.

Sì, era una di loro, ma fino a un certo punto.

"No," rispose, "ma anche questo ha un prezzo. E non dovrebbe. Niente di tutto questo dovrebbe succedere. Né a te, né a nessun altro". Le parole sembravano inadeguate rispetto al peso dell'esperienza di Maya, rispetto a tutto il dolore presente in questa stanza.

Quando Victoria guardò gli altri adolescenti, però, si rese conto che poteva fare qualcosa, e se lo avesse fatto, le increspature che avrebbe creato avrebbero potuto incoraggiare il cambiamento. Di solito Victoria non si tirava indietro di fronte a una sfida. Perché lo aveva fatto proprio con Ash?

Fuori, nel cortile sul retro, il sole invernale allungava le ombre sul cemento fresco. Qualcuno aveva usato delle giacche per costruire due porte, e una partita era già cominciata: caotica, allegra, libera.

"Non immagini nemmeno quanto il centro abbia cambiato le cose," disse David, infilando le mani nei pantaloni gialli – David era un vero fan dei colori – e socchiudendo gli occhi per la luce. Era il giorno più corto dell'anno, ma il sole faceva del suo meglio. Victoria aveva parlato davvero con Ash per la prima volta proprio il giorno più lungo dell'anno, a giugno. Sei mesi che avevano stravolto la sua vita. E non aveva intenzione di far finta che non fossero mai esistiti.

"Alcuni di questi ragazzi vivevano in strada, senza nessuno a cui rivolgersi. Ora li stiamo aiutando, sia sul piano fisico che mentale. Dovresti essere davvero orgogliosa di aver fatto partire questo progetto. Senza di te, i fondi non sarebbero mai arrivati," aprì le mani, "e questi ragazzi non avrebbero un tetto sopra la testa. E poi… stanno condividendo le loro esperienze. Non si sentono più soli. Ed è meraviglioso".

Victoria conosceva bene quella sensazione. L'aveva quasi soffocata nei due mesi trascorsi a vagare per casa, cercando di non immaginare Ash nella sua cucina, con un caffè in mano e una risata leggera, o nuda tra le sue lenzuola, con quello sguardo che le diceva di avvicinarsi.

I suoi genitori erano troppo presi, come Michael, che sembrava impegnato a far festa il più possibile.

"Sono felice di aver potuto fare qualcosa di buono". Un pallone rotolò verso di lei, e Victoria, d'istinto, lo fermò con il piede. Un gesto fluido, naturale.

"Hai fatto pratica con la tua ragazza, eh!" urlò un ragazzino, ridendo.

Il ricordo la colpì dritto allo stomaco: Ash alla FA, paziente e attenta, che le mostrava come sistemare il corpo per tirare un rigore. Il calore delle sue mani che la guidavano. L'elettricità che correva tra loro.

Victoria fece un respiro profondo e cercò di soffocare le lacrime. La mattinata era stata bella. Non voleva rovinarla con i suoi drammi personali.

"Posso usare il bagno prima di andare via?"

David annuì. "Ti porto nella sala dello staff".

Una volta dentro, sapendo che sarebbe stato l'unico momento di solitudine della giornata – più tardi avrebbe dovuto andare al concerto di Natale con la famiglia a Westminster Abbey, espirò a fondo e cercò di ricomporsi. Quella visita le era arrivata dritta al cuore. Troppo personale, ma era felice di esserci andata.

Si guardò allo specchio. In alto a sinistra c'era un adesivo arcobaleno. Forse era proprio quello che serviva anche al suo bagno, per tirarsi su di morale.

Un flash le attraversò la mente: lei e Ash contro il muro del bagno, spinte dal desiderio.

Poi, loro due nella vasca, a promettersi il mondo. Victoria chiuse gli occhi e respirò profondamente.

Il telefono vibrò nella borsa.

Quando lo prese in mano, il nome della nonna illuminava lo schermo.

> Tesoro, come stai? Tua madre mi ha detto che tu e Ash vi state prendendo una pausa. Volevo che sapessi che mi piaceva molto. Stavate bene insieme.

Sua nonna lo sapeva?

> Lo sapevi?

La risposta arrivò subito, con le parole della nonna che portavano decenni di saggezza.

> Certo, cara. Non sono nata ieri e non sei la prima persona gay che incontro. O si dice queer adesso? Non riesco a tenere il passo. Comunque, io so riconoscere l'amore quando lo vedo. E tra voi due si vedeva benissimo.

Una lacrima solitaria rigò la guancia di Victoria: quelle parole l'avevano colpita nel profondo.

Se la nonna poteva accettarlo, sicuramente lo potevano fare anche i suoi genitori e il mondo intero.

Senza dire nulla, Tanya fece segno all'autista di dirigersi al drive-through di un McDonald's, urlando l'ordine d'emergenza di Victoria: doppio cheeseburger, patatine, milkshake al cioccolato. Parcheggiarono in un angolo remoto del parcheggio del centro commerciale, lontano da occhi curiosi, con i vetri oscurati dell'auto che offrivano una rara privacy.

"Non so più cosa sto facendo, Tan," sussurrò Victoria, portandosi delle patatine alla bocca con mani tremanti. L'ammissione rimase sospesa nell'aria, semplice e devastante. "Hai preso il ketchup?"

"Ovviamente". Tanya staccò la linguetta d'alluminio della porzione e gliela porse. Quel piccolo gesto di gentilezza bastò a farla scoppiare di nuovo in lacrime. "Non ce la faccio più a vivere così. A guardarla in TV, a non parlarle, a far finta che tutto sia normale. A fingere di non amarla, quando invece la amo".

Aveva provato a reprimere tutto, ma era stato inutile.

"Allora perché te ne sei andata?" La voce di Tanya era dolce, senza ombra di giudizio.

"Non sono stata io". La voce di Victoria tremava. "È stata Ash. Dopo che la mia famiglia l'ha… *spinta* un po'. Ma io? Io quando comincerò a vivere? Volevo solo andare al ballo di Capodanno con lei al mio fianco. Come fanno le principesse nelle favole. Voglio vivere la mia favola".

Un'ora dopo, Victoria era a casa.

Da sola.

Sentì la porta d'ingresso sbattere, poi dei passi sul parquet. Quando alzò lo sguardo, Michael era sulla soglia.

"Il figliol prodigo è tornato". Non lo vedeva da più di una settimana. Tutti i suoi discorsi sul "ci siamo dentro insieme" erano caduti nel dimenticatoio quando le cose si erano messe male. Non era una cosa che avrebbe dimenticato.

Però, quella sera, c'era qualcosa di diverso nel suo aspetto. Sembrava provato. La cravatta allentata, i capelli spettinati. Sembrava non dormisse da giorni.

Si avvicinò e si sedette. Poi le prese le mani e la guardò negli occhi. Puzzava come se avesse fatto un bagno nell'IPA.

"Non ce la faccio più, Vix. Sono stato io". Abbassò la testa.

Lei capì subito a cosa si riferiva. Probabilmente lo sapeva da quando era successo, ma aveva spinto via quel sospetto insieme a tutto il resto. Ora però doveva finire, tutto quanto. Non faceva bene a nessuno.

Eppure, voleva sentirglielo dire.

"A fare cosa?"

"Ho detto al giornalista di te e Dex, di te e Ash. Me lo sono lasciato sfuggire mesi fa. Pensavo che l'avessero dimenticato, ma invece stavano costruendo l'articolo dietro le quinte. Mi dispiace tanto. Ero ubriaco e probabilmente un po' geloso, come mi ha fatto capire Astrid. Tu hai trovato Ash, ed era fantastica. Persino la tua finta relazione con Dexter era meglio di qualsiasi cosa io sia riuscito a combinare. Mi dava fastidio".

Victoria si alzò a sedere. "Astrid?"

Si passò una mano tra i capelli. "Sono stato in Svezia questa settimana. Per evitarti. Mi ha messo alle strette e non si è fermata finché non ho spifferato tutto. Mi ha convinto che dovevo dirtelo". Alzò una mano. "Ma l'avrei fatto comunque".

"Davvero? O avresti continuato a viaggiare e ad ubriacarti per tutto l'anno prossimo?"

"No! Mi sentivo una merda. Mi ha chiesto direttamente di parlarne quella sera che ho visto te e Dex al Club. La mattina dopo non me ne sono nemmeno ricordato finché non ho visto i titoli dei giornali. E ho cominciato a odiarmi. Il Palazzo è entrato in modalità negazione totale, tu e Ash vi siete lasciate, e io non riuscivo nemmeno a guardarti in faccia. Non volevo rovinarti tutto. Davvero".

La sua confessione uscì di getto. Poi promise di fare meglio, di essere il fratello che lei meritava: parole che aveva già sentito tante volte.

"Le parole costano poco, Michael. Sono i fatti che contano. Dicevi che eravamo dalla stessa parte, ma alla fine non era vero".

La rabbia, però, svanì veloce com'era arrivata. Era più delusa che arrabbiata.

"Sei una vergogna per la famiglia. Guardati". Indicò i suoi pantaloni, con una macchia ben visibile sul davanti. "Datti una regolata prima che sia troppo tardi. Forse allora qualcuno ti amerà. Ma finché non ti ami tu per primo, non succederà". Lei alzò il mento, fiera. "E sai una cosa? Forse mi hai fatto un favore, mi hai dato il tempo di capire cos'è che voglio davvero. Voglio Ash. Forse è arrivato il momento di lottare per lei".

Quando si alzò, suo fratello la guardò dal basso, piccolo. Non aveva alcuna voglia di consolarlo, di dirgli che andava tutto bene, che lo perdonava.

Perché non era così. Lo sarebbe stato, col tempo, ma non ancora.

Nella sua stanza, l'eco di Ash era soffocante. Victoria si

tolse le pantofole, sprofondò nella sua poltrona preferita e tirò fuori il telefono. Digitò un messaggio per Ash.

Il suo pollice rimase sospeso sul pulsante verde, ma poi cancellò il messaggio, carattere per carattere.

Era stata Ash a mettere fine a tutto.

Se dovevano riprovarci, doveva essere lei a fare il primo passo. Perché era lei ad avere di più da perdere.

Non poteva essere Victoria a fare la prima mossa.

Anche se lo desiderava con tutta se stessa.

Capitolo 31

L'aereo tagliava i cieli grigi di dicembre, lasciandosi alle spalle Londra e i suoi fantasmi. Ash premette la fronte contro il finestrino freddo, osservando la città rimpicciolirsi fino a scomparire sotto le nuvole. Accanto a lei, Marianne sfogliava una rivista, lanciandole di tanto in tanto occhiate preoccupate. Era stata l'agente a proporle quel viaggio, per cercare di tirarla fuori dal torpore, ma Ash dubitava che qualche bicchiere di vin brûlé potesse curare qualcosa.

Tre ore dopo, a Monaco, il mercatino di Natale si stendeva davanti a loro come un mare di luci scintillanti e bancarelle in legno. L'aria era frizzante, intrisa dell'odore di castagne arrostite e vino speziato. Avrebbe dovuto sembrare magico. Invece, Ash si sentiva vuota, presente solo fisicamente. La settimana prima le avevano riservato posti a bordo campo per una partita speciale tra USA e Resto del Mondo a Londra. Nemmeno vedere così da vicino quegli atleti al massimo della forma era riuscito a sollevarle il morale.

Le sue prestazioni in campo negli ultimi due mesi erano state passabili, ma niente di più. Alcuni l'avevano definita "meccanica" (e questo aveva fatto male), priva della gioia che aveva sempre contraddistinto il suo gioco. I suoi assist e i suoi gol non ne avevano risentito più di tanto, ma il suo solito zelo calcistico sì, e le sostituzioni erano ormai una consuetudine per lei. Nella comunità del calcio femminile le speculazioni si sprecavano. C'era chi parlava di stanchezza, chi attribuiva tutto al misterioso allontanamento dalla Principessa Victoria. Ash aveva perfezionato la sua risposta: "Eravamo amiche, collaboravamo per il bene del calcio". L'aveva ripetuto talmente tante volte da poterlo dire nel sonno, ma mentire non diventava mai più facile.

Lei e Marianne trovarono un angolo tranquillo in una birreria accogliente, lontano dai turisti. Arrivarono piatti fumanti di schnitzel e alte pinte di birra di frumento. Marianne aspettò che Ash avesse dato qualche morso prima di iniziare il suo interrogatorio.

"Cosa c'è all'orizzonte, Ash? Hai superato la prima metà della stagione, nonostante tutto. Hai passato anche l'ultimo raduno con l'Inghilterra. Ma l'anno prossimo c'è il Mondiale, e io voglio una cliente felice, sorridente. Così come la vuole il Paese. Qualcosa deve cambiare".

Ash spingeva avanti e indietro l'insalata di patate nel piatto. "Che c'è da dire? Segno e faccio assist, e Gill mi ha assicurato che, salvo infortuni, andrò ai Mondiali".

"E come ti senti?"

La scrollata di spalle fu automatica, un meccanismo di difesa perfezionato in settimane di schivate. Ma quella era Marianne, che l'aveva seguita nei suoi successi e nei momenti più duri.

"Come mi sento non conta. Prima viene il calcio. Non c'è spazio per altro. Non in questa stagione".

"Sono passati due mesi, Ash. Sei infelice. Devi chiedertelo: vuoi riprendere la relazione con Victoria?"

Ash bevve un lungo sorso di birra, lasciando sedimentare la domanda. Quando parlò, la sua voce era appena udibile sopra la musica natalizia. "Non importa". Colpì lo schnitzel con la forchetta. "Ho preso una decisione. Devo restare concentrata. Stare con lei mi distraeva".

"È non stare con lei che ti distrae".

Quelle parole la colpirono in pieno.

"Voglio che tu sia felice. Non stai giocando con amore. E per ritrovare quell'amore in campo, devi sistemare il cuore fuori dal campo".

Fuori, cominciò a nevicare, ricoprendo le bancarelle del mercato con un velo bianco. Finirono il pasto, poi si persero tra la folla, fermandosi di tanto in tanto a guardare decorazioni artigianali o assaggiare dolci locali. Ash comprò qualche regalo per la famiglia, anche se lo spirito natalizio non la toccava davvero. L'atmosfera festiva sembrava irreale, in contrasto con il peso della conversazione.

"E se fosse impossibile?" chiese infine Ash, dando voce alla paura che la tormentava da quando se n'era andata.

Marianne sorrise, catturando un fiocco di neve con il guanto. "Mi piace pensare che nulla sia impossibile, se riesci a immaginarlo. L'unica cosa che può impedirlo sei tu".

Più tardi, nella sua camera d'hotel, Ash scorreva il telefono. Il gruppo WhatsApp della squadra era pieno di piani per le vacanze: alcune tornavano a casa, altre volavano verso spiagge assolate. Nessuno parlava del Ballo di Capodanno a Palazzo, perché nessun'altra ne era al corrente. Ash l'aveva segnato sul calendario appena Victoria gliene aveva parlato. Forse avrebbe dovuto fare come diceva Marianne: immaginare di entrare con Victoria al fianco, ballare con lei sul pavimento della sala, guancia contro guancia.

Sarebbe stata una vittoria più grande di tutte le partite di Champions che avevano vinto, e che le avevano portate in cima al girone con l'anno nuovo alle porte. Nemmeno le recenti vittorie in campionato delle Ravens le davano gioia: avevano vinto non grazie a lei, ma nonostante lei.

La pausa invernale si apriva davanti a lei: due settimane di libertà dal campo, dalla stampa, da tutto. Natale con la famiglia, poi forse Capodanno con Cam a Manchester. Qualsiasi cosa pur di non pensare a dove voleva essere davvero.

Aprì la galleria, scorrendo le immagini finché ne trovò una scattata poco prima. Era davanti a un enorme albero di Natale al mercato, le lucine riflesse nei capelli, un sorriso vero sul volto per la prima volta da settimane. Le dita si mossero da sole, aprendo un nuovo messaggio per Victoria.

'Tutto quello che voglio per Natale sei tu,' digitò, allegando la foto.

Il pollice le tremava sopra la freccia verde dell'invio, il cuore le batteva forte. Fuori dalla finestra, Monaco scintillava sotto un manto di neve, una cartolina natalizia vivente. Da qualche parte a Londra, Victoria probabilmente si preparava per l'ennesimo impegno reale, circondata da doveri familiari e aspettative.

Ash fissò il messaggio non inviato finché lo schermo si spense. Sarebbe stato così facile premere quel tasto, fare quel primo passo. Ma poi? Le loro vite sarebbero diventate un circo.

Aveva ragione Marianne? Nulla è impossibile, se riesci a immaginarlo. E Ash adesso poteva immaginarlo: stare fiera accanto a Victoria, niente più nascondigli, niente più finzioni.

Tornare a giocare con gioia, con il cuore pieno dentro e fuori dal campo.

Ma non premette invio. Invece, chiuse il telefono, lo mise da parte e si sdraiò, ascoltando il suono lontano delle risate che salivano dal bar sottostante.

Capitolo 32

La porta della cucina si spalancò proprio mentre Victoria versava la pastella nella padella bollente. Era la mattina di Natale, e si era svegliata con la determinazione di iniziare la giornata con qualcosa che potesse tirarle su il morale. Aveva già detto ai suoi genitori che non sarebbe andata alla messa nell'Abbazia di Westminster, e loro l'avevano accettato senza troppe storie. Anche loro, ormai, sceglievano le proprie battaglie.

Victoria aveva optato per una nuotata in acqua fredda per schiarirsi le idee. Aveva fatto metà del suo lavoro. Il passo successivo del suo piano per tirarsi su di morale erano i pancake. Non avevano alcun legame con Ash, e il loro chef le aveva portato un barattolo di sciroppo d'acero da un recente viaggio in Canada che implorava di essere usato. Quella giornata sarebbe stata difficile dall'inizio alla fine, il minimo che potesse fare era iniziarla con qualcosa che voleva.

Michael fece il suo ingresso barcollando, con addosso dei pantaloni della tuta e una maglietta dei Ramones chiaramente molto vissuta. Almeno era tornato a casa la sera prima, che già era un miglioramento rispetto agli ultimi tempi. Tuttavia, aveva ancora gli occhi rossi, segno inequivocabile che era stato fuori fino a tardi.

"Buongiorno e buon Natale". Victoria riempì la macchina del caffè con l'acqua. Prese il barattolo del caffè, ne mise qualche cucchiaino nella macchina e avviò l'erogazione. Quando rialzò lo sguardo, Michael era seduto su uno sgabello dell'isola. "È questa la famosa svolta di cui parlavi?" Fece un gesto vago con la mano. "Perché da dove sono io, somiglia moltissimo alla versione vecchia". Tornò a occuparsi dei suoi pancake. Non gli avrebbe permesso di rovinarle l'umore.

"Possiamo stabilire una tregua per il giorno di Natale?" Disse Michael. "Ieri sera è stato il mio canto del cigno. Sto davvero cambiando. Sarò sobrio al ballo di Capodanno, e non berrò neanche oggi".

"Vuoi una cazzo di medaglia?" Le parole uscirono taglienti, più veloci dello sfrigolio della pastella in padella. Si voltò verso di lui. "Ci crederò quando lo vedrò".

Il suo telefono giaceva a faccia in giù sul piano di marmo, e non aveva intenzione di toccarlo. L'unica persona che voleva sentire non voleva parlare con lei.

Aveva visto Ash giocare in Champions League quella settimana, incapace di distogliere lo sguardo pur sapendo quanto avrebbe fatto male. Il cuore le si era spezzato quando l'aveva vista muoversi in campo, così elegante. Si era ritrovata ad allungare una mano verso lo schermo, come se potesse toccarla, come se potesse dirle quanto le mancava. Ma non poteva. La distanza tra loro sembrava più grande che mai.

Girò il pancake, il primo si ruppe come sempre. Aveva imparato quella ricetta guardando video su YouTube a tarda notte, nel suo appartamento universitario, quando poteva ancora far finta di essere normale. La memoria muscolare era rimasta: la giusta consistenza della pastella, la temperatura della padella, il momento esatto per girarlo. Piccole vittorie in un mondo in cui così poco sembrava sotto il suo controllo.

"Mi dispiace davvero," provò di nuovo Michael. "Ti ho comprato un regalo di Natale".

Lei si voltò di scatto, lanciandogli uno sguardo di fuoco. Credeva davvero che un regalo potesse sistemare tutto?

"Oggi sarò civile con te, perché è Natale e perché c'è la nonna". Versò altra pastella nella padella. "Ti darò persino un pancake, perché ne ho abbastanza, e perché ho questa stupida necessità di prendermi cura di te. Colpa dei miei geni".

Michael sorrise a quella frase.

"Ma non ti perdonerò finché non farai qualcosa per dimostrarmi che ti importa. Che sei cambiato. Condividiamo una vita e due genitori che nessun altro può davvero capire. Avevo bisogno del tuo sostegno nel momento più difficile della mia vita, e tu hai peggiorato tutto. Non puoi semplicemente dire 'scusa' e aspettarti che tutto torni a posto". Quel trucco aveva funzionato da bambini, ma Victoria era stufa di essere sempre quella che doveva perdonare e fare la persona migliore. Valeva anche per i suoi genitori.

Quando la macchina del caffè emise il segnale acustico, Michael ne versò due tazze. Lei guarnì i pancake con lo sciroppo d'acero, guardandolo colare nel piatto. Aggiunse un cucchiaio di yogurt greco e una manciata di frutti di bosco. Era importante rendere quella colazione bella, anche se l'unica persona da impressionare era suo fratello.

Mangiarono all'isola della cucina. I pancake erano deliziosi.

"Ti ricordi quando eravamo piccoli, e mamma e papà sistemavano tutti i nostri regali nel salotto di Balmoral?"

Avevano sempre passato il Natale lì quando erano bambini. Dopo la morte del nonno, sua madre aveva deciso che l'avrebbero festeggiato a Londra, facendo scendere la nonna. Le mancava la neve da cartolina delle Highlands.

"Certo che mi ricordo. Sembrano passati secoli. Erano tempi così innocenti".

Erano Natali idilliaci, prima che sua madre diventasse regina, quando avevano ancora tempo per la famiglia. Forse quell'anno non sarebbe andata al ballo di Capodanno. Che senso aveva andarci come accompagnatrice di un altro uomo?

Victoria non voleva più fingere. E questo avrebbe reso la giornata parecchio difficile.

* * *

La sala da pranzo di Palazzo si estendeva sotto scintillanti lampadari, il lungo tavolo in mogano apparecchiato con le migliori porcellane Meissen e le pesanti posate d'argento che da generazioni accompagnavano i pranzi natalizi della famiglia reale. Dal susseguirsi di piatti – tacchino arrosto, prosciutto glassato, montagne di patate al forno e tutti i tradizionali contorni – si levava ancora il vapore, ma il cibo restava in gran parte intatto, nonostante l'impeccabile presentazione dello staff.

Victoria spingeva i cavoletti di Bruxelles da una parte all'altra del piatto, evitando lo sguardo acuto della nonna seduta a capotavola. La Regina Madre sedeva con la schiena perfettamente dritta nella sua poltrona, i capelli argento acconciati con cura a incorniciarle il volto, la tripla fila di perle fredda e luminosa intorno al collo.

"Devo dire," ruppe il silenzio soffocante la nonna, con un accento scozzese più affilato del solito, "se avessi voluto tutto questo gelo, sarei rimasta a Balmoral". Si interruppe, osservando il bicchiere di vino intatto davanti a Michael. "E da quando rifiuti un Bordeaux d'annata, caro ragazzo? Non è da te. L'ultima volta che sei venuto a trovarmi hai lasciato un bel buco nella mia cantina".

Michael accennò un sorriso debole. "Semplicemente oggi non mi va, nonna".

La madre di Victoria gli lanciò un'occhiata d'avvertimento da un capo all'altro del tavolo, mentre il padre si mostrava improvvisamente molto interessato a tagliare il tacchino in pezzi perfettamente uguali.

"Nessuno spirito natalizio, a quanto pare," proseguì la nonna, sollevando il proprio bicchiere. "Victoria ha saltato la messa, Michael non beve, e tutti si comportano come se fossimo a un funerale invece che al pranzo di Natale". Bevve un sorso, lentamente. "Si direbbe che sia accaduto qualcosa che nessuno vuole raccontarmi".

L'unico suono che seguì fu il delicato tintinnio delle posate sulla porcellana. Victoria sentiva il peso delle parole non dette gravare su tutti loro: il senso di colpa di Michael, la preoccupazione dei genitori, il suo stesso dolore. Incrociò lo sguardo del fratello dall'altra parte del tavolo; lui aprì la bocca come per dire qualcosa, poi cambiò idea.

"Non è successo niente, nonna," disse infine Victoria, con voce ferma nonostante la menzogna.

"In realtà, è una bugia, nonna".

Victoria sgranò gli occhi e abbassò le posate.

Michael guardò il tavolo, assicurandosi di avere l'attenzione di tutti prima di continuare. "Volevo farvi sapere che da oggi ho deciso di diventare sobrio. L'alcol non mi faceva bene, come mi avete detto più volte. D'ora in poi," si rivolse al padre, poi alla madre, "sarò il figlio che desiderate e che meritate". Guardò la nonna. "Anche il nipote, naturalmente". Infine, Victoria. "E il fratello. Era ora".

Victoria non riusciva a credere che lo avesse dichiarato davanti a tutti.

"Mi piaceva abbastanza il ragazzo che eri, caro," gli disse la nonna. "Ma se smettere di bere è ciò che ti serve, allora bene così. Un nipote che fa un cambiamento positivo". Poi si rivolse a Victoria. "E con te che facciamo, invece?"

"Cosa vuoi dire, nonna?"

"Su, madre. Victoria sta bene. Alla fine si è risolto tutto dopo una situazione un po' delicata". Il tremolio nella voce della Regina la tradì.

"Davvero?" La nonna appoggiò le posate. "Mi servirà riscaldare il piatto, se ora dobbiamo affrontare questo discorso. È delizioso, e sai che detesto le pietanze fredde".

La Regina cercò di non alzare gli occhi al cielo, e Victoria cercò di non ridere. Amava la nonna per la sua capacità di rompere la tensione.

"Il fatto è che questa è molto più di una 'situazione delicata'. Anche in Scozia abbiamo i giornali, Cassandra. Ho membri dello staff e amici con cui parlo che usano i social. Capisco più di quanto pensiate". Si rivolse a Victoria. "L'elefante nella stanza è Ashleigh Woods. Vedo benissimo che sei ancora turbata dal fatto che non stiate più insieme. Che lei non sia qui".

Solo sentir pronunciare il nome di Ash fece volare farfalle nello stomaco di Victoria. Decise di ascoltarle. "Mamma e papà l'hanno spaventata, poi Michael ha dato il colpo di grazia. Sono condannata a restare single per sempre, a quanto pare. Oppure a sposare un uomo solo per facciata. Nessuna delle due opzioni mi attira, ma pare che questo sia il mio dovere reale".

"Non essere così drammatica, Victoria," disse la Regina. "Ti abbiamo già detto che alla fine potrai stare con chi vuoi. Ma dev'essere nei tempi della monarchia, non nei tuoi".

"E nel frattempo sia Victoria che Ashleigh devono soffrire e star male?" La nonna si pulì la bocca con il tovagliolo. "E poi, credi davvero che Ashleigh aspetterà tua figlia? Forse sì, perché le vuole bene. Ma ciò che le state offrendo non è certo un premio scintillante, non trovi? Sinceramente, Cassandra, credevo di averti educata ad essere un po' più attenta con i tuoi figli. Mi hai supplicata per poter sposare Oliver, e io ti ho dato il permesso. Tua figlia sta chiedendo la stessa cosa, e tu la respingi".

La Regina aprì la bocca, poi la richiuse.

Calò il silenzio per qualche secondo, mentre tutti riflettevano su quanto era stato detto. Victoria scrutò il tavolo, poi fissò la nonna. In quel momento, non avrebbe potuto volerle più bene.

"Ha ragione, nonna," disse infine, attingendo a una forza interiore che non sapeva di avere. I pancake non erano riusciti a renderla davvero felice, quindi aveva bisogno d'altro.

O forse di qualcun'altra.

"Non so se Ash mi aspetterà. Non le darei torto se non lo facesse. Ma mi spezza il cuore: mi dite sempre che le cose potranno cambiare più avanti. Ecco, per me 'più avanti' è già troppo tardi, mamma".

Victoria fissò le patate arrosto ancora intatte, poi spinse via il piatto. Cosa stava facendo Ash in quel momento? Probabilmente era nella cucina dei suoi genitori, con quel bel tavolo in rovere, la coroncina di carta storta in testa, a raccontare barzellette orrende trovate nei cracker mentre rideva con la sua famiglia.

Ash era felice? Anche se le mancava Victoria, almeno stava vivendo un vero Natale. Non come lì, in quella stanza soffocante, tra i sospiri trattenuti della madre e gli sguardi guardinghi di Michael.

"Ascolta tua figlia, Cassandra". La nonna si rivolse al padre di Victoria. "Anche tu, Oliver. So che sono stata dura con te quando volevate sposarvi, ma dovevo esserlo. Dovevo essere certa che sapessi a cosa stavi andando incontro. Se volete scuotere la monarchia, potete farlo. I tempi cambiano, e se inizialmente la gente sarà sorpresa, poi si abituerà. Guarda l'amica di Victoria, Astrid. In Svezia non ci fanno nemmeno caso".

"Con tutto il rispetto, madre, non viviamo in Svezia".

"Allora spetta a voi orientare il Paese in quella direzione. Dovete sostenere vostra figlia, perché prima o poi quel ruolo sarà sulle spalle di Victoria. Non è già abbastanza difficile così, anche quando si ha qualcuno accanto che ti ama? Non rendetele tutto ancora più complicato. Lasciatele portare Ash al ballo di Capodanno e mostrarsi al mondo".

Victoria trattenne il fiato in modo udibile. "Come fai a sapere che volevo andare al Ballo con Ash?"

Sua nonna sorrise. "Ho sentito sussurri nei corridoi, quando eravate a Balmoral. Ma soprattutto, ho visto come la guardavi. Come se fosse fatta d'oro, come se non volessi mai lasciarla andare".

Com'era riuscita sua nonna a capire tutto questo da un solo fine settimana? Victoria si ripromise di non sottovalutarla mai più. Ma poi la realtà la colpì.

"Voglio fare coming out, questo è scontato, ma Ash sa bene cosa significa stare con me, e non sono sicura che voglia bere da una coppa avvelenata".

Sua nonna aggrottò la fronte. "Tesoro, tu non sei una coppa avvelenata. Sei la mia nipote incredibilmente forte e piena di vita. Se Ash ti ha fatto pensare una cosa del genere, è perché ha paura. E chi non ne avrebbe? Ma è una donna forte, piena di carisma, empatia e fascino. E poi ricordati: giocherà ancora a calcio solo per qualche anno. Poi sarà libera di fare ciò che vuole, e magari includerà anche essere una moglie in grado di supportarti, oltre che una forza positiva per il Paese. È la tua metà, Victoria. Lo sento. È ora che tutta questa famiglia si svegli e lo capisca, prima che ci scivoli via tra le dita".

Capitolo 33

Ash era raggomitolata in un angolo del divano color crema dei suoi genitori, senza davvero guardare *L'amore non va in vacanza*. Kate Winslet si stava innamorando di Jack Black, ma lei non riusciva a seguire la trama. Il contenitore degli *Heroes* aveva già fatto diversi giri, e Ash aveva reclamato tutti gli Éclair, le cartine sparse intorno a lei come prove di una scena del crimine. La sua nutrizionista non avrebbe approvato, ma si era concessa tre giorni liberi a Natale. Si meritava un po' di gioia.

Il colpo alla porta fu secco e inaspettato. Chiunque fosse, chiaramente non li conosceva bene, perché tutti sapevano che i Woods non usavano mai la porta principale.

Sua madre si accigliò, mettendo in pausa il film.

"Mark!" gridò, ma il padre di Ash non rispose. Era nel suo studio, a guardare il primo test match degli Ashes.

"Vado io, mamma". Ash si alzò di scatto, i nervi in allerta. Non sapeva perché, ma aveva la sensazione che quel bussare fosse per lei. Se avesse trovato quei tipi volgari dell'altro giorno, avrebbe detto loro quattro parole per essersi presentati a Santo Stefano.

Tuttavia, quando aprì la porta, non era preparata a vedere chi c'era dall'altra parte.

Il principe Michael, in jeans e un maglione blu. E accanto

a lui la Regina Madre, che sembrava del tutto fuori posto nella strada dei suoi genitori.

"Beatrice!" esclamò Ash, portandosi una mano alla bocca. "Cioè, Maestà". Fece un mezzo inchino, poi si ritrasse subito, imbarazzata. Odiava inchinarsi, non faceva proprio per lei.

"Dammi del tu. È un piacere rivederti anche per me, Ashleigh," disse la Regina Madre. "Possiamo entrare?"

Ash si fece da parte. "Certo".

La Regina Madre si fermò sulla soglia del salotto come se fosse la cosa più naturale del mondo, con la borsetta nera appesa al braccio. Michael le stava appena dietro. L'anziana donna era vestita come per una passeggiata nelle Highlands, con una gonna scozzese e un maglione di lana spesso. Il trucco era impeccabile, e i suoi capelli grigi non si mossero nemmeno quando girò la testa.

"Oh cielo, non siete affatto chi mi aspettavo". La madre di Ash si alzò in piedi di scatto, raccogliendo i resti di cioccolatini dal divano e stringendoli in un pugno. "Scusate il disordine".

"Ma si figuri". La Regina Madre si sedette dove Ash le indicò, sulla poltrona più vicina alla porta. "È Santo Stefano. Le case devono sembrare vissute". Gettò un'occhiata al televisore. "E posso congratularmi per la scelta del film? È uno dei miei preferiti per le feste. Jude Law è un uomo molto attraente, non trovate?"

L'immagine sullo schermo mostrava Jude nella cucina del cottage, che cercava di non piangere.

Michael incrociò lo sguardo di Ash mentre si sedeva accanto alla nonna, accennando un piccolo sorriso che non contribuì affatto a calmare il tumulto che aveva nello stomaco.

"Gradite una tazza di tè, Vostre Altezze Reali?" domandò

la madre di Ash, facendo un piccolo inchino, poi inspirò profondamente e si strinse le mani.

Ma Michael scosse la testa. "È gentilissima, ma non possiamo restare a lungo. Victoria non sa che siamo qui, e probabilmente ci ucciderebbe se lo scoprisse".

"Ma sentivamo di dover fare qualcosa, e alla fine ho convinto Michael," aggiunse Beatrice.

"Volevamo dirvi che Victoria è infelice," disse Michael, facendo una smorfia. "Davvero infelice. Non mangia, dorme a malapena. Sta semplicemente... sopravvivendo".

Ash deglutì a fatica. Sapeva esattamente che cosa si provasse. Aspettava di capire cosa sarebbe venuto dopo.

"E devo confessarti una cosa", continuò. "Sono stato io a far trapelare la storia alla stampa. Non ho una scusa decente". Incrociò lo sguardo di Ash. "L'ho detto a Victoria un milione di volte che mi dispiace, ma volevo dirlo anche a te. Credo, nei meandri del mio cervello annebbiato dall'alcol, di aver pensato che avrebbe costretto i miei genitori a prendere posizione. L'ha fatto, ma non nel modo che immaginavo".

Ash chiuse gli occhi. Michael. Victoria aveva sperato non fosse lui. Probabilmente era distrutta.

"Siete entrambe infelici", osservò la Regina Madre, i suoi occhi acuti fissi su Ash. "Dov'è finito quel sorriso che portavi a Balmoral?"

"Con tutto il rispetto", disse Ash, ritrovando la voce, "non è così semplice. A Victoria non è permesso fare coming out, e io non posso tornare a nascondermi o a essere "l'amica intima" in pubblico". Non che ormai qualcuno ci avrebbe creduto. "Non starò a guardare mentre Victoria va in giro a braccetto con un uomo". Su questo era molto chiara.

"Hai visto il discorso di mia madre ieri?" chiese Michael.

Ash annuì. L'aveva guardato tre volte, cercando significati nascosti in ogni parola accuratamente scelta.

"Il tema del cambiamento non è stato tirato fuori a caso", disse la Regina Madre. "Era rivolto a voi. A entrambe. Victoria mi ha parlato ieri, in modo anche piuttosto deciso. E io ho passato la serata a parlare con i suoi genitori. I tempi stanno cambiando, e la monarchia deve cambiare con loro, o diventare irrilevante".

"Stiamo lavorando a un piano", aggiunse Michael. "Uno vero, con il coinvolgimento dell'ufficio stampa. Niente più nascondigli. Niente più appuntamenti organizzati. Non sarà facile, ma stavolta lo gestiremo come si deve".

Il cuore di Ash fiorì, e la sua mente osò sognare. Era davvero tutto possibile? "Cosa volete che faccia?"

"Vieni con noi adesso", disse la Regina Madre. "Non c'è momento migliore del presente. Possiamo lasciarti a Kensington. Victoria è lì".

Ash abbassò lo sguardo sulla sua tuta grigia. "Adesso? Ma non sono vestita per uscire".

"Allora vai a cambiarti", disse Michael. "Ti aspettiamo".

Non avrebbero accettato un no come risposta.

Ash guardò sua madre, chiedendo silenziosamente un'opinione. Sua madre sembrò capire.

"Dovresti andare, amore", disse dolcemente. "Da quando vi siete lasciate vai avanti per inerzia. Se c'è una possibilità che funzioni, non vale forse la pena tentare?"

Ash guardò sua madre, poi quegli ospiti inattesi che le stavano offrendo un modo per tornare da Victoria. Per tornare alla felicità, forse, ma stavolta senza ombre.

Se non ora, quando? Si alzò. "Datemi dieci minuti. Devo trovare qualcosa di adatto per sorprendere una principessa".

Gli occhi della Regina Madre si incresparono con approvazione. "Prendine quindici, cara. Passa una spazzola tra i capelli. Alcune occasioni meritano la giusta attenzione. Nell'attesa, magari tua madre può svelarmi la sua deliziosa ricetta dello Yorkshire pudding. Victoria non fa che parlarne".

* * *

Michael guidò Ash oltre la porta della cucina, e il sapore del risotto di Victoria le tornò sulle labbra. Qualcuno aveva decorato l'ingresso da quando era stata lì l'ultima volta, con ghirlande avvolte intorno alla ringhiera e lucine in ogni finestra. La casa profumava di pino e fumo di legna.

"È lì dentro da tutto il giorno", sussurrò Michael mentre si avvicinavano al salotto. "Seduta con un libro che probabilmente non sta leggendo, e ascolta quell'album di Taylor Swift in loop".

Ash sapeva esattamente quale fosse. Qualcosa si attorcigliò sotto il suo sterno.

"Solo per avvisarti, avrete la casa tutta per voi. Io torno subito al Palazzo per una serata con la nonna. Pare che debba fare una partita a Monopoli. Non immagini quanto diventi tirannica a quel gioco". Le rivolse un sorriso dolce, poi abbassò la maniglia. "Pronta?"

Ash annuì, anche se "pronta" non era la parola giusta.

Come si può essere pronti per una cosa così?

La porta si aprì silenziosamente. Victoria era esattamente dove Ash l'aveva immaginata, raggomitolata nella sua poltrona oversize, la luce del fuoco che le giocava sul volto. Indossava pantaloni del pigiama di seta e quel costosissimo maglione di cashmere che Ash aveva messo un paio di volte durante i suoi soggiorni. I capelli sciolti le ricadevano sulle spalle. Un libro aperto le giaceva in grembo, ma i suoi occhi erano fissi sulla finestra, dove osservava i motivi del gelo sul vetro. Dallo speaker, Taylor cantava del suo cardigan.

Victoria alzò lo sguardo al rumore della porta, probabilmente aspettandosi Michael. Quando vide Ash, si alzò di scatto, il libro scivolò dal suo grembo, atterrando morbido sul tappeto.

"Cosa ci fai qui?" La sua voce era un sussurro, come se temesse di star sognando.

"Tua nonna e Michael sono venuti a casa mia. Sono stati molto convincenti", le disse Ash. "Anche se, se non fossero venuti, forse avrei trovato il coraggio nel nuovo anno. Hanno solo accelerato un po' le cose".

"La nonna è venuta a St Albans?" Victoria si portò una mano alla bocca.

Ash annuì. "Proprio così. Si è seduta sul divano dei miei genitori. Non credo di aver mai visto mia madre così sconvolta".

"È terrificante quando vuole qualcosa". Victoria si scostò una ciocca di capelli dall'orecchio.

Quanto le era mancato quel gesto.

"Ma sono contenta che l'abbia fatto. Sono stata…"

"Infelice?" completò Ash. "Già, io pure".

Rimasero in silenzio per un istante, con il peso di quasi due mesi di separazione sospeso tra loro. Poi Victoria si mosse, colmando la distanza con passi rapidi, e Ash le andò incontro a metà strada. Il bacio fu disperato all'inizio, le mani aggrappate ai vestiti, cercando di cancellare ogni spazio tra loro. Poi si fece più dolce, divenne qualcosa che somigliava al tornare a casa.

Quando finalmente si staccarono, Victoria appoggiò la fronte a quella di Ash. "Mi dispiace tanto. Avrei dovuto lottare di più".

"Shhh". Ash le baciò la fronte. "Io sono stata molto chiara su ciò che volevo. Tu lo hai rispettato. Ma in qualche modo, anche dopo tutto questo tempo lontane, le cose non stavano migliorando". Le baciò di nuovo le labbra, e Victoria emise un gemito restituendole il bacio. Quando Ash si ritrasse le passò il pollice sul labbro inferiore, ed entrambe tirarono un respiro profondo.

"Abbiamo commesso entrambe degli errori, ma Michael ha detto che c'è un piano per il tuo coming out".

Victoria annuì, conducendo Ash verso il divano di pelle vicino al camino. Si sedettero vicine, le dita intrecciate. "L'ufficio stampa verrà domani per parlarne. Mamma e papà hanno accettato che deve succedere, e la nonna li ha convinti che non c'è momento migliore del presente. Non ero sicura che l'avrebbero davvero fatto, ma hai visto il suo discorso?"

"Sì. Tua nonna ha detto che riguardava noi". Ash non poté fare a meno di abbassare lo sguardo sulle labbra di Victoria. Voleva baciarle di nuovo, sentirle sulla pelle. Lo avrebbe fatto, ma non ora.

"Era così". Victoria si stropicciò un orecchio. "La cosa fondamentale è che lo ha registrato prima che mia nonna arrivasse. E questo per me significa molto di più".

La bocca di Ash si aprì a forma di "o". "Wow".

La Regina era una donna imponente, ma teneva chiaramente alla felicità di sua figlia. Era confortante saperlo.

"Ha parlato di cambiamento, di tradizione che si piega invece di spezzarsi. Di una monarchia che si evolve". Victoria strinse la mano di Ash, poi la guardò dritta negli occhi. "Credo che stavolta faccia sul serio". Fece un respiro profondo. "Voglio riprovarci, Ash. Davvero, stavolta. Niente più nascondigli, niente più finte amicizie. Ma solo se lo vuoi anche tu".

Ash desiderava dire sì a tutto. Ma era saggio? Non lo sapeva. Tutto ciò che sapeva era che quello che voleva era proprio lì davanti a lei, che le chiedeva di riprovarci. Se fosse stato calcio, avrebbe accettato subito: riprovarci, imparare dagli errori passati, e far funzionare le cose.

Forse era davvero così semplice.

"Anche tu mi sei mancata tantissimo. Sono stata un disastro. Ma se lo facciamo…"

Victoria le strinse la mano così forte che quasi le bloccò la circolazione.

"…dev'essere alle nostre condizioni. Non permetterò che diano al mondo una versione annacquata di noi. Ci teniamo per mano. Ci sosteniamo. Siamo una coppia, anche in pubblico".

"D'accordo", disse Victoria con fermezza. "Dobbiamo controllare la narrazione fin dall'inizio. Papà parlava di un'occasione fotografica strategica, qualcosa che ci mostri esattamente per come siamo".

"Potrei usare anche i miei social. Chiederò al mio team di aiutarmi. Marianne adorerà la sfida. Dichiarazione di Capodanno".

"A proposito di Capodanno…" Victoria si alzò, si tolse il maglione, sbottonò il pigiama, poi si sedette a cavalcioni su Ash, i seni proprio davanti al suo viso.

Ash le accarezzò un seno con la mano, e il contatto con la pelle di Victoria le lanciò una freccia di desiderio dritta al cuore.

Victoria si chinò, mise un dito sotto il mento di Ash e le sollevò lo sguardo per incrociare il suo. "Capodanno," sussurrò, la voce roca. "Concentrati". Un sorriso le sfiorò le labbra prima di premerle contro quelle di Ash. Quando si staccò, fu solo di pochi centimetri.

"Il ballo di Capodanno". Gli occhi di Victoria erano scuri di desiderio. "Voglio che tu venga con me, come mia accompagnatrice. Sarà la nostra prima uscita come coppia. È stato deciso ieri sera. Ora dobbiamo solo comunicarlo al resto del mondo". Le fece scorrere un dito sulla guancia. "Che ne dici? Vuoi essere il mio Principe Azzurro?"

"Mi piacerebbe essere il tuo Principe Azzurro". Ash le posò una mano sulla nuca e la attirò verso di sé in un bacio intenso.

Quel bacio era diverso: carico, deciso. Le mani di Ash trovarono la pelle morbida della schiena di Victoria, poi Victoria si alzò e si sfilò anche il pantalone del pigiama, prima di tornare a baciarla.

"Scopami, ti prego", disse, lanciando tutti i protocolli reali fuori dalla finestra. "Sono due mesi che ti desidero ogni giorno e non vedo l'ora. Possiamo prendercela comoda per tutta la notte, se vuoi, ma adesso…". Si mise di nuovo a cavalcioni su Ash, le prese la mano e la guidò tra le sue gambe.

"Proprio lì". Il respiro di Victoria era caldo nell'orecchio di Ash, e lasciò cadere la testa in avanti.

"Sei così bagnata", sussurrò Ash, sapendo che anche lei lo era, ma non si trattava di lei. Adesso doveva dimostrare a Victoria quanto le era mancata.

Ash fece scivolare le dita dentro Victoria e, molto lentamente, iniziò a scoparla. Mentre lo faceva, ebbe un momento di stupore. Una grande parte di lei aveva pensato che non si sarebbe mai più trovata in quella posizione, a fare l'amore con la donna che amava. Ma mentre Victoria muoveva i fianchi su di lei, Ash ne era sempre più grata. La vita aveva cercato di separarle, ma quel momento le aveva dimostrato che erano fatte per stare insieme. Era stata messa su questa terra per far tremare Victoria contro di lei, per farle brillare gli occhi di desiderio. Questa volta se la sarebbe tenuta stretta, qualunque cosa la vita avesse in serbo per loro.

Victoria afferrò le spalle di Ash, le sue unghie le mordevano il tessuto della camicia mentre le cavalcava le dita. Ash aveva l'acquolina in bocca per il bisogno di assaggiare la pelle di Victoria, ma si concentrò sul compito da svolgere, muovendo le dita in un ritmo lento e deliberato che fece gemere e tremare Victoria.

Ash non credeva di averla mai vista così bella come in quel momento.

Non era l'erede al trono. Era semplicemente Victoria.

La stanza intorno a loro si dissolse, lasciando solo la sensazione dei loro corpi che si muovevano insieme. Ash arricciò leggermente le dita, trovando quel punto che la faceva sussultare e inarcare la schiena. La vista di Victoria, così aperta e fiduciosa, fece vibrare in Ash una fitta pulsazione di desiderio, ricordandole perché era lì, perché era tornata.

Man mano che la tensione saliva, il respiro di Victoria si faceva più rapido, il suo corpo si avvolgeva come una molla. Ash le sfiorò il clitoride con il pollice e sentì un brivido attraversare Victoria, la scintilla che accese la fiamma. I suoi fianchi sussultarono, poi si bloccò prima che l'orgasmo la squarciasse. Ash la tenne stretta a sé, le sue dita si muovevano ancora, esaltando il piacere, mentre il grido di Victoria riecheggiava nella stanza. Accidenti, le era mancato il suono che faceva Victoria mentre veniva.

Quando le scosse si placarono, le dita di Ash rallentarono, il suo tocco si fece delicato mentre accarezzava la pelle sensibile di Victoria. Victoria abbassò la testa, la fronte poggiata sulla spalla di Ash, il corpo scosso dai postumi. Ash ritirò le dita, poi avvolse Victoria tra le braccia, stringendola a sé mentre restavano lì sedute, l'unico suono il lieve crepitio del fuoco e Taylor Swift che ancora le accompagnava con la sua voce.

Alla fine, Victoria si raddrizzò, le guance arrossate, un sorriso soddisfatto sulle labbra. "Non ascolterò mai più questa canzone allo stesso modo".

* * *

Più tardi, avvolte nelle lenzuola di cotone di Victoria dopo essere finalmente arrivate a letto, Victoria disegnava pigri arabeschi sulla pancia di Ash. "Queste settimane infinite sono state un inferno," disse. "Non voglio mai più perderti".

"Concordo. Anche se sarà un disastro, vero?" Ma qualunque cosa fosse successa, ora che entrambe sapevano davvero cosa volevano, Ash sentiva di potercela fare. "Pensi che saremo di nuovo al centro di decine di programmi radiofonici, tutti a discutere dei diritti delle persone queer?"

"Ne sono certa". Victoria baciò la spalla di Ash. "Ma saremo pronte. L'ufficio stampa avrà un piano, così come il tuo team. La sicurezza sarà aumentata, per entrambe e per le nostre famiglie. E poi, stavolta, nessuno sarà preso alla sprovvista. Siamo noi a guidare la narrazione".

Ash si coprì gli occhi con una mano. "Cavolo, mia madre avrà bisogno di un addestramento mediatico. Alla prima domanda potrebbe svelare tutti i nostri segreti".

"Può dire al mondo quanto amo i suoi Yorkshire pudding, e poi dare a tutti la ricetta. Se ci pensi, stiamo facendo un servizio pubblico". Victoria sorrise. "Ma davvero? Lasciamoli parlare. Che scrivano titoli, che facciano commenti. Non siamo la prima coppia reale sotto i riflettori, e non saremo l'ultima".

"Coppia reale?" Ash sollevò un sopracciglio. "Sono davvero parte di una coppia reale?" A volte ancora le sembrava irreale.

Victoria si tirò su un gomito, improvvisamente seria. "Lo sei, Ashleigh Woods. Voglio costruire qualcosa di vero con te, qualcosa che duri. Qualunque cosa dovremo affrontare, voglio farlo con te. Davvero, stavolta". Si fermò, gli occhi lucidi. "Ti amo, Ash".

L'ondata d'amore che Ash provò per Victoria le tolse il respiro. La attirò a sé per un bacio dolce.

"Ti amo anch'io. E sì, lo affronteremo insieme. Ma prima… possiamo restare qui un po'? Solo noi due, prima che il mondo intero si intrometta? Per i prossimi, non so, cinque anni?"

"Cinque anni mi sembrano perfetti," concordò Victoria, accoccolandosi contro di lei. "Solo noi, e il nostro rider Deliveroo preferito a farci da supporto". Baciò il seno di Ash, poi la guardò. "Anche se, giusto per avvisarti: domani, prima di pranzo, probabilmente arriverà la nonna per discutere delle opzioni per l'abito da ballo".

"La Regina Madre viene a pranzo?"

"Non perde mai occasione di impicciarsi della mia vita

sentimentale. A proposito…" La mano di Victoria si mosse verso le cosce di Ash. "Forse dovremmo approfittare della privacy, finché dura".

Ash la fece rotolare sotto di sé, bloccandola.

"Questo sì che è un ordine reale che sono felice di eseguire".

Capitolo 34

Il silenzio nella cabina armadio non bastava a calmare la tempesta di farfalle nello stomaco di Victoria mentre si preparava per la loro prima apparizione pubblica insieme, al Ballo di Capodanno. Almeno il suo vestito non l'avrebbe tradita: un capolavoro in seta blu notte, così scura da sembrare nera finché non si muoveva. Le avvolgeva la figura con uno scollo a cuore, mentre delicate perline disegnavano motivi come stelle sparse sulla seta. Dal punto vita aderente, la gonna scendeva in linee pulite e architettoniche. Al polso portava il bracciale di diamanti della nonna, prestato per l'occasione.

Victoria sbirciò oltre la porta, verso la camera da letto. "Mi aiuti con la zip?"

Quando Ash entrò nella cabina armadio, a Victoria mancò il fiato. Lo smoking le calzava a pennello, le linee nette ne esaltavano le curve sottili. Il modo in cui gli occhi di Ash si oscurarono, poi si addolcirono fissandola, le fece vacillare le ginocchia. Ma quella sera non c'era spazio per la debolezza. Serviva forza.

Ash le chiuse la zip, le baciò il collo, poi si misero una accanto all'altra, sorridendo al loro riflesso nello specchio a figura intera. Nonostante l'agitazione, Victoria non ricordava di essersi mai sentita così bella, così completa.

Ash intrecciò dolcemente le loro dita e sorrise. "Sei bellissima. Lascerai tutti a bocca aperta, come sempre".

"E tu sembri il Principe Azzurro," rispose Victoria, con voce da manuale del romanticismo. "Luke ha fatto un ottimo lavoro con il tuo completo, ma è la modella a fare la differenza".

Ash le baciò la mano. "Sei pronta? Questa è una serata importante".

"La serata per cui mi preparo da tutta la vita". Victoria lisciò pieghe invisibili dal bavero di Ash. "Sono pronta da quando avevo sei anni". Le strinse la mano. "Per la cronaca, non vorrei nessun'altra al mio fianco".

Il tragitto verso la sala da ballo fu come camminare nell'aria. La mano di Victoria tremava in quella di Ash mentre attendevano il segnale. Michael arrivò elegante ma pensieroso, con la nonna al braccio. I suoi genitori li raggiunsero, e lo sguardo interrogativo del padre – "pronta?" – seguito da un pollice alzato rischiò di far crollare l'autocontrollo di Victoria. Ma fece un respiro profondo.

Doveva farlo.

Voleva farlo.

Le porte della sala si aprirono. Centinaia di luci scintillavano sopra le loro teste, tutti si voltarono verso di loro.

Per un attimo, fu troppo.

L'enormità di ciò che stavano facendo, di chi erano, di cosa significava tutto questo, travolse Victoria come un'onda. Lo stomaco le si strinse, e pensò davvero di poter vomitare. Ma poi il pollice di Ash le accarezzò la mano, riportandola a terra.

"Respira, cara," mormorò la nonna stringendole il braccio mentre passava. "È tutto allenamento per gli anni a venire". Il suo sguardo consapevole aiutò Victoria a ritrovare la calma.

Poi, proprio così, Victoria e Ash entrarono insieme, mano nella mano. Il mondo non crollò, proprio come Astrid aveva promesso, e il Ballo continuò attorno a loro. Con quel solo gesto, Victoria smise finalmente di scusarsi per ciò che era, ed era magnifico.

Forse non sarebbe stato così terribile, dopotutto.

Marianne apparve con sua moglie, un bicchiere di champagne in mano e lo sguardo malizioso. "Ma guarda un po', la coppia felice. Avete finalmente deciso di degnare noi poveri comuni mortali della vostra presenza?" Victoria aveva già incontrato Marianne e l'aveva subito trovata simpatica. Il suo tono familiare fece sorridere entrambe, allentando un po' della tensione che Victoria sentiva in petto.

"Come ti senti, donna del momento?" chiese Marianne ad Ash.

"Come un pesce rosso in una boccia di vetro". Fece un sorriso a Victoria. "Ma anche come se non volessi essere in nessun altro posto al mondo".

"Sono orgogliosa di voi, davvero. Questo vi semplificherà la vita, a lungo andare. State anche spianando la strada per tante altre persone".

I genitori di Ash si avvicinarono subito dopo, eleganti e visibilmente colpiti. Marianne li accolse come vecchi amici: "Debra, stai benissimo. L'ho sempre detto che eri destinata alla grandezza".

La mamma di Ash arrossì, dandole uno schiaffetto sul braccio. "Sei fatta al novantanove per cento di fascino, e io non mi stanco mai". Si fermò, rivolgendosi a Victoria. "Complimenti al vostro chef, comunque. Quelle patatine con il salmone erano divine. E potrei facilmente abituarmi a questo champagne".

Il padre di Ash alzò il calice. "A un anno pieno di possibilità".

Alle spalle della famiglia di Victoria, apparvero l'amica del cuore di Ash, Cam, e la sua ragazza Hayley. Cam rivolse a Victoria un timido sorriso mentre le salutava. Non le conosceva ancora molto bene, ma sarebbero andate a cena da lei il giorno dopo, e Victoria non vedeva l'ora di conoscere finalmente gli amici di Ash.

In quel momento arrivò anche sua nonna, ancora con la sua immancabile borsetta. Non andava mai da nessuna parte senza. "Debra! E tu devi essere Mark". Abbracciò la madre di Ash, poi strinse la mano al padre. "Che piacere rivedervi. Questa volta, in circostanze ben più felici".

Il cuore di Victoria si gonfiò. Era quello che aveva sempre desiderato: i loro due mondi, il suo e quello di Ash, che si fondevano, accettazione che fluiva in entrambe le direzioni.

Si mossero tra gli invitati, parlando con diversi ospiti che sembravano accogliere lei e Ash con estrema naturalezza. Mezz'ora dopo arrivarono Dexter e Sidney con Astrid e Sofia, e Victoria fece fatica a trattenere l'emozione. Quando sei mesi prima era salita su quell'aereo per Marbella, si sentiva persa, disperata. Anche Dexter lo era. Ora erano entrambi a un passo dal vivere la loro vita.

"Chi l'avrebbe mai detto che questo giorno sarebbe arrivato?" disse Dexter, prendendo al volo un altro flûte di champagne da un cameriere di passaggio. Era davvero il suo superpotere.

Victoria notò i genitori di Dexter in un angolo, con un'aria meno severa del solito. Forse era un inizio.

Astrid la tirò a sé, baciandole la guancia. "Spero che tu sappia che qui dentro hai tutto il sostegno, tutto l'amore," le sussurrò. "Sono così felice che tu abbia capito quanto lei ne valesse la pena".

Alla sua destra, Ash rideva per qualcosa che David, quello della fondazione per i senzatetto, stava dicendo. Victoria adorava la naturalezza con cui Ash si inseriva tra la gente.

Ash ne valeva decisamente la pena.

Quando suo padre le chiese di ballare, Victoria si assicurò che Ash stesse bene, poi accettò. Si era tagliato i capelli quel giorno, e la sua uniforme della Royal Navy lo faceva sembrare uscito da una fiaba. Le baciò la guancia e la strinse a sé.

"Tutto bene?"

Victoria annuì. "Nessuno ha ancora cercato di infilzarmi". Scorse Ash, che rideva con Astrid e Sofia. Si rilassò un po'. Suo padre seguì il suo sguardo. "Mi dispiace di essere stato troppo duro con Ash. Potevo gestirla meglio. Ma sai, meglio vedere subito se è una che si spaventa facilmente. I tuoi nonni hanno fatto lo stesso con me. A quanto pare, non si spaventa. Il che significa che abbiamo molto in comune".

"Se sarà anche solo la metà del supporto che tu sei per mamma, sono una donna fortunata," gli disse.

Il ballo con sua nonna fu più breve, ma non meno importante. "Hai trovato una ragazza in gamba, quindi non farla scappare. Io cercherò di far comportare bene i tuoi genitori". Sua nonna lanciò uno sguardo ad Ash, che ora stava ballando con Dexter. I mondi di Victoria, passato e presente, che si incontravano. "Credo che lei abbia capito quanto sei un bene prezioso, nostra futura regina".

Victoria si irrigidì, come sempre quando si parlava di un futuro in cui sua madre non c'era più. Le sembrava sempre strano, e dubitava che si sarebbe mai abituata.

Quando Michael si avvicinò, Victoria si tese un attimo, ma il pentimento di lui era vero.

"Puoi smettere di scusarti," gli disse. "È acqua passata. Certo, ho immaginato di buttarti giù da un ponte, nel fiume, e tenerti sott'acqua per un po' quando ho scoperto tutto, ma, in un certo senso, mi hai anche aiutata". Tutti gli ostacoli avevano chiarito a entrambe ciò che volevano davvero. Michael aveva semplicemente accelerato quel processo.

La serata era perfetta, ma mancava qualcosa. Victoria aveva ballato con Michael, con sua nonna, con suo padre, ma non con la persona con cui desiderava ballare più di tutte. Attraversò il salone da ballo fino ad Ash, che era con la sua famiglia, consapevole degli sguardi puntati su di lei, ma senza curarsene.

Quello era il loro momento, il loro trionfo, il loro amore esibito al mondo intero. Le porse la mano, bevendo il sorriso che Ash riservava solo a lei.

"Scusa l'interruzione, ma… potrei avere questo ballo?"

Gli occhi di Ash scintillarono. "Pensavo non me l'avresti mai chiesto".

* * *

Dexter scattò una serie di foto a Victoria e Ash, bicchieri di champagne alzati, mentre vivevano la loro storia d'amore con uno sfondo di stucchi dorati e cristalli scintillanti. Poi porse il telefono a Victoria e le baciò la guancia.

"Buona fortuna, signore. Vi aspetta un mondo tutto nuovo".

Victoria fece un respiro profondo, l'eccitazione e l'ansia le danzavano dentro come fuochi d'artificio nella notte di Capodanno. I colori vivaci del filtro che aggiunse alla foto esaltavano il calore negli occhi di Ash. Entrambe sapevano quanto fosse importante quel momento. Non era solo un annuncio: era una dichiarazione d'amore, una celebrazione della loro verità. Era innamorata di una donna, e le era concesso condividerlo. Per tutti gli altri era una cosa scontata, ma per lei era il massimo.

Mentre il dito le esitava sul pulsante di invio, il mondo fuori svanì, lasciando solo loro due nella loro bolla di felicità. Il cuore di Victoria batteva all'impazzata, ogni battito riecheggiava il peso della loro decisione. Pensò a tutti i dubbi sussurrati, alle notti passate a chiedersi se l'amore fosse davvero abbastanza per superare le paure che la trattenevano.

"Quei ragazzi del centro". Victoria ripensò ai loro volti. "Vederli e ascoltare le loro storie ha cambiato tutto per me. Mi ha fatto capire che nascondere la mia identità non è niente in confronto alle lotte che affrontano ogni giorno. Se posso usare la mia voce per cambiare le cose, lo farò. Glielo devo. A loro, e a tutti i ragazzi come loro". Fece un respiro profondo.

"Sei felice?"

Ash sorrise, annuendo con dolcezza, e una scarica di coraggio attraversò Victoria. "Non potrei essere più contenta". Guardò di nuovo la foto. "È bellissima perché ci sei tu. E poi siamo entrambe una favola, quindi questo farà impazzire gli omofobi". Tirò indietro le spalle e si raddrizzò. "Postala. Facciamolo sapere al mondo". Sorrise. "Che la principessa ha ufficialmente una compagna".

Victoria premette invio, e il suo mondo si spostò, con un gesto appena percettibile.

Non stavano solo uscendo alla luce, ci stavano danzando dentro.

Nel giro di pochi minuti, il team social di Ash e quello del Palazzo pubblicarono la foto sui loro profili, con la stessa didascalia semplice: *"Buon anno da noi. xxx"*. I like salirono a vista d'occhio, e Victoria ripose il telefono, il cuore che le batteva all'impazzata nel petto.

Ormai era fatta. Nessun ritorno. Erano andate insieme al ballo. Ora erano ufficialmente una coppia anche per il mondo esterno. Il suo sorriso era largo quanto il Palazzo mentre realizzava cosa aveva appena fatto. Si era scrollata di dosso anni di dolore e preoccupazioni con un solo clic.

Libertà e gioia le scorrevano nelle vene come in una danza.

"Vieni con me," sussurrò ad Ash, prendendole la mano e fuggendo dalla sala. Le guidò oltre le corde rosse e la sicurezza, fino alla stanza centrale e infine fuori, attraverso le portefinestre, sul balcone reale. L'aria invernale le pizzicava la pelle, ma a Victoria non importava. Sotto di loro, Londra scintillava, un tappeto di luci fino all'orizzonte. C'erano folle sul Mall, pronte per i fuochi d'artificio di Capodanno. Victoria si assicurò che restassero sul muro posteriore, dove non potevano essere viste dalla parte anteriore del Palazzo.

"Wow, potevi anche avvisarmi di dove stavamo andando". Ash si accucciò, assaporando la vista. "L'ho visto in tv, ma starci è tutta un'altra cosa". Si fermò. "Mi ricorda un altro balcone," continuò, guardando Victoria. "Anche se questo è parecchio più sontuoso di quello di Marbella".

"Sembra passata una vita. Io, terrorizzata all'idea di essere vista, e tu l'opposto. Eri senza paura. E mi hai dato una birra. Nessuno lo aveva mai fatto prima".

"Mi piace essere unica". Ash le strinse la mano. "Ma non

ero affatto senza paura. Avevo incontrato una principessa, ero terrorizzata. A volte lo sono ancora". Indicò la vista davanti a loro. "Un giorno questo potrebbe diventare reale. Noi due, qui sopra. Tu regina, e io…"

Si interruppe, le guance arrossate.

"La mia regina," concluse Victoria, voltandosi verso di lei. "Lo sei già". Avrebbe tanto voluto baciarla in quel momento. Ma se lo avesse fatto lì, su quel balcone, e qualcuno lo avesse immortalato, sua madre non glielo avrebbe mai perdonato. "Torniamo dentro? Penso manchi poco a mezzanotte".

L'eccitazione era palpabile quando rientrarono nella sala, e Victoria afferrò due flûte di champagne. Per fortuna, nessuno aveva notato la loro assenza.

Pochi istanti dopo, iniziò il conto alla rovescia.

"Dieci! Nove! Otto!"

Victoria guardò le persone intorno a lei: la sua famiglia, lo staff, amici vecchi e nuovi. Tutti coloro che le avevano sostenute, messe alla prova, aiutate ad arrivare fin lì.

"Sette! Sei! Cinque!"

Incontrò lo sguardo di sua nonna dall'altra parte della sala. La Regina Madre le fece un piccolo cenno, gli occhi brillanti.

"Quattro! Tre!"

Le dita di Ash trovarono le sue, calde e salde.

"Due! Uno! Buon anno!"

La sala esplose in un tripudio di festeggiamenti, coppie che si abbracciavano tutto intorno a loro. Victoria sentì il solito battito d'incertezza: qual era il protocollo in quel momento? Ma poi incrociò gli occhi di Ash, e tutto il resto svanì. Il protocollo, le paure, i dubbi: nulla aveva più importanza.

Lì, in mezzo alla pista da ballo, Victoria si protese verso Ash. Le loro labbra si incontrarono in un bacio vertiginoso, che sembrava volare, sembrava libertà, sembrava ogni desiderio di Capodanno che si avverava all'istante. Come due persone follemente innamorate.

Quando si staccò, la felicità le illuminava ogni centimetro del viso, e il sorriso di Ash era più brillante di tutti i lampadari messi insieme.

"Buon anno, Victoria Richmond".

Victoria poggiò la fronte contro quella di Ash, respirando il momento, cercando di memorizzare ogni dettaglio: il calore della sua pelle, il sapore persistente dello champagne, la musica soffusa in sottofondo, la sensazione di assoluta certezza che le si posava sul cuore.

"Buon anno, Ashleigh Woods," rispose. "Ho la sensazione che sarà l'anno più incredibile delle nostre vite".

E lì, tra le braccia della donna che amava, Victoria sapeva che non era solo una sensazione.

Era una promessa.

Epilogo

Sette mesi dopo

Ash premette la fronte contro il vetro freddo del finestrino del pullman, fissando le strade intorno a Wembley, trasformate in un fiume di rosso e bianco. Le cuffie le facevano da barriera contro la tensione crescente sull'autobus, mentre il chiacchiericcio continuo delle compagne di squadra lasciava spazio al nervosismo pre-partita.

Aveva bisogno di distrarsi, e un podcast sul calcio condotto da una sua ex compagna di squadra era la soluzione perfetta. Perché quella non era una partita qualsiasi, quella era la finale della Coppa del Mondo. L'Inghilterra aveva arrancato nella fase a gironi, era esplosa in quella a eliminazione diretta, e stava per giocare la finale che tutti volevano: Inghilterra contro Stati Uniti.

"Che montagne russe, soprattutto per Ashleigh Woods". La voce familiare di Dina Thompson crepitò nelle cuffie di Ash. Si era ritirata proprio quando Ash era entrata nella squadra maggiore, ma Ash aveva sempre apprezzato il suo supporto e i suoi consigli. "Quel promettente inizio di stagione dopo il rientro dall'infortunio, poi quei difficili mesi autunnali in cui le speculazioni sulla sua vita privata hanno oscurato tutto il resto. I giornalisti accampati fuori casa sua la seguivano agli allenamenti: è chiaro che tutto questo ha avuto un impatto sul suo gioco. Non era la Woods che conosciamo".

Ash annuì. Dina non aveva torto.

"Ma da gennaio?" La voce della commentatrice americana Sally Chen conteneva una nota di ammirazione. "Da quando lei e la Principessa Victoria si sono postate insieme a Capodanno, abbiamo visto una giocatrice completamente diversa. Quindici gol in mezza stagione, portando le Royal Ravens al titolo di campionato. Certo, c'è stata l'amarezza della finale di FA Cup persa ai rigori, ma Woods gioca di nuovo con libertà. Quel peso si è sollevato".

"È quello che succede quando puoi concentrarti sul calcio, no?" rispose Dina. "Quando i fotografi sono lì davvero per immortalare i tuoi gol, invece che cercare di coglierti mentre incontri di nascosto la tua ragazza".

"E a proposito della Principessa Victoria: oggi sarà lì, a guardare la sua compagna guidare l'Inghilterra, a Wembley. Se le Lionesses vinceranno, sarà lei stessa a consegnare il trofeo. È una storia da romanzo rosa".

Dina rise. "Ash ha già perso una finale di coppa a Wembley quest'anno, Sally. La conosco abbastanza bene da sapere che non ha alcuna intenzione di perdere la seconda. Novantamila persone allo stadio, milioni davanti allo schermo: stiamo per assistere a qualcosa di speciale?"

"Questa squadra delle Lionesses ha ancora qualcosa in sospeso, Dina. Sono pronte a scrivere il loro nome nella storia".

Una stretta simile a una morsa al braccio di Ash la riportò al presente. Su insistenza di Cam, si tolse le cuffie e fu subito investita da un muro di rumore. Gli occhi della sua migliore amica brillavano di eccitazione.

"Ascolta qui!" gridò Cam sovrastando il frastuono, mentre il pullman imboccava il vialetto dello stadio. "Non è mai stato così prima d'ora. Guarda la folla, il rumore!"

Il volto di Nat Tyler spuntò dallo schienale di fronte, con il solito nervosismo pre-partita stampato in faccia. Ma Ash sapeva che, al fischio d'inizio, la loro attaccante si sarebbe accesa.

"Diamogli qualcosa per cui urlare davvero, più tardi, ok?" Sasha mise un braccio intorno a Cam, il suo sorriso era contagioso. "Siamo pronte a vincerla, questa?"

Ash sorrise alle sue compagne. Quello era il loro momento.

"Al cento per cento," rispose. "Andiamo a finire il lavoro che abbiamo iniziato, vi va?"

* * *

Il boato che accolse Ash quando guidò la squadra in campo fu letteralmente assordante. Non aveva mai sentito niente di simile, nemmeno alla finale di FA Cup. Il muro di suono la investì come una forza fisica, facendola sentire invincibile. Esattamente come voleva sentirsi il giorno della finale di Coppa del Mondo. Quando i tacchetti affondarono nel prato di Wembley e lei strizzò gli occhi verso il sole del pomeriggio, novantamila voci le fecero rizzare ogni pelo del corpo. Gli allenamenti. I sacrifici. L'impegno. Tutto portava a quel momento.

Suonarono gli inni nazionali e Ash cantò ogni parola, con voce forte e chiara. Teneva lo sguardo fisso davanti a sé, sapendo che se avesse trovato Victoria e il Re tra il pubblico sarebbe potuta crollare. Gli anni passati aveva cantato quelle parole senza pensarci. Ora le cantava sapendo che un giorno avrebbero parlato della donna che amava. La donna che voleva sposare. Victoria ancora non lo sapeva. C'era tempo.

Scambio di gagliardetti, strette di mano, il lancio della moneta fu a loro favore, e il fischio d'inizio risuonò. Novanta minuti per fare la storia.

Victoria aveva mandato un messaggio prima:

> Porta a casa il trofeo, tesoro. Fallo nei tempi regolamentari per salvare il mio cuore, ti prego. Non reggo lo stress dei rigori. I nostri tempi supplementari li avremo a casa, dopo.

Non poteva deludere la sua futura regina, vero?

Il primo tempo fu teso, con entrambe le squadre a cercare punti deboli nell'altra. Cam fece due parate cruciali, incluso un incredibile volo a deviare sulla traversa, mentre Nat sfiorò il vantaggio con una botta potente che uscì di un soffio. Ma il momento di Ash non era ancora arrivato.

All'intervallo, lo spogliatoio era silenzioso. Ash doveva dimostrare la sua leadership. Se volevano vincere, dovevano fare di più. Dovevano giocare con passione, e con uno scopo.

"Ascoltatemi!" Il gruppo tacque, pronto ad ascoltarla. Ash strinse i polpacci prima di parlare. "Abbiamo 45 minuti per vincere. Questo pubblico se lo merita, e anche noi. Sì, c'è pressione, ma la pressione è un privilegio. Significa che possiamo influenzare l'esito di questa partita. Significa che possiamo cambiare le cose, fare la storia. Andiamo là fuori e dimostriamo loro perché siamo la squadra migliore del mondo. Io da qui non me ne vado senza una medaglia da vincitrice al collo".

La squadra esplose in un ruggito e Ash si mise accanto alla

porta, dando un cinque a ciascuna compagna e incitandole con un "Andiamo, cazzo!" mentre uscivano verso il campo.

Doveva solo sperare che fossero pronte, che l'energia fosse cambiata.

Nei primi dieci minuti, le Lionesses ebbero un paio di mezze occasioni. Una capitò proprio ad Ash, ma la sparò alta. I mugugni del pubblico si fecero sentire. Lei rallentò il respiro, si rialzò, si scrollò la polvere di dosso, e si preparò a ricominciare.

La pressione le montava nella testa, ma respirò a fondo. Gli Stati Uniti erano i favoriti, ma l'Inghilterra giocava in casa. Questo riequilibrava tutto. Un solo gol poteva bastare, lo sapeva bene. E se qualcuno doveva segnarlo sarebbero state le Lionesses.

Sessantasette minuti di gioco e l'occasione arrivò. Sasha recuperò palla a centrocampo con una spazzata decisa – il suo pane quotidiano – e Nat sfrecciò come un fulmine sulla fascia destra. Ash tagliò verso il centro dell'area, liberandosi della marcatrice con un movimento secco. Il cross di Nat fu perfetto, fluttuò tra le due centrali avversarie e una delle due sbagliò il tempo del salto. Ad Ash bastava solo quello.

Il tempo sembrò rallentare mentre Ash si sollevava e restava sospesa in aria. Il pallone le colpì la fronte con dolcezza. Il cross aveva così tanto effetto che non serviva potenza, Ash doveva solo indirizzarlo verso la porta.

Sapeva, prima ancora che lasciasse la sua testa, che quello era il momento. Che sarebbe entrata. A volte lo senti e basta.

Quando infine il pallone superò il portiere e la rete si gonfiò, ogni fibra del corpo di Ash esplose.

Wembley eruppe in un mare di gioia pura.

Ash corse prima ancora di pensare, scivolando in ginocchio verso la bandierina. Si rialzò, si voltò verso la telecamera più vicina, tese il palmo e soffiò un bacio nell'obiettivo. Poi si girò, cercando con lo sguardo quel punto preciso nella tribuna reale, e si portò la mano al cuore. Anche da quella distanza, riusciva a vedere le braccia di Victoria sollevate in aria. Accanto a lei, il Re era in piedi a pugni chiusi e stava esultando.

Quando le sue compagne la raggiunsero per festeggiare, Ash gettò la testa all'indietro e urlò al cielo.

Ce l'aveva fatta.

* * *

Quando il fischio finale squarciò l'aria, le gambe di Ash cedettero. Cadde in ginocchio, le mani a coprirsi il viso, mentre sollievo e orgoglio la travolgevano. Poi il peso familiare di Cam le piombò addosso, l'urlo acuto le rimbombò nell'orecchio, seguito dal corpo minuto di Nat e poi da Sasha. Il più dolce groviglio di arti, lacrime e gioia di cui avesse mai fatto parte.

"Ce l'abbiamo fatta, cazzo!" La voce di Sasha si spezzò mentre parlava. Ash riuscì solo a sorridere tra le lacrime. Quando era piccola aveva scritto al suo idolo calcistico, Heidi Moore, per chiedere un autografo. Heidi le aveva risposto, dicendole di sognare in grande.

Il sogno più grande di Ash si era appena avverato.

Tutto ciò per cui aveva lavorato, tutto ciò che aveva sognato, era diventato realtà. Aveva vinto la Coppa del Mondo e l'amore della sua vita l'attendeva a bordo campo. Non credeva di aver mai vissuto un momento così perfetto.

Tutto il resto era solo rumore.

Sloane Patterson, la capitana degli Stati Uniti, fu tra le

prime ad avvicinarsi dopo che Ash si era liberata dall'abbraccio collettivo. La sua stretta di mano era salda, sincera.

"Una partita incredibile, Woods. Ve la siete meritata".

"Grazie", rispose Ash, colpita dal gesto sportivo di Sloane. "Ella sarà insopportabile, vero?"

Sloane rise, nonostante la delusione evidente. "Mia moglie è insopportabilmente fiera del suo Paese, ma almeno una di noi sarà felice, stasera".

Una troupe televisiva si avvicinò, e Sloane la lasciò andare.

Dina Thompson, in carne e ossa. Abbracciò forte Ash prima di iniziare l'intervista.

"Ashleigh Woods, autrice del gol decisivo in una finale di Coppa del Mondo tiratissima. Come ti senti?"

Ash scosse la testa. "È stato semplicemente incredibile", urlò, riuscendo a malapena a sentirsi per via del boato della folla. "Ma lo abbiamo fatto per tutte le bambine del Paese a cui viene detto che non possono giocare a calcio. Lo abbiamo fatto per le generazioni che ci hanno precedute, che hanno lottato per giocare. Speriamo di aver dimostrato che il calcio è per tutti".

Alzò lo sguardo verso la tribuna reale, ora vuota. Significava che la premiazione era vicina. Ash guardò alla sua sinistra, dove Victoria e suo padre stavano accanto alla pedana al centro del campo. Intanto, dagli altoparlanti partiva *Sweet Caroline*, e lo stadio intero si mise a cantare. Ash scosse la testa, la pelle coperta di brividi, e si godette ogni istante.

Le statunitensi furono le prime a salire, ritirarono le medaglie in fretta con l'aria di chi vorrebbe essere ovunque tranne lì.

Poi toccò alle Lionesses.

Quanti passi per arrivare a quella medaglia? Erano stati venti per ricevere l'MBE, forse un po' meno oggi.

Ash attese ai piedi della pedana, il volto impassibile. Doveva restare composta anche se il cuore le faceva capriole nel petto. Guardò avanti, dove le sue compagne stringevano mani a dignitari e sorridevano raggianti. In fondo alla fila, Victoria manteneva la sua perfetta compostezza mentre appendeva le medaglie al collo, stringeva mani, offriva congratulazioni.

Quindici passi. Per prima, Ash strinse la mano della presidente della FIFA femminile, grande sostenitrice del calcio femminile. Ash la ringraziò per il suo impegno.

Dodici passi. Un altro dignitario. Stavolta, calvo. Più avanti, Victoria metteva la medaglia al collo di Nat con eleganza esperta, accompagnata da parole di congratulazioni e un sorriso autentico.

Sette passi. La stretta di mano del presidente UEFA. Ash annuì a qualcosa che disse, ma non era lui il traguardo. Più avanti, Victoria consegnò la medaglia a Cam, e le sussurrò qualcosa all'orecchio che la fece scoppiare in una risata fragorosa. Ash fu un po' gelosa.

Cinque passi. Simon della FA le strinse la mano con entusiasmo. Ash gli rivolse un grande sorriso, poi respirò a fondo. Le telecamere erano puntate su di lei. Era quasi arrivata.

Tre passi. Victoria conservava la sua perfetta compostezza, professionale fino in fondo, anche mentre Sasha saltellava di gioia ricevendo la medaglia.

Due passi. Il Re le strinse la mano. "Non ho mai dubitato di te. Congratulazioni. Più tardi ti abbraccerò per bene".

"Grazie, Maestà".

Un passo. Finalmente, si trovò di fronte a Victoria.

I loro occhi si incontrarono, e per un istante minuscolo, la compostezza della principessa vacillò. Le mani erano ferme mentre le metteva la medaglia al collo, ma le parole che le sussurrò erano solo per loro due: "Adoro metterti medaglie al collo. Ma questa, più di tutte". Si ritrasse. "Avevo ragione su di te, la prima volta che ti ho vista".

Ash aggrottò la fronte. "Su cosa, signora?"

Gli occhi di Victoria scintillarono e le labbra si piegarono in un sorriso. Poi si sporse di nuovo: "Straordinaria compostezza sotto pressione".

Un anno prima, il loro primo tocco aveva acceso qualcosa che nessuna delle due avrebbe potuto prevedere. Quella calciatrice nervosa, che incontrava una principessa e si chiedeva come potesse mai funzionare, sembrava appartenere a un'altra epoca. Ora, con una medaglia da campionessa del mondo al collo, Ash aveva chiuso il cerchio.

Adesso, il boato di novantamila voci le avvolgeva come una coperta, tra striscioni di sostegno per entrambe e per il loro amore. Il mondo del calcio le aveva accolte, e pian piano anche il resto del mondo lo stava facendo. Non era solo una premiazione. Era ogni sogno che Ash avesse mai fatto, cristallizzato in un singolo, perfetto momento: gloria sportiva, gioia personale e l'amore della sua vita, intrecciati sotto l'arco di Wembley.

Più tardi ci sarebbero stati festeggiamenti e champagne, titoli sui giornali e libri di storia. Ci sarebbero stati momenti silenziosi nei giardini del palazzo e cene rumorose in famiglia, protocolli reali e allenamenti. Ci sarebbe stata un'altra cerimonia, con obiettivi e promesse diversi.

Ma in quel preciso istante, con i coriandoli che cadevano come neve e le urla festanti della squadra nell'aria, Ash Woods era in cima al mondo, riceveva il più grande onore dalla donna che amava, e sapeva con assoluta certezza che alcuni sogni si avverano davvero.

La bambina che tirava calci al pallone contro il muro del giardino non avrebbe mai immaginato un finale così felice.

E forse non era nemmeno un finale.

Era solo l'inizio.

— FINE —

Vi è piaciuto questo libro?

Se la risposta è affermativa, mi farebbe molto piacere se lasciaste una recensione ovunque l'abbiate acquistato. Bastano una o due righe e potrebbero fare la differenza per qualcun altro che si sta chiedendo se dare o meno una chance a me e alla mia scrittura. Fate un salto dove avete comprato questo libro – Amazon, Apple Books, Kobo, Google, B&N o qualsiasi altro punto vendita digitale – e dite cosa ne pensate.

Grazie, siete fantastici!

Con amore,

Clare x

Altri libri di Clare Lydon

www.ingramcontent.com/pod-product-compliance
Lightning Source LLC
Chambersburg PA
CBHW030523190726
48283CB00006B/1739